本书为黑龙江省社科基金项目（05B071）的最终成果。在研究中受其资助，谨致诚挚谢意！

渡边淳一

Dubianchunyi

情爱文学论

Qingai Wenxuelun

于桂玲 著

中国社会科学出版社

图书在版编目（CIP）数据

渡边淳一情爱文学论/于桂玲著. —北京：中国社会
科学出版社，2010.9
ISBN 978-7-5004-9104-0

Ⅰ.①渡…　Ⅱ.①于…　Ⅲ.①渡边淳———文学研究
Ⅳ.①I313.065

中国版本图书馆 CIP 数据核字（2010）第 179181 号

责任编辑　罗　莉
责任校对　刘　娟
技术编辑　李　建

出版发行　**中国社会科学出版社**
社　　址　北京鼓楼西大街甲 158 号　　　　邮　编　100720
电　　话　010－84029450（邮购）
网　　址　http：//www.csspw.cn
经　　销　新华书店
印　　刷　北京君升印刷有限公司　　　　装　订　广增装订厂
版　　次　2010 年 10 月第 1 版　　　　　印　次　2010 年 10 月第 1 次印刷
开　　本　880×1230　1/32
印　　张　8.5　　　　　　　　　　　　插　页　2
字　　数　209 千字
定　　价　25.00 元

目　录

寄语于桂玲的
《渡边淳一情爱文学论》

  与本书作者于桂玲女士第一次见面，是 2004 年 4 月的事。当时她作为中国政府派遣研究员，在东京大学综合文化研究科要渡过一年的时光。她是在其指导教师、吉林大学中文系靳丛林教授的介绍下来访问我的。我记得她对日本近代文学中的樋口一叶、谷崎润一郎、川端康成等作家有兴趣，不过很犹豫该把研究重点集中在何处。于是，我建议她尝试选择在中国被广泛接受却尚未被深入研究的日本作家。

  两年后，于女士和我商量：她的《渡边淳一研究》获得黑龙江省社科基金资助，这次有意申请东京大学文学部外国人研究员。我一直认为渡边淳一虽然在中国是最有名的当代日本作家之一，不过渡边文学在中国的接受和变异的研究还很不到位。另一方面，渡边文学一直被认为是专为男性而作的娱乐文学，对一个外国的、年轻的、女性日本文学研究者来说，包含着比谷崎、川端等古典式课题更困难的因素。再有，可以想象，在日本，即便是当代文学研究者中，对"渡边淳一研究"抱有偏见的也不乏其人。本来中日两国对渡边淳一文学的评价就相差悬殊。即使如此，不，正因为如此，于桂玲的研究对中日比较文学研究来说，应该是划时代的。就是抱着这种期待，我答应了做于女士的接收教授。

于女士不仅对当代日本文学兴趣广泛，而且实证研究能力很强。在于女士就任东京大学文学部外国人研究员期间，我邀请她参加了东京大学中文系国际共同研究项目《20世纪东亚文学史上的村上春树研究》。其后，东京大学中文系就这项研究于2007年10月召开了内部研讨会、2008年11月召开了国际研讨会；2009年6月又出版了大部头论文集《东亚阅读的村上春树》，出版社是以出版村上春树学术研究著作而闻名的若草书房。该书刊载了于女士的辛劳之作《汉语版〈舞舞舞〉的版本研究》，在文章中，于女士对比研究了1991年前半年短短半年的时间里出现的、林少华等中国译者翻译的《舞舞舞》的三种版本，阐明了中国村上文学接受和变异的一端。于女士的这篇论文是从一个崭新的视角研究村上，即使在日本，也受到了很高的评价。

正如于女士在本书绪论中所介绍的：中国对渡边文学的研究有四分之一世纪的历史，尤其是1998年《失乐园》现象以来，渡边的主要作品都被翻译成中文，关于渡边文学的多篇论文被学术杂志刊载，到2007年末为止，已有相关硕士论文四篇。在这些渡边文学研究者当中，曾有人把渡边淳一与诺贝尔文学得主大江健三郎，以及《挪威的森林》、《1Q84》的作者村上春树相提并论，把他们并称为代表当代日本文学的三大家。

在日本，大江、村上作为所谓的"纯文学"的代表作家，是任何人都承认的，同时，村上春树和渡边淳一又都是畅销书作家。不过，在日本的读书界，类似把大江、村上、渡边相提并论的现象，恕我寡闻，还没有听说过。因为渡边归根结底是所谓的"大众文学"作家。那么"纯文学"与"大众文学"的差别究竟是什么——这可以从读书市场上的生产、流通、消费、再生产的模式来说明。

举个例子来说，在日本，关于村上春树的评论、研究等方面的专著超过 100 本，查一下日本国立国会图书馆的《杂志记事索引》，截止到 2010 年 7 月可以检索到 679 项，其中几乎都是文艺批评或者学术论文。与此相对，关于渡边淳一的研究或评论方面的专著只停留在一位数，检索《杂志记事索引》可以得到 178 项，那也多是渡边的对谈或者对他的采访。日本读书市场的村上文学与渡边文学，在生产（执笔）之后的流通（刊载作品的媒体、书店等的展场、书架等）、消费（读者层）、再生产（书评、学校的读后感作文比赛、国语教科书收录、评论与研究的书籍等）上相差悬殊。村上文学被同一读者连续阅读，属高层次消费，有非常强大的再生产能力，在中国、美国等外国读书市场上，还产生了被称作"村上孩子"的下一代作家。与此相对，渡边文学一般是读后即被随手丢掉，虽然被改编成电影、电视剧的作品很多，但读书市场的再生产能力薄弱，也不会有"渡边孩子"出现。这可以是说前者为所谓的"纯文学"，后者为"大众文学"的典型实例。

日本有被称为"四大文艺志"的文学杂志（它们是新潮社的《新潮》，讲谈社的《群像》、文艺春秋的《文学界》、集英社的《subaru》）。每个月的上旬，《朝日新闻》朝刊第二版下半部占三分之一的版面都会并排刊登四大杂志的广告，而且四种杂志从右至左的排列顺序会每月依次向下错一位。顺便说一下，《朝日新闻》朝刊每天发行 800 万份，是日本的中产阶级消费最多的报纸，所刊登的有关书籍、杂志的广告数量也是各大报纸中最多的。这四大文艺杂志的广告每月都会刊载大江、村上本人的作品或是有关二人的评论或研究，但是渡边淳一的名字几乎从未登场过。这是因为虽然大江、村上和渡边同处日本读书市场，但却分别属于不同的世界。另外，关于从生产到再生产的模式，请参照拙著《鲁迅〈故乡〉阅读史》（董炳月译，北京新世界出版社，2002）。

在中国，有的学者把渡边的代表作《失乐园》评价为"教训小说"、"道德说教小说"，而在日本一般把它看作是围绕婚外情的娱乐小说。当然，由于在日本关于该作品的文艺评论本身就几近于无，所以从实际上得不到确切的佐证。

2007年5月，在东京大学文学部上野千鹤子教授主持的"东大性差讨论会"上，于女士作了《渡边淳一在中国的接受》的报告。提起上野女士，她是世界女性主义研究第一人，她的著述之多与她的身高相等。在这些著作中，被翻译成中文的有《父权体制与资本主义》、《裙子底下的剧场》等。顺带一句，上野女士她们把"东大性差讨论会"略称为"东大性会"。

于女士的报告引起了以上野女士为首的"东大性会"成员的极大震惊，她们向于女士提出了很多问题。这些成员多是女性，我印象很深的是，在提问题的时候，她们几乎都首先声明"我没读过什么渡边淳一……"。而我本人阅读渡边文学是在中国引起"失乐园热"以后的事，因为要回答中国的作家或文学研究者们的提问"您怎么看《失乐园》？"我是在飞往中国客机的机舱内，捧着被书皮儿包得严严实实的袖珍本一口气读完的。

还要提一句，通过东京大学本乡·驹场两校区的东大生协书籍部的主页，检索渡边文学的库存情况，可以看到《爱的流放地》等8部作品虽然卖得很好，但与140部的村上春树、52部的大江健三郎相比，少得可怜。渡边淳一2004年在上海名校复旦大学作了题为《我的恋爱，我的文学》的讲演，他没有在东京大学作过讲演，恐怕今后也不会有。

如上所述，中国所阅读的渡边文学与日本有很大差异。中国人的阅读方式是"误读"吗？不，这不是"误读"，而是不能视而不见的、重要的"变异"。这就像美国的村上春树阅读呈现"羊高森低"（对《寻羊冒险记》的评价高，对《挪威的森林》兴趣淡漠）的特色，日本的村上阅读与之完全相反，呈现"森高羊低"状况一样。日美两国截然相反的村上阅读，反映了日美两国各自的文化和历史，同时也显示了村上文学的多样性。同理，中日两国截然相反的渡边阅读，反映了双方各自的文化和历史，同时也是渡边文学多样性的标志。关于"森高羊低法则"，请参照拙著《村上春树心底的中国》（张明敏译，台北时报出版社，2008）。

本书从女性主义的视点冷静、详尽地分析了渡边文学，阐明了处于日本"大众文学"读书界中的渡边文学生产、流通、消费、再生产的历史。迄今为止，日本的读书界"读后即弃"地消费了渡边文学，把它排除在批评、研究的对象之外。它们今后应该多向于桂玲女士的研究学习，因此我期待本书的日文版早日发行。

另外，于女士搜集了大量的中国对渡边文学接受的资料，在本书的绪论部分，利用其中一部分资料统括了其在中国的变异。我希望于女士能在不远的将来，以"中国的渡边淳一接受与变异"为题，做成本书的姊妹篇。

我衷心地期待于桂玲女士能够通过中日两国共同的"大众文学"渡边淳一，来探索中日两国文化的共性和差异性，并预祝这一宏大的比较文学研究成功！

2010 年 7 月 28 日

藤井省三

于桂玲
『渡辺淳一情愛文学論』に寄せて

　本書の著者于桂玲さんに私が最初にお会いしたのは、二〇〇四年四月のことだった。当時の彼女は中国政府派遣研究員として東京大学大学院総合文化研究科で一年間を過ごしており、吉林大学中文系における指導教授靳叢林氏のご紹介で私を訪ねてきたのだ。樋口一葉、谷崎潤一郎・川端康成などの日本の近代文学に関心があるものの、研究対象を何に絞るべきか、迷っているご様子だった。そこで私は、中国で広く受容されながらまだ研究が進んでいない日本作家を選んでみてはいかがでしょうか、と勧めた記憶がある。

　それから二年後、于さんは「渡辺淳一研究」が黒龍江省社会科学基金プロジェクトに採用されたので、今度は東大文学部外国人研究員を申請したい、と相談をお寄せ下さった。渡辺淳一は中国で最も有名な現代日本作家の一人であるにもかかわらず、その中国における受容と変容に関する研究が乏しいことを、私は予てから残念に思っていた。そのいっぽう、渡辺作品は従来男性読者のためのエンターテインメント文学と考えられており、外国の若い女性日本文学研究者にとっては、谷崎・川端ら古典的テーマと比べて難しい要素を含んでいること、日本では現代文学研究者の中にも「渡辺淳一研究」に対し偏見を抱く人も有りうることなどの困難も容易に予想できた。そもそも日中両国における渡辺文学の評価が大きく異なっているのだ。それでも、いや、それだからこそ、于さんの研究は日中比較文学研究にとって画期的なものになるだろう、という期待も大きく、私は于さんの世話教授役をお引き受けしたのである。

　于さんは現代日本文学に幅広い関心を抱いているだけでなく、実証研究の能力も高い。于さんの東大文学部外国人研究員時代に、私は東大中文国際共同研究「20世紀東アジア文学史における村上春樹の研究」への参加をお誘いした。その後、東大中文はこの共同研究のため2007年10月にワークショップを、2008年11月にシンポジウムを開催したのち、昨年六月には大部の論文集『東アジアが読む村上春樹』を刊行した。版元は村上春樹研究書シリーズで有名な若草書房である。同書に于さんは労作「中国版『ダンス・ダンス・ダンス』の版本研究」を寄稿し、1991年前半の僅か半年間に刊行された林少華ら中国人三名による三種類の『ダンス・ダンス・ダンス』中国語訳を比較検討して、中国における村上文学の受容と変容の一端を解明して下さった。この于さんの新しい視点からの村上研究は、日本でも高く評価されている。

　さて于さんが本書序論で紹介しているように、中国における渡辺文学受容は四半世紀を越す歴史を有しており、特に1998年の『失楽園』現象以来、渡辺の主要作はすべて中国語訳され、渡辺文学に関する多数の論文が学術誌に掲載され、2007年末現在で修士論文が四本も書かれている。このような渡辺文学研究者の中には、渡辺淳一をノーベル賞作家

の大江健三郎および『ノルウェイの森』『1Q84』の村上春樹
と並べて現代日本の三大作家と称することもある、とも
いう。

　日本では大江・村上はいわゆる「純文学」の代表的作家
として誰しもが認めており、村上春樹と渡辺淳一は共にベス
トセラー作家ではある。しかし日本の読書界で大江・村上・
渡辺を一緒にして議論する、ということは寡聞にして耳にし
たことがない。渡辺はあくまでもいわゆる「大衆文学」作家
なのである。そもそも「純文学」と「大衆文学」との差とは
何か――それは読書市場における生産・流通・消費・再生産
の構造から説明することも可能であろう。

　たとえば日本における村上春樹に関する評論書・研究書
は優に100冊を超え、日本国立国会図書館の『雑誌記事索
引』を引くと、2010年7月現在で679件を検索でき、そのほ
とんどが文芸批評か研究論文である。これに対し渡辺淳一に
関する評論書・研究書は一桁に留まり、『雑誌記事索引』で
検索できるのは178件、それもほとんどが渡辺の対談や彼に
対するインタビューである。日本読書市場における村上文学
と渡辺文学は、生産（執筆）後にたどる流通（作品掲載メデ
ィアや書店の展示先書棚など）・消費（読者層など）・再生
産（書評、学校感想文コンクール、国語教科書収録、評論・
研究書など）において大きく異なっているのだ。村上文学が
同一読者による継続的読書など上質に消費され、非常に強力
な再生産力を持ち、中国・アメリカなど外国読書市場でも村
上チルドレンと称される次世代作家らを生み出しているのに
対し、渡辺文学は読み捨てられる傾向が強く、映画化・ドラ
マ化を別として読書市場における再生産力は弱く、「渡辺淳

ーチルドレン」も有り得ない。前者はいわゆる「純文学」
の、後者は「大衆文学」の典型的な例といえよう。

　日本には四大文芸誌と称される文学雑誌があり（新潮社
の『新潮』、講談社の『群像』、文芸春秋の『文學界』、集英
社の『すばる』）、毎月上旬『朝日新聞』朝刊第二面下段に、
紙面の三分の一を占める四誌横並びの大広告が掲載される。
しかも四誌が右から左に並ぶ順番は、毎月順次繰り下がって
いる。ちなみに『朝日新聞』朝刊は毎日 800 万部を発行し、
日本の中産階級において最も消費されている新聞であり、書
籍・雑誌の広告量も新聞各紙の中で最も多い。この四大文芸
誌の広告に、大江・村上本人の作品あるいは二人に関する批
評や研究は毎月のように登場するが、渡辺淳一の名前が登場
することはほとんどない。大江・村上と渡辺とは同じ日本読
書市場にあっても、それぞれ別世界に属しているのだ。なお
生産から再生産までの構造については拙著『魯迅・故郷・閲
読史』（董炳月訳、北京・新世界出版社、2002）を参照して
いただきたい。

　渡辺の代表作『失楽園』を中国では“教訓小説”“道徳
説教小説”と評価する研究者もいるが、日本では不倫をめぐ
るエンターテインメント小説と読まれていると推定される。
もっとも日本には同書に関する文芸批評そのものがほとんど
存在しないため、確証が得られないのが現状である。

　2007 年 5 月、東大文学部で上野千鶴子教授が主宰する
「東大ジェンダーコロキアム」で、于さんは「中国における
渡辺淳一の受容」という報告を行っている。上野さんといえ
ば世界のフェミニズム研究の第一人者であり、その等身の著
書のうち、『父權體制與資本主義』『裙子底下的劇場』などが

中国語にも翻訳されてきた。ちなみに上野さんたちは「東大ジェンダーコロキアム」を「東大ジェンコロ」と略称している。

　于さんの報告に、上野さんはじめ東大ジェンコロのメンバーはたいそう驚き、多数の質問を于さんに浴びせたものだが、参加者の多くが女性で、質問者に際して「私は渡辺淳一って読んだことないんですが……と前置きしていたのも印象的だった。私自身、渡辺文学を読んだのは中国での「失楽園ブーム」以後のことであり、中国人の作家や文学研究者からの「『失楽園』をどう思うか」という問いかけに答えるために、中国行きの機内にしっかりカバーをかけた文庫本を持ち込み、一気に読み上げたのである。

　ちなみに東大の本郷・駒場両キャンパスにある東大生協書籍部ホームページで渡辺文学の在庫状況を検索すると、『愛の流刑地』など8件がヒットするだけで、村上春樹の140件、大江健三郎の52件と比べて圧倒的に小数である。渡辺淳一は二〇〇四年に上海の名門校復旦大学で「我が恋愛、我が文学」という講演を行っているが、彼が東大で講演を行ったことはなく、おそらく今後もないであろう。

　このように中国における渡辺文学の読書は日本とは大きく異なっており、このような中国人の読み方は「誤読」なのだろうか。いや、それは「誤読」ではなく、また「誤読」として見過ごしてはならない重要な「変容」なのである。たとえばアメリカにおける村上春樹受容には「羊高森低」（『羊をめぐる冒険』の評価が高く、『ノルウェイの森』への関心が薄い）という特色があり、「森高羊低」の日本とは全く逆の状況になっている。日米におけるほぼ正反対の村上読書は、日米両国のそれぞれの文化と歴史を反映したものであり、また村上文学の多様性を指し示すものでもある。これと同様に日中両国におけるほぼ正反対の渡辺読書は、双方それぞれの文化と歴史を反映したものであり、また渡辺文学の多様性の指標でもあるのだ。「森高羊低の法則」に関しては、拙著『村上春樹心底的中国』（張明敏訳、台北・時報出版、2008）を参照していただきたい。

　本書は渡辺文学をフェミニズム的視点から冷静かつ詳細に分析し、日本の「大衆文学」読書界における渡辺文学の生産・流通・消費・再生産の歴史を解明している。日本の読書界はこれまで渡辺文学を読み捨て風に消費するだけで、批評・研究の対象から外してきた。今後は大いに于桂玲さんの研究に学ぶべきであり、そのためにも本書日本語版の刊行を期待したい。

　また于さんは中国における渡辺文学受容に関する厖大な資料を収集しており、その一部を用いて本書序論で中国における変容を概観している。于さんには近い将来、中国における渡辺淳一の受容と変容をテーマに本書姉妹編を執筆して頂きたい。

　日中両国文化の共通性と差異性を、両国共通の「大衆文学」である渡辺淳一を通じて探索するという于桂玲さんの雄大な比較文学研究の完成を、私は心から待ち侘びているのである。

2010—7—28

藤井省三

绪　论

　　渡边淳一（Watanabe Junichi，1933－）是日本当代著名作家。自《失乐园》问世以来，他一直被称为"情爱大师"、"现代男人的代言人"。他的作品一般以中年男女的"婚外恋"为主题，表现了在传统的社会伦理道德背景下，人类的情感追求与社会普遍价值意识之间的矛盾，显示了作家对人性欲望的充分肯定，对现代人生存状况的人文关怀精神。同时，渡边淳一文学中"独树一帜"的爱情观和婚姻观——"一夫一妻制是现代社会制造出来的相当勉强的制度"①、"一直以来的婚姻制度规定丈夫要向妻子承担经济责任，这在本质上同卖淫及援助交际是一样的，即男'性'付钱购买女'性'"②、"绝对的爱与婚姻生活并不在一条直线上"③，等等——常常令具有传统道德意识的人们感到振聋发聩，印象深刻，这也构成了渡边淳一与众不同的情爱小说的思想基础。近些年来，每当渡边淳一的新作问世，总是会引起社会上的争议，甚至造成一种轰动效应。日本的三大报纸之一的《读卖新闻》曾经介绍说，他掀起了中国

---

① 渡辺淳一：『男というもの』、中公文庫、2006 年 12 月第 9 刷、313 頁。
② 同上书，第 95 页。
③ 同上书，第 234 页。

现代婚恋观的革命。^① 可以说，作为日本作家，渡边淳一不仅在日本，在中国乃至世界都备受关注。

一　问题的缘起

"渡边淳一"这个名字，笔者第一次接触是在 1998 年《失乐园》传入中国之后。当时并不是通过小说版《失乐园》，而是通过电视剧版的《雁来红》——随着片头舒缓而哀伤的音乐，作者渡边淳一的名字缓缓出现。剧本叙述的独特视角——身患子宫肌瘤的主人公冬子被庸医摘除了没必要摘除的子宫，从而失去了女人的性快感，后来因为一个偶发事件（在同名小说中是遭到两个男青年强暴，在电视剧中有改动）而得以恢复，与恋人重新体验到了爱的愉悦。这种情节设计让同样作为女性的我有些难以理解而印象深刻，由此记住了渡边淳一这个名字，并开始关注和阅读他的作品。

《失乐园》之后，渡边淳一的作品被大量译介到我国，笔者也开始进一步关注他的作品，并把渡边淳一文学作为了解日本社会和日本人生存状态的窗口。但是随着阅读量的逐渐增多，我发现了渡边淳一文学更深层次的价值，它是在现代社会的背景下产生的，或者说它很好地反映了现代社会人们的生存状态。

日本经济经过了战后的恢复期和高速增长期之后，到 20 世纪 80 年代后期开始走向低迷，而且持续了十多年之久，有人把它叫作"泡沫经济"破灭时期，还有人叫作"平成不景

---

① 参见日本《读卖新闻》2004 年 11 月 24 日，读书栏目。另外，本书所引用的日文文献资料以及渡边淳一的原版作品，如不注明译者则均为笔者所译，以下不再另行注明。

气"、"丧失的十年"等，即日本的国民经济危机时期。企业为
了在全球经济中立足，打破了一直以来的"终身雇佣制"和
"年功序列"（即以工作年限资历排列升迁顺序）的经营方式，
而开始仿效美国的"实力主义"、"成果主义"等经营理念。虽
然表面上终身雇佣制没有被打破，但是年功序列的制度业已解
体，对公司进行重组、"变相解雇"、"劝退"等解雇员工现象
的出现——《失乐园》中的久木就是先被排挤为"窗边族"①，
然后不得不辞职离开了公司——习惯了富裕安定生活的人们开
始对自己的未来感到担忧。另外，20 世纪 80 年代开始的第三
次工业革命的标志是微型电子技术（microelectronics）和互联
网技术（Internet）的出现，带来了生产技术的革新和企业组织
结构的平面化，企业内部的主从关系组织论开始解体，这给人
们的心理带来了更大的压力。可以说，第三次工业革命彻底改
变了人类的生产和消费模式。信息技术和互联网的飞速发展虽
然大大地提高了工作效率，但同时也使人与人之间的直接沟通
锐减，人们整天面对沉默的机器和冰冷的高楼大厦，内心的不
安和失落感一步步扩大，他们饱尝着后工业化社会给他们带来
的隔绝感和孤独感。"集团意识"、"家"的概念一直是日本国
民价值观念和行为模式的中心，而现代社会中，"家"这种价
值观念的典型外化之物就是公司，员工隶属于公司，就像"家
族成员隶属于家族一样"。② 而 90 年代泡沫经济的直接后果对
员工们来说就是被调任闲职或失业危机，他们对公司的依赖感
和信任感开始下降，有一种被家族（公司）抛弃的感觉，他们

---

①　来源于日语词汇"窓際族"，指那些在公司里不受重用，被排挤在一边
的人。
②　李翠云：《乐园失落的文化内涵——浅析日本人对家园的认同感》，《世界
文化》2007 年第 12 期。

一直以来的归属感逐步丧失，由此对自己过去的生活方式和价值观念产生怀疑。这种心理上的不安也给他们的家庭带来了不稳定因素，联系夫妻之间的紧密纽带开始松动，婚姻内"性缺失症"（即汉语的"无性婚姻"）成为"社会问题"；一些妇女不再安心于在家相夫教子，走向社会的女性进一步增多。在这种社会背景下，人们迫切需要心灵上的抚慰，需要有人唤回他们压抑已久的人性，需要以肉体上的相互温暖来确认自我精神上的真实存在，需要找回自己的精神家园。

渡边淳一的小说，因为敏锐地体会到了现代社会背景下人们内心的虚无、孤独与焦虑，捕捉到了现代社会夫妻间普遍存在的"无性婚姻"问题，并试图通过没有任何功利的"绝对爱"（纯粹的性）来医治人们情感上的荒芜。他的作品反映了人性（并非仅仅日本人）中"情"与"理"的矛盾，在冷静剖析人性的同时又绝不避讳对男性（甚至是自己）的灵魂开刀，在浓密的情爱叙事中道出中年男女面临的精神危机和情感困惑，促使人们重新认识人生与生命，重新思考爱情与婚姻、自我与道德。尤其是他对"一夫一妻制"的思索、质疑和反抗，是对面临严峻现实考验的现代家庭的认真思索，在当下离婚率逐步上升的国际趋势下，具有深刻而普遍的社会意义。

渡边淳一曾经表示他小说中所写的就是他自己的真实生活。虽然他对爱与婚姻的独特理解——"一夫一妻制不符合人性"、"绝对的爱只存在于婚外恋当中"等大胆直白、"超凡脱俗"的表述，很难被具有传统道德观和婚恋观的人所接受，但他的作品却拥有各个阶层的广大读者。通观现代社会，无论在日本还是在中国，明示自己具有与渡边淳一同样婚恋观的人虽然少之又少，但是悄无声息地贯彻其策略的却不乏其人。渡边淳一的作品因为满足了不同层次读者的需要而被他们所喜爱，从而实现了作品本身的审美价值和社会价值。

　　不能否认，由于生存在男权话语占主导地位的社会，渡边淳一的作品不断流露出男权主义、蔑视女性等思想，他笔下的女性一般都是男性话语权的产物，是男人眼中折射出来的女性，或者说是男人心目中的理想女性。他的"男人以性拯救、征服女人"的情爱理念因为过分夸大了男人的力量而显得不切实际；他还在此基础上把人类自我救赎的方式限定在性爱这一唯一的途径上，宣扬性爱至上的观点，过分夸大了性爱的力量，这些都显示了他情爱文学的局限性。

　　另外，虽然我国关于渡边淳一文学的评论文章不在少数，但与其他日本作家，例如大江健三郎、村上春树相比，无论从数量上看，还是从文章出处、评价者和评价内容的整体水准来看，都处于劣势。所以可以说，渡边淳一文学并没有正式步入中国的日本文学研究者的视野。这除了因为它属于非纯文学的"中间小说"领域这一因素之外，"性爱作家"这一"光环"也是人们对他敬而远之的原因之一。另外，对尚且处于创作活动中的作家难以定位和评价也是一些研究者对渡边文学敬而远之的理由。

　　在这种背景下，研究渡边淳一情爱文学虽然具有一定的风险性，但从学术理论的前沿和实际意义上来看，是非常有价值的。尤其是在现代文坛纯文学与大众文学的界限渐渐模糊的形势下，如何给渡边淳一文学定位，怎么看它对当今日本文学的影响，都是值得我们研究和深思的问题。这也会为我们研究其他日本作家、研究现代日本文学乃至世界文学提供一定的参考，具有重要的现实意义。

二 渡边淳一文学研究的历史和现状

渡边淳一在谈到自己弃医从文的经历时说："有人说，从医师到作家相距太远了。但我自己则认为，从探索'人'的意义上来说却没有什么不同。医学是同人的肉体打交道，而文学则研究人的精神，只是所采取的手段不同而已。对我来说，写小说是在探索人的内心世界。"① 他最早"探索人的内心世界"的旅程，是从医学小说开始的，然后是传记文学。20世纪70年代开始创作描写单身青年男女爱情的"恋爱小说"，80年代开始大量创作描写中年男女婚外情的作品。尤其是1997年以来的最近十多年，从《失乐园》到《瞬间》、从《爱的流放地》到《紫阳花日记》，等等，不但"秀作迭出"，而且都被翻译介绍到中国，拥有各个阶层的大量读者。另外《男人这东西》等一些随笔集中表明了他的现代情爱观。因为他的小说大都连载在文学杂志或报刊上，所以被日本学界界定为写"中间小说"的"畅销书作家"。在中国，有的媒体甚至把他与村上春树一起，称为"小资教父"②，把他的作品列为"都市女人的必读书物"③。值得注意的是，中国学界和日本学界对渡边淳一文学的认识是有错位的，下面就让我们从中日两方面来看一下渡边淳一文学研究的历史和现状。

---

① 渡边淳一：《〈光和影〉译序》，陈喜儒译，辽宁春风文艺出版社1986年版。

② 韩晓军：《下一位小资教父》，《钱江晚报》2004年5月18日。

③ 文松辉：《给美丽女人开的一张书单》，人民网，2003年7月30日。

1．中国方面

虽然渡边淳一的作品最早被介绍到我国是在 1984 年[①]，但是他真正被我国读者所熟知、被学界所关注和研究，则是在 1997 年的"失乐园现象"之后。随着渡边作品的不断译介，读者群的不断扩大，我国的日本文学研究界也把目光投向了他，甚至给予很高评价："大江健三郎、渡边淳一、村上春树堪称当代日本文学三大家，在文学消费性洪流的冲击下，他们始终坚守了严肃文学的阵地"[②]；"渡边淳一是日本当代文学大师……不愧为一个严肃的作家。"[③] 甚至中央电视台招牌栏目《东方时空》的著名主持人白岩松在专题节目《岩松看日本》中，还专访了渡边淳一（2007）。可以说，在中国，渡边淳一不但被认为是当代日本文学的代表，而且是当代日本的"招牌"。

需要指出的是，中国学界对渡边淳一文学的认识在刚开始的时候有些模糊不清，甚至出现了定位上的错误：有的学者把《失乐园》看成是维护社会伦理道德，批判、否定婚外恋的作品[④]。21 世纪伊始，中国读者开始正视渡边淳一作品，肯定其中宣扬人性的部分，同时欣赏其对性爱描写的

　　① 这一年，陈喜儒翻译渡边淳一的《光和影》，发表在《日本文学》杂志 1984 年第 2 期上。

　　② 赵爱华：《生存·死亡·性爱——从三位代表作家看当代日本文学走向》，《世界文化》2006 年第 4 期。

　　③ 李琴：《生命本体与伦理道德的尴尬》，2006 年中国优秀硕士学位论文全文数据库。

　　④ 黄芳：《一段婚外情的悲剧——评渡边淳一的〈失乐园〉》，《西安外国语学院学报》2000 年第 3 期；陈艳丽：《一曲人类追寻的悲歌——日本当代作品〈失乐园〉深层底蕴探析》，《廊坊师范学院学报》2000 年第 1 期。

唯美笔致①，还有的学者关注到了渡边作品中爱与死的深刻涵义②。对同一客体，批评主体在不同的时期有不同的认知和评价标准，这符合认识的一般规律，同时也说明随着中国改革开放的进一步深入，在思想、文化领域人们的道德观、价值观的变化所引起的审美意识的变化。

2. 日本方面

日本女子美术大学岛村辉教授在谈到渡边文学时指出："虽然渡边在中国很受欢迎，但在日本看来，他一般写的主要是以习俗为主的东西，捕捉的只是生活表象，大部分的日本人觉得他的作品只有娱乐性……"③ 而文艺评论家斋藤美奈子也说："渡边淳一先生不受女人欢迎。"④ 在《失乐园》刚刚引起轰动效应的时候，就有学者在学术杂志上刊登论文批判它观念陈腐，否定人类社会的进步，蔑视女性，"把人们试图从现实的束缚中挣脱出来的愿望描写为纯粹的爱"⑤。在日本，作为一些文学奖项的评委、紫绶带勋章获得者和著名电视台的座上客，渡边淳一是家喻户晓的畅销作家，但同时我们也必须看到学界对他的漠然态度。

---

① 符新华：《渡边淳一小说思想特质论》，湘潭大学文学院硕士学位论文，2005年；闵致康：《回到人类的原点——论渡边淳一小说的性爱观》，南京师范大学文学院硕士学位论文，2006年；李琴：《生命本体与伦理道德的尴尬——文学伦理学批评视域下的渡边淳一》，陕西师范大学硕士学位论文，2006年。

② 杨仲：《白雪覆盖下的幽暗和壮丽——渡边淳一小说的死亡美学初探》，《思茅师范高等专科学校学报》2003年第1期。

③ 岛村辉：《值得中国注意的日本的近代文学研究》，《留学生新闻》2003年7月15日。

④ 斋藤美奈子：『あほらし屋の鐘が鳴る』、文春文庫、2006年3月10日、99頁。

⑤ 瀧田純一：「渡辺淳一『失楽園』の描く愛と性」、民主文学、1998年6月。

如果日本学者看到中国学术杂志评价渡边为代表日本文学的"大师"，是"严肃作家"，他们一定不敢苟同。因为在他们看来，畅销书与纯文学是格格不入的两码事，只有纯文学作家才可以配得上"大师"、"严肃"之类的称呼，才有研究价值。另外，与"渡边淳一"这个名字相关的信息，例如，事务所坐落在东京年轻人聚集的繁华地带涩谷区；时常与妻子以外的中年女人穿着情侣和服在这一带散步；随笔或小说，以及在与知名人士的对谈中流露出的反道德反伦理的言论，等等，都使日本的文学研究者对他冷眼相看或敬而远之。

3. 中日评价不同所产生的原因

可以说，渡边淳一是在错误定位——维护社会伦理道德、反对婚外恋——的前提下进入中国市场的。出版方对市场效益的考虑和研究界对文学的功利性期待，根深蒂固的定式思维都限制和妨碍了对渡边文学作深层次的探究和考察。

对于出版界来说，与经典的实力派文学一样，畅销书也会带来不错的经济效益。尤其一些恋爱文学，由畅销书被硬性升华为经典的例子也不在少数。所以，说得极端一些，有时出版界与其说迎合读者的口味，莫如说是在制造流行，用各种宣传手段诱发读者去购买和阅读。正因为如此，它们必须美化、夸大文学作品的价值。

对于学界来说，一些固守传统的文学评论者坚持不为喧嚣的市场所左右，对渡边淳一在中国图书市场的纵横驰骋或冷眼旁观或嗤之以鼻。几千年的伦理道德渗透使他们认为，性是俗物，与精神的高尚纯洁相比，贪恋肉体的欢愉，那只能说是意志薄弱、沉迷于低级趣味。文学虽然被公认为"人学"，但描写人的七情六欲之一的性文学却被打入低俗之列。研究"性文学"同样也被认为是没有什么实际价值和意义的不高尚之举。

在学术刊物上发表关于情爱文学的论文，更是难事。所以那些传统学者不屑去研究渡边文学也就显得理所当然了。

　　而一些对潮流敏感、易于接受新鲜事物的年轻学者则很容易被市场、被读者的视线所影响。他们注意到了渡边文学中的异质成分，同时对传统文学批评观中的"文以载道"思想又做不到置之不理。这种对文学的功利性要求，在现代社会虽然逐渐被淡化，但其影响尚存。所以即使是纯娱乐消遣的文学，也会被赋予弘扬传统道德的期待。由此产生了当今学术界、出版界对文学以及文学评论产生"升华主题"、"道德说教"等意识形态上的期待。在这种情势下，年轻学者把渡边淳一文学看作是道德说教小说，既可以认为是学界对主流意识形态的妥协，也可以认为是他们态度上的游弋不定。而21世纪之后，一些学者开始意识到渡边情爱文学中的无功利性①、人性与道德的冲突②、对生命价值的强调和肯定③，等等，这说明正视渡边文学的学术环境已经随着改革开放的深入渐渐形成——学者们不用再牵强附会地使渡边文学迎合社会主流意识形态的要求了。

　　日本对于渡边文学的评价受到文学以外因素左右的倾向相对较少。

　　从读者的角度来看，根据笔者对日本女性读者——年龄从二十多岁的研究生，到三四十岁的公司职员，或五十多岁的家

---

　　① 冯羽：《作为异文化现象的渡边文学——兼论日本文学中的"女"与"自然"》，《南京晓庄学院学报》2003年第3期。

　　② 林蓓蓓：《道德与人性的冲突——论〈失乐园〉叙事的二重性》，《新疆职业大学学报》2005年第1期。

　　③ 丁燕：《重寻生命的价值——读渡边淳一的〈失乐园〉》，《文教资料》2005年第20期。

庭主妇——的调查，她们不否认读过渡边淳一的作品，但是喜欢的并不多，甚至说他的作品很"变态"。这大概是因为渡边笔下的女性大都过于模式化，几乎没有自己的头脑和思维。换句话说，她们是男性作家根据自己对女性的审美需求创造的审美客体，是一个被物化了的符号而已。现实生活中，这种男人心目中的"理想女性"是不存在的。也就是说，从某种意义上来说渡边文学是歧视女性的。举个明显的例子，在《爱的流放地》（2006）中，女主人公冬香是三个孩子的母亲，丈夫在一家大公司任职，收入颇丰。但冬香却为了一个不再走红的作家（菊治）抛夫弃子，甚至在两人性爱极致之时忘情地请求菊治："如果真的爱我，就杀了我吧！"结果冬香如愿死在菊治手下。这种设计，不能不说新颖、独到、大胆离谱，因而非常具有"渡边淳一特色"。比较起来，《失乐园》女主人公抛弃医学教授的丈夫，与比自己大16岁的"初老"男人双双殉情的情节设计，只不过是《爱的流放地》的序曲而已。

　　相对于女性读者的理智分析与酷评，日本的男性读者喜欢渡边文学是因为它能满足他们对女性的幻想，渡边作品中的女性大多对男人毫无条件地温柔和顺从；当然大量生动的性描写也是吸引男性读者目光的要素之一。相对于思想性、文学性、社会性，男性读者看得更多的是其中的"官能性"。关于情死的理由，被渡边反复强调的爱的极致、性的愉悦，也许更能被他们所接受——对性本来懵懵懂懂的女人，在情人的开发引领之下渐渐沉迷其中，达到舍弃一切的程度——这种观点无论对错总是能够满足男人们的征服欲——以"性"征服女人。不管这个女人身份如何，外表是多么清高、纯洁。就像《查特莱夫人的情人》中出身卑微的猎场看守人能够以性征服男爵夫人一样。女人在男人性的征服下，变成无条件顺从男人的性工具，角色定位由"女人"被心甘情愿自动自觉地物化为"女体",而且满足于这种"爱"的形式和状态。这种理想的、只有传说中才存在的女人,也许表达了现实中很多男人的愿望和审美需求,而渡边淳一的作品恰恰满足了男人们的梦想。在接受白岩松采访时,渡边也说,他的作品要"扎进读者内心深处隐藏的欲望"。不过,就笔者所掌握的资料来看,渡边文学这种蔑视女性的倾向并没有引起中国学者的关注和足够的重视,这不能不说是一件令人遗憾的事。

　　日本的文学批评界对于渡边淳一文学也并非完全漠视或骂声一片,著名文学评论家秋山骏[①]、川西政明[②]、水上勉[③]等都从不同角度赞誉过渡边文学。不过相对于村上春树研究的如火如荼,我们不得不承认,无论在中国还是在日本,渡边文学在传统的文学批评界都受到了冷遇,只是程度不同而已。

　　看来,对于渡边淳一文学的认识,不管是在中国还是在日本,不管在普通读者层面,还是学术研究层面,都是有争议(有的甚至误读)的。因此,笔者认为有必要以客观、科学的态度,在仔细研读、分析文本的基础上,对渡边淳一文学进行全面的、系统的观照。既要看到它积极的一面也要看到它的局限性。其中,面对转型期的日本文坛,在纯文学与大众文学界限渐渐消失的今天,如何对渡边淳一这位创作活动尚在进行之中的大众文学作家定位,怎么理解他的作品在现代社会背景下的畅销和流行,是笔者一直深思的问题。在传统文学批评仍然

---

　　①　秋山骏:「夫・愛人・妻という三角関係」、横山征宏編:『渡辺淳一の世界』(集英社)、1998 年 6 月 10 日、84—86 頁。

　　②　川西政明:『リラ冷え伝説——渡辺淳一の世界』、集英社、1993 年 11 月。

　　③　水上勉:「『ただ一日だけ』という生き方Ⅳ」、PRESIDENT、1997 年 6 月。

占主流的形势下，对于这样一位有"色情作家"称号的男性作家进行评价，对初出茅庐且文学理论修养尚浅的笔者来说无疑具有很大的挑战性。笔者希望通过这部著作之"砖"，能够引来更多的"美玉"。

三　本书的基本思路和研究方法

在谈思路和研究方法之前需要说明的是，因为渡边淳一的创作活动正在进行之中，本书所说的"渡边淳一情爱文学"，除了《紫阳花日记》出版（2007 年 10 月）以前的渡边淳一的情爱文学作品（既包括描写青年人恋爱的"恋爱小说"，也包括描写中年男女不伦之爱的"男女小说"）之外，还包括研究渡边淳一文学必不可少的一些随笔，如《男人这东西》，自传体小说《魂断阿寒》等。

本书研究的基本思路是从渡边淳一文学产生的社会环境入手，探讨渡边淳一情爱文学与社会变迁的关系；然后结合文本，对渡边淳一情爱文学进行分析解读，总结渡边淳一情爱文学的理念及形成根源，分析他"死亡成就情爱"理念的深刻涵义。并对其作品中出现的形形色色的女性形象进行分析，总结出不同创作时期渡边淳一对女性的不同认识，揭示隐藏在这些女性形象背后的渡边淳一的女性观。最后结合日本文坛现状，总结渡边淳一情爱文学的特征、价值及其对当今日本文学乃至世界文学的启示。填补目前国内尚未有系统、全面的渡边淳一文学研究的空白。

在研究方法上，本书以辩证唯物主义与历史唯物主义为指导，运用文学、历史学、文化社会学的基本原理，以理论与实践相结合的方法对渡边淳一情爱文学进行分析研究。在研究过程中，遵循从一般到特殊，再从特殊到一般的规律，通过大量研读国内外（主要是日本）有关渡边淳一文学的最新资料，对渡边淳一情爱文学进行分析解读研究，而后进行整体性归纳总结，最后得出结论。

第 一 章

情爱与社会变迁

　　正如不同的社会，需要不同的文化艺术一样，不同社会类型、发展阶段，对文学的需求也不同。所以，任何时代的文学，都会打上这个时代的烙印。同样，任何时代的情爱文学，都会有这个时代文化、伦理意识等方面的影子。《源氏物语》讲述的是平安时代贵族社会的风花雪月、闲情逸致，在"走婚"这一婚姻体制下男人的任性风流与女人的哀怨愁苦；《红楼梦》描写了笼罩在封建社会旧式大家庭阴影下自由恋爱的艰难；《查特莱夫人的情人》告诉我们第一次世界大战后工业化社会制度下人性本能的力量，等等。渡边淳一的情爱文学也不例外，大到现代社会背景下的婚恋观以及"不伦意识"的些许变化，小到男女主人公约会场所、馈赠礼物、外出服饰或旅行地点的选择，无处不体现着现代大都市的繁华与喧嚣，以及饮食男女平静高雅外表下内心狂放热烈的激情、不安与躁动。下面就让我们在追溯历史、感受社会变化的同时，追寻渡边淳一情爱文学发育成长的足迹。

第一节　不伦意识的演变

　　"不伦"，是指有妇之夫或有夫之妇与妻子或丈夫以外的异性发生性关系。原本作为"违背人伦"等不道德行为的典型被使用，在日本现在已经演变为带有些许消遣性的意思①。在一夫多妻制背景下的平安时代，是不存在不伦意识的，到了武士社会，开始把"不伦"当作是犯罪行为并处以刑罚。"不伦"作为一个词语正式出现是在明治时代，并出现了惩罚通奸的法律。到了昭和 12 年（1947），随着该法律的废除，不伦变为道德层面上的问题，人们对不伦的认识开始改变，引起了女性对恋爱、婚姻、家庭的再思考，一些反映这些意识变化的文学作品开始出现，如大冈升平的《武藏野夫人》等。20 世纪 70 年代以来，渡边淳一的初期情爱作品也反映了经济高速增长背景下人们婚恋观的变化。

一　昭和以前

　　追溯不伦意识演变的历史，奈良、平安时代的贵族社会是不存在不伦意识的。在大化革新（645）之前，婚姻体制是一夫多妻制的"走婚"，就是男子在黄昏时刻到女方家，第二天早晨离开，也即所谓的"妻所婚"（这里的"所"是名词，指地点）。所以，到 12 世纪为止，王朝时代既没有约束性爱的道德，也没有类似的法律，而是依靠"自由恋爱"达成。如果一方厌烦了或者双方都不想再继续下去了，就会分手。所以即使

---

　　①　佐佐木毅等編：『戦後史大事典 1945—2004 増補新版』、三省堂、2005 年 7 月、807 頁。

对见异思迁或者背叛行为抱有个人恩怨，但也并不认为那是"不伦"，因而只停留在闺怨孤愁的层面上。因为女方不能主动送上门，只能苦等男人到来，所以当时有很多"怨妇"的"怨文"。最有名的就是藤原兼家的妻子、藤原道纲之母写的《蜻蛉日记》。像现代社会那种责备男人婚外情、以离婚相威胁的例子是没有的。与"怨妇文"相对，也有一些男子慨叹自己被"走婚妻"拒绝的"怨夫句"，如《百人一首》中藤原良经等人的诗句①就是一个例子。总而言之，当时女人没有权利责备负心男人，男人也没有资格责备女人同时是几个人的"走婚妻"，双方达成了一种黯然的默契。

　　镰仓幕府②成立之前的武士社会，一般是征服者掠夺原本属于被征服者的女人作为自己的妻子，这称为"掠夺婚"。不过镰仓幕府成立之后，政府对治安体制作出调整，在地方设置了守护、地头等检察官，所以不能再任由武士们去掠夺、强奸、通奸了。由此，另一种婚姻形式——"嫁娶婚"在镰仓幕府武士执政时期开始出现，并成为武士阶级的惯例，代替了贵族社会的"走婚"。嫁娶婚，就是女方嫁到男方家。嫁娶婚是由家庭与家庭之间，或者家族与家族之间商议后决定的，所以妻子是属于家族的财产。如果这个财产被别人涉足了，那就不是爱情问题，而是涉及家族荣誉，有辱门风的大问题。

　　所以在镰仓、室町时代，就已经把"不伦"当作是犯罪行

---

　　①　原文为："きりぎりす　なくや霜夜の　さむしろに　衣かたしき　独りかも寝む。"田辺聖子：『小倉百人一首』、角川文庫、平成16年11月、420頁。诗句参考译文：蟋蟀几声啼，唤来秋夜满地霜。屋内草席寒，相伴无人独自寝，和衣枕袖孤月长。

　　②　是日本最早的武士政权，设置在镰仓。其开始时期，有两种说法，一说1183年，一说1185年。源氏将军行使政权到第三代，后北条氏掌握政权。1333年灭亡。

为并处以刑罚了。不过那时候的官方语言称"不伦"为"密怀"。到了江户时代，不伦行为要被判处死刑，那时的叫法是"密通"。从明治时代开始，一直到昭和时代（战前），则称其为"奸通"。不论哪种叫法，都与伦理、法律处罚相关。

日本最早惩戒"不伦"的法律，是北条泰时（镰仓幕府第三代将军辅佐）编写的"御成败式目"，因为制定于贞永元年（1323），又被称为"贞永式目"。其中规定"与人妻密通乃犯罪也"。这是日本最早的视不伦为犯罪的法律。它规定，无论强奸或是通奸都要论罪，与他人之妻有染的武士要受到没收一半领地的惩罚。女方如果有领地，也要被没收；没有领地的男女则要被流放。再就是对强奸罪的处罚，如果是幕府的家臣，要被罚停止出勤 100 天；如果是没有领地的一般武士，则会被"剔去一边头发"。

到了室町时代，对不伦的惩罚进一步加重，变成了死刑，日语名叫做"妻敌讨"[①]，是"讨杀奸夫"的意思，用以惩罚不伦之妻及其相恋对象。这种"讨杀奸夫"的刑罚后来被德川幕府法制化。到明历元年（1655），"江户町中定"（幕府大臣条令）规定，"妻不伦被当场发现，就地处死"。这当然是对那些一直佩带双刀，可以随时杀人的武士来说的。这种通奸罪，不管是对于正室妻子还是妾，都无一例外地适用。明治 15 年（1882）之后，规定丈夫与妾的关系是雇佣关系——即丈夫出钱，妾"献身"。在此之前，妾、妻子与祖父母、兄弟姐妹一样，都属于二等亲，犯了"不伦罪"都要被杀头。[②]

---

①　日语叫做"妻敵討（めがたきうち）"，是"惩罚妻子及其奸夫的意思"。"妻敵"，指奸夫；"討"是用武器杀死的意思。所以译成汉语是"讨杀奸夫"。

②　晖俊康隆：『日本人の愛と性』、岩波新书、1989 年 10 月、235—238 頁。

　　"不伦"这个词语开始使用是在明治时代。[①] 文明开化之后，对江户时代通奸罪的量刑减轻了，不再是死刑。根据明治13年（1880）制定的刑法183条规定，被丈夫控告的奸夫或奸妇要被判处"两年以下徒刑"（称为"亲告罪"）。这种改革看起来很彻底，不过从"被丈夫控告"这点来看，"被正妻控告"则不被认同，江户时代以来男尊女卑的后遗症还没有剔除。也许"服刑两年"与死刑相比，根本不算重，不过这还要看是对什么人，日本文学史上有名的北原白秋和有岛武郎都是它的"受害者"。

　　明治45年（1912）7月，初露头角的天才诗人北原白秋，被情人松下俊子的丈夫以通奸罪起诉，关在拘留所里。后来与俊子丈夫达成协议，才免于牢狱之灾。有岛武郎则没有这么"轻松过关"：大正12年（1923）6月8日，46岁的有岛武郎与情人——《妇人公论》的美女记者波多野秋子（当时30岁），在轻井泽有岛武郎的别墅中自杀。当时有岛武郎给兄妹的信上说，"可以说，外界的任何压力都没有影响到我们。我们是以最自由的形式，高兴地迎接死亡。"不过，他们的内心深处一定承受着伦理道德的谴责，再加上法律上的压力，只有死了之后他们才能永远在一起——以死来达成现世中不可能实现的爱，这才是他们选择情死的目的。

二　昭和之后

　　昭和9年（1934），关于不伦的惩罚，妇女运动家们提出了有妇之夫通奸应该一样判处通奸罪的主张。一方面是迫于这个压力；另一方面战后受美国男女平等主张的影响，昭和22

---

① 　晖俊康隆：『日本人の愛と性』、岩波新書、1989年10月、238頁。

年（1947）公布的刑法修正案指出，只是制裁女方通奸，不符合新宪法中两性平等的主张，所以通奸罪被彻底废除。从此以后，不伦不再是刑法上的犯罪，而仅仅是民法上请求离婚赔偿的理由。

昭和10年代（1935－1944）正值战争期间，较之于精神上的需求，人们更疲于生计的奔波。不过昭和史上有名的"阿部定事件"（1936），却反映了那个时代人们对不伦意识的动摇。渡边淳一在他的随笔《男人这东西》中，详细地叙述了这个事件：

　　阿部定在东京的一个小饭馆当女招待，与该店老板吉藏发生了肉体关系……越是与吉藏在一起，阿部定就对他越发眷恋，因此在做爱达到最高潮时她会不由自主地说："为了不让你和别人这样，我要杀了你！"吉藏回答："只要对你好，我死也情愿。"听吉藏这样作答，她越发迷恋他了。于是，两人一边交欢，一边互相卡住对方的脖子……反复多次如此做爱更增进了阿部定对吉藏的眷恋之情，她觉得要想让这个可爱的人永远属于自己，只有杀了他然后自己也死去。

　　一天，吉藏……睡得迷迷糊糊的时候突然睁开眼睛说道："喂，是不是我睡了你又要卡着我的脖子？勒紧了就不要松手，免得以后痛苦。"听他这么一说，阿部定心想：也许他自己也觉得活得太麻烦，想被杀死吧？"不，这绝不可能！"阿部定反复揣摩着吉藏的心理，最后为了永远独占他，还是决定杀死他。于是在吉藏熟睡之后，她一边哭着说"原谅我"一边用绳子勒死了他。又用菜刀割下他的阴茎和睾丸，准备把它们带到来世。她被捕时，那件东西仍紧紧地贴在身上。

　　在被问及为什么要割下男人的阴茎时，阿部定回答说："因为那是最可爱、最贵重的东西，如果不把它割下来的话，在为他擦拭身体时，他老婆肯定会摸的。"她还说："手里拿着吉藏的阴茎，就觉得仍和他在一起，从而不会觉得寂寞。"①

　　案件公开之初，人们都认为阿部定是个淫荡的恶魔。但随着审判的展开，人们开始同情她了。因为当时正值"二·二六事件"② 爆发不久，军国主义乌云笼罩着日本，人们处于闭塞状态之中，对国家前途和自身的命运忧心忡忡。阿部定那种甘愿自我毁灭、勇于挚爱的生存信条使人们产生了共鸣，并找到了解脱内心苦闷的途径。律师的辩护词，更加显示了对这种"疯狂不伦"的理解："他们俩阴阳平衡，这是千载难遇的结合。本案正是在这种稀有的命运驱使下由神的恶作剧诱发的。"③ 这样，本应服刑 10 年的阿部定，仅被判了 6 年。而且，后来又以模范犯人的身份提前一年释放。这个事件对日本人的伦理道德意识产生了很大的影响，作为"爱欲杀人"的典型特例，"阿部定"成为日本家喻户晓的人物，成为"昭和史上的名人"。

　　上面提到，日本战败后的 1947 年，刑法修正案废除了通

---

　　①　渡辺淳一：『男というもの』、中公文庫、2006 年 12 月、218—219 頁。
　　②　1936 年 2 月 26 日，日本陆军皇道派青年将校们，以"改造国家"、"打倒统治派"为目标，率领军队约 1500 人发生暴动，袭击了首相官邸，杀死内大臣斋藤实等人，占领了永田町一带。第二天发布戒严令，29 日被和平平定。事件之后，军部以肃军的名义加强了对政治的支配力度。
　　③　渡辺淳一：『男というもの』、中公文庫、2006 年 12 月、220 頁。

奸罪。不伦不再是法律上，而只是道德上的问题了。一般认为，不伦意识变化的主角是女性。[①] 一方面，女性就业机会的增多、经济上的独立与不伦有直接关系。从 20 世纪 60 年代后期开始，日本就业女性逐渐增多。进入 70 年代，随着第三产业的迅速发展和高学历化，更有大批女性摆脱了"专业家庭主妇"的地位，开始走向社会。70 年代后半期开始，工作的女性进一步增多。工作单位成为她们与社会的连结点，与丈夫以外的异性接触的机会增加。随着经济上的独立，她们开始重新认识和审视男性。另一方面，随着家务的合理化和两代人家庭的增加，30 岁左右女性的育儿工作告一段落，安定平稳的家庭生活好是好，但是总觉得少了些什么，丈夫又一心扑在工作上，她们不仅开始重新思考自己的"贤妻良母"角色，而且"结婚就等于幸福"的信念产生动摇——对男性主导地位开始怀疑，这也许是不伦意识萌发的诱因。她们甚至向社会规范提出疑问：只有夫妻之间才可以有性？

　　使女性们对"贤妻良母"信念产生动摇，对"不伦"开始理解并"心向往之"的外力，是 20 世纪 70 年代初非常流行的午间电视剧（日语称"昼メロ"）。它午后一点开始播放三十分钟或者一个小时，一般有一些刺激的镜头，以吸引那些忙了半天家务闲下来的主妇们。这虽然是电视台为了提高收视率的一个举措，却潜移默化地改变了主妇们的伦理观念。1985 年播放的电视剧《献给星期五的妻子们》，[②] 是表现不伦意识的一个最高点。至此，"不伦"没有遭受任何反作用力，自然而然地

---

　　① 佐佐木毅等編：『戦後史大事典 1945—2004 増補新版』、三省堂、2005 年 7 月、807 頁。
　　② 日语名「金曜日の妻たちへ」，婚外恋题材，描写了三对年轻夫妇的家庭生活以及他们追求婚外情感时内心的矛盾与冲突。

走入人们的生活。这种变化从当时的流行歌曲可见一斑。同样是不伦的主题，70年代的歌曲《妻子的名分》（日语名「妻の名が、妻の名が、とてもつらいわ」），显示了对于不伦的内心挣扎与矛盾；可是80年代的歌曲《要什么虚伪的道德》（日语名「野望な道徳必要ないわ」）则明显表达了"忠实于自己"的态度。媒体更是大搞一些不伦的节目，什么"讲述不伦经历"、"给不伦支招"，一些为不伦提供场所的服务行业马上应运而生，最具代表的就是电话俱乐部。[1] 这样，不伦渐渐从"特别的东西"转化为"轻度刺激"，悄无声息地步入寻常百姓家。

　　至于男人们为什么会"不伦"，笔者想既有物质方面的原因，也有精神方面的原因。物质方面，20世纪六七十年代以来，日本经济高度发达，"左右着社会内部的趋向已经从生产方面转向消费方面"[2] 了，物质上的宽裕为男人们提供了不伦的"财力"。精神方面，经济发展必将导致的高强度劳动、精神紧张等又给他们创造了"不伦"的理由。

三　渡边淳一的初期"不伦"文学

　　渡边淳一开始描写未婚女子与已婚男子或者已婚男女之间交往的不伦文学，正好始于不伦渐渐兴起的70年代，而不伦开始蔓延的80年代也是渡边的不伦文学多产时代。到了90年代末期，就连普通的公司职员也想"失乐园"（1997年随着渡

---

　　① 1985年左右，随着《日本风俗营业法》修正后兴盛起来的服务行业，涉嫌色情。一般是男性到俱乐部指定的个人房间等待女性打来电话，后与女性约会等。2000年左右随着以网络为媒介的男女交友的普及开始衰退。

　　② 松原新一等著：《战后日本文学史·年表》，罗传开等译，上海译文出版社1983年版，第537页。

边淳一的《失乐园》在日本的大报纸《日本经济新闻》连载和小说《失乐园》的畅销，"失乐园"一词获得了当年的流行语大奖，普通公司职员之间以"想失乐园"作为相互之间的调侃）了。这样，"不伦"不仅仅停留在普通主妇"操作"的层面，而是堂而皇之地登上号称"硬派"报纸的《日本经济新闻》的大雅之堂，光明正大地成为现代社会的时髦"事件"，连载小说《失乐园》的轰动效应说明就连中规中矩的商业人士也在心理上接受了不伦意识。

　　渡边写于 20 世纪 70 年代或者以 70 年代的日本社会为背景的"不伦"小说——渡边的初期不伦作品，主要描写的是单身女子与已婚男子的恋爱。如《丁香清冷之城》、《秋残》、《深夜起航》、《雁来红》、《最后的爱恋》，等等。

　　《丁香清冷之城》（1971），是渡边的第一部连载小说。男主人公有津在飞机中巧遇曾经接受过自己人工授精的女主人公宗宫佐衣子。虽然事情已经过去十年，但有津却一直记着这个名字——这一情节设计让人无论如何都觉得太过巧合。更为巧合的是，机场分手后有津虽经多方探询但没有找到佐衣子的电话号码，却突然在工作的大学植物园巧遇佐衣子母子（儿子纪彦）！这样他们后来的不伦关系便显得水到渠成。随着频繁的约会，有津越来越觉得纪彦就是自己的孩子，但又不能确认。故事并没有按照读者的想象去继续推理纪彦到底是谁的孩子（因为同时给佐衣子提供精子的另外还有两个人），而是安排了佐衣子怀孕，并想生下这个孩子——十年前佐衣子因为丈夫没有生育能力而接受有津等人的精子，十年后的今天因为与有津的婚外关系而意外怀孕，虽然是"不伦"的产物（有津已有妻女），但对已经单身的佐衣子来说是难得的。她期待与有津组建家庭也是人之常情，但有津没有同意。最为重要的是，在这部作品中，渡边第一次明确地对一夫一妻制提出了质疑：相爱的人不能共同生活，共同生活的人不一定彼此相爱却要每天生活在同一屋檐下，社会的普遍信条所在乎的，只是形式上表面上的完整，却从来不考虑其实质上是否已经支离破碎、千疮百孔。

顺便提一下，《丁香清冷之城》是渡边获得直木奖（1970年7月18日渡边的作品《光和影》获得第63届直木奖）之后的第一部长篇小说，是渡边婚后第6个年头的作品。在这篇小说连载即将结束之时，渡边即收到了日本三大报纸之一《每日新闻》的连载约稿，于1971年1月初开始在其周刊杂志上连载《无影灯》，开始了他连载小说作家的生涯。

《秋残》（1974）描写了迪子（未婚，24岁）与阿久津（已婚，40岁上下）的婚外情。两个人都在输血中心工作，阿久津是迪子的上司。小说以迪子的视角写成。为了测试阿久津对自己的感情，也为了探视他们夫妻关系，迪子恳求阿久津以给阿久津妻弟圭次介绍对象为借口，带着妻子、圭次、迪子四人一起开车旅行——这个建议未免大胆而荒唐，能够设计出这样独特的开场，也是非渡边淳一不能的。在旅游过程中，迪子伶牙俐齿、百般试探；妻子心存疑虑；阿久津左右为难——这一段显示了渡边的虚构能力，尤其是几个人的对话，既富于变化又符合每个人物的身份，很有现场感。圭次单纯地喜欢上了迪子——这样一来，小说高潮迭起、矛盾重生：不久，阿久津妻子生病住院，阿久津悉心照顾，引起迪子的嫉妒。为了引起阿久津的关注，她曾试图故意感染肝炎未果。他们的关系被传到阿久津上司的耳朵里，迪子受到提醒。圭次来京都约见迪子，失落中的迪子欣然赴约，使圭次受到鼓舞。理智告诉迪子远离阿久津，但是感情与身体上的需求使他们再次靠近，迪子瞒着阿久津怀了孕。圭次再次来到京都向迪子求婚，迪子拒绝。使圭次怀疑到一直阻止他们交往的阿久津，被逼问之下，迪子承认了他们之间的关系。恼羞成怒的圭次到医院向姐姐实情相告，阿久津妻子在病痛与真相的压迫下服毒自杀。迪子感到罪责深重，自己到医院做了流产手术并决心与阿久津分手——这一波未平一波又起，环环相扣的情节设计，显示了渡边非同一般的创作能力。故事以迪子流产并决心与阿久津分手戛然而止，又引发读者产生无尽的联想。

　　虚无的结尾。迪子所做的一切都出于嫉妒，虽然明明知道"这样和阿久津来往也不会有什么结果，但是迪子现在并不期待和谁相亲"①。宁愿与有妇之夫婚外恋而不想交男朋友，甚至为了把阿久津从他妻子那里夺过来而不惜糟蹋自己身体（尝试感染肝炎、故意怀孕等），除了自己尚且年轻的安逸心理——就像中国的一句广告词"年轻没有什么不可以"——之外，同时，也可以看出未婚女子对婚外感情的坚定与执著。佐衣子与迪子不同的立场，决定了她们对"不伦"之恋的态度。虽然佐衣子是单身，但毕竟有过婚史，还有一个孩子，年龄也较大，所以相对于迪子，她显得内敛、持重、被动、犹豫不决。但男人都是同样的没有责任心。日语有"倦怠期"一词，最先厌倦家庭生活的无聊琐碎平庸而到婚外去寻找新鲜刺激的，常常是那些男人们。他们意欲追求个人的幸福、享乐，却又要远离责任、负担。他们在个人感情方面的自我价值实现，总是建立在与社会价值的冲突、矛盾之上，形成追求个人幸福与社会伦理道德的矛盾；既想附庸风雅，又不想负什么责任；既希望家庭稳定幸福，又不想安居家中享受天伦。也许这一切的理论基础

---

　　①　渡辺淳一：『野わけ』、文春文庫、1997 年 11 月、73 頁。

便是渡边的"一夫一妻制不符合人性"。或者因为体验过这种倦怠期，渡边以自己的感受和体会在作品中诉说着一夫一妻制的不合理，却又困惑于婚外情的虚无。

无论佐衣子还是迪子都把与恋爱对象的最终结合当作自己的人生目标。可是《最后的爱恋》以后的作品，比如《浮岛》、《化身》、《曼特莱斯情人》等，开始出现不顾一切、一心扑在工作上，不再把结婚当作女人的最高目标的千代（《浮岛》）；从起初的单纯依靠男人，到最终却毅然离开男人、寻求自立之路的雾子（《化身》）；不希望与男人结婚，要求人格独立、自立自强，甘愿当"曼特莱斯式"情人的修子（《曼特莱斯情人》）。社会的变迁，妇女地位的提高以及她们走上社会、成为社会一员的机会的增多，也带来了她们婚恋观的变化，过去那种唯男人是从、完全处于附属地位的女人已经悄然退出历史舞台，自立自强、寻求自我生命价值的女性逐步增多。这当然是社会的进步，但同时也给男人带来了极大的困惑。

第二节　经济增长与妇女地位

20世纪60年代以来的经济增长，给日本人的社会生活带来了很大变化，也带来了人们思想意识上的进一步变化。随着妇女参与社会机会和人数的增多，她们的自我意识进一步觉醒，引起了80年代在日本大流行的第二次女权主义运动，产生了一些女权主义者，渡边淳一的作品也开始出现了一些女权主义者式的女性形象。

一　六七十年代的经济增长

在日本现代史上，关于20世纪六七十年代的经济，有一个众所周知的专有名词——高度经济成长。"高度",是形容词,在日本,当年的经济增长超过上一年的10%,才可以称为"高度增长"。20世纪六七十年代,日本的经济增长持续了很长一段时间,由此带来了日本社会、文化等诸方面的变化。至于高速增长期具体始于哪一年,并不太确定。但一般认为它从1955年左右开始(1955年的个人平均所得超过了战前最高时期1934—1936年的水平,就此宣告战后经济恢复期的过去,增长期的到来),在60年代末70年代初达到高峰,以1973年世界石油危机告终。之后的70年代、80年代的增长虽然没有达到10%,但也持续在4%—5%。这样,日本的平均GDP达到了西方先进国家的水平,进入世界先进国家的行列,完成了明治时代以来的宏伟目标。与战前相比,日本在国际社会上的地位有了显著提高。战前的财阀资本主义解体,中小企业进入市场,获得了成长为大企业的机会,进入了真正的自由竞争经济时代。[①]

高度经济增长体现在社会结构方面的变化是农民急剧减少,乡村共同体解体,城市中新中间层增加,日本全体进入了平均化的大众社会。日本人集体摆脱了贫困,大多数人认为自己的生活达到中等水平。据经济企划厅调查,1972年具有"中流意识"的人占全部调查人数的73.2%。到1984年,这一比例达到81.8%,1985年达到88.5%。

经济上的高度增长,也带来了社会生活等方面的诸多变化。1962年东京的常住人口突破一千万,成为世界上第一个人口超千万的城市。1964年东京奥运会和1970年大阪万国博

---

① 佐佐木毅等编:『戦後史大事典1945—2000 増補新版』、三省堂、2005年7月、276頁。

览会的举办，向世界展示了战后日本的巨变，得到国际社会的认可。日本的社会文化生活日趋西方化、美国化。从饮食习惯、家庭生活方式，到思想观念、处世哲学，都发生了巨大变化。

例如，1966 年 6 月末甲壳虫乐队来日公演三天，很多狂热的歌迷们聚集在东京的日本武道馆，甚至还吸引了三岛由纪夫、远藤周作、大岛渚等诸多名人前来观看。与其说他们是为甲壳虫乐队所吸引，不如说是为了现场体会他们所不能理解的歌迷的狂热。很多新闻媒体都对这次公演进行了报道，他们与那些名人一样，关注的不是甲壳虫乐队，而是"甲壳虫现象"。这一年，体现这种崇拜西方的事件，还有杂志《花花公子周报》（日语名"週刊プレボーイ"）的创刊；赴海外旅行的人数达到 21 万人，是四年前的 3 倍等。再者，社会风习方面的变化，还体现在 1967 年超短裙的流行、1971 年 T 恤衫、牛仔裤的风靡，1970 年 NHK 电视台连续三天播放系列节目"母子性教育思考"；1971 年日活①首次上映浪漫色情电影《小区妇人午后情事》（日语名"団地妻昼下がり情事"），1972 年"未婚妈妈"、"同居时代"获得该年度的流行语大奖；1973 年以大学生同居生活为内容的歌曲《神田川》大流行，等等。

经济飞速发展带来了社会生活的巨变，相应地，人们的价值观、伦理观也发生了很大变化。随着女性参与社会的机会不断增加，她们的自我意识开始不断觉醒，再加上 20 世纪 80 年代日本第二次女权主义运动的推动，使女性地位不断提高，产

---

① "日活"是"日活株式会社（英文：Nikkatsu Corporation）"的简称，由 1912 年创立的日本活动写真株式会社而来，为日本五大电影公司之一。与其他大型电影公司不同的是，日活有经营成人电影的业务。

生了一些令男人们困惑的女权主义者。

那么在渡边淳一的作品中，是怎样表现这些高度经济增长期背景下的女权主义者的呢？这个问题，还是离不开女权主义运动这个时代背景。

二 日本第二次女权主义运动

女权主义（英语为 feminism、日语为フェミニズム）是要求废除两性差别、谋求女性解放的思想和运动的总称。由于时代、国家或者领导者的不同，女权主义的主张也有细微差别，并不确定。在日本，随着思想和主张的变化，对女权主义的称呼也有所不同。比如"妇人运动"、"妇人解放论"、"妇女解放"、"女性解放思想"，等等。"女权主义（フェミニズム）"这一术语在日本的最早用例，是 20 世纪 70 年代，渥美育子等创办了杂志《女权主义者》（フェミニスト・1977 年）①，其中出现了"女权主义"字样，不过那时候并没有固定下来。作为女性解放思想的总称被固定下来是在 80 年代，所谓"女权主义论争"② 以后的事。

从世界范围来看，以 20 世纪 60 年代为界，女权主义的理论和目标有很大不同，所以把 60 年代以前的称为第一次女权主义运动，60 年代以后的称为第二次女权主义运动。日本第一次女权主义有两个分支，分别是资产阶级妇女运动和社会主义妇女运动。前者从明治中期开始，以"废娼运动"、"妇选运动"等形式展开，主张妇女作为现代市民社会的一员，应该与

---

① 佐佐木毅等編：『戦後史大事典 1945—2004 増補新版』、三省堂、2005 年 7 月、790—791 頁。

② 1983 年，生态女权主义代表青木弥生与马克思女权主义代表上野千鹤子之间的论争。后来后现代女权主义代表金井淑子等人也参与进来。

男子拥有同等权利。后者从大正时期开始与劳动运动同时展开，认为只有改变资本主义体制使劳动者获得解放，才能真正实现妇女解放。它们的共同点是，把现代化作为妇女解放的前提条件。

进入 70 年代，随着妇女解放运动的开展，日本迎来了第二次女权主义运动。妇女解放（Women's Liberation，ウーマン·リブ）与要求参政权的第一次女权主义不同。表现在以下几个方面：（1）对性别角色分工（sexual division of labor）的否定；（2）对"女性意识形态"的批判性分析；（3）对女性"性与生育的自我决定权"的确立。[①] 第二代女权主义运动最为中心的主张，就是否定长期以来关于家庭内夫妇分工的普遍观念，即"男人负责工作，女人负责家庭"。第二代女权主义还主张，应该把历来视为自然的"性差"，以及女性特有的性格、母性等重新定义，因为它们是由社会性因素、文化性因素形成的。它还反对历来的性道德，主张女性与男性同样具有对性行为的选择权。

在女权主义运动逐步展开并渐渐取得成果之时，相关的社会状况又发生了变化。一方面，从 60 年代后期开始，日本就业妇女逐渐增多。进入 70 年代，随着第三产业的迅速扩大和高学历化，更有大批妇女摆脱"专职家庭主妇"的地位，大批走向社会。据日本总务厅统计局调查，1986 年日本的女雇佣劳动者达 1584 万人，占劳动者总数的 36.2%。而 1955 年只有 531 万人，30 年间增长了两倍。另据调查，1985 年就业妇女中已婚的占 69%。这说明许多妇女已由"专职主妇"变成"兼

---

① 江原由美子：《性别支配是一种装置》，丁莉译，商务印书馆 2005 年版，第 130 页。

职主妇"①。另一方面，根据日本厚生省的调查显示，70 年代初期的结婚率最高，达到 10‰左右，1990 年下降到最低点5.9‰，之后虽然 1995 年和 2000 年达到 6.4‰，稍有上升，但整体上仍然是下降态势。而离婚率从 60 年代开始，基本上呈上升趋势，2000 年达到最高点 2.1‰。② 结婚年龄和出生率的对照年表则表明，不论男性还是女性，结婚年龄在逐年上升（2000 年男子为 28.8 岁，女子为 27 岁），而出生率却从 70 年代初开始逐年下降。这些数据从推动社会进步的角度来说都是负面值——身为东京都知事的石原慎太郎 2001 年在接受女性周刊杂志采访时说："女人丧失生殖能力之后仍然活着那就是浪费，是犯罪。"作为它的"翻译版"，厚生大臣柳泽伯夫2007 年 1 月说出类似"女人是生育机器"之类的话。这引起了女性团体的强烈不满，但是身为国家权力机构代言人的两位男士的发言，在某种程度上反映了现代日本社会的女性价值认识。

那么女性自身，对自己的人生是怎么设计的，对婚姻又是怎么看的呢？据《每日新闻》第 20 次"全国家庭计划舆论调查"（1990 年）统计，95％的未婚女性表明"迟早要结婚"或"希望尽早结婚"。打算工作一辈子的女性占 21％，打算工作到结婚为止的占 28％，工作到孩子出生为止的占 15％。所以将工作置于很重要地位的人并不是很多。在谈到日本女性的婚姻观时，江原由美子说，以性别角色分工为前提，是现代社会的婚姻现实。日本社会不承认婚姻的多样性，不承认女性的劳动权。对女人而言的成功，就是将事业有成的"像男人样的男

①　吴廷璆主编：《日本史》，南开大学出版社 1997 年版，第 1162—1163 页。
②　神田文人等编：『戦後史年表 1945－2005』、小学館、2005 年 12 月、138 页。

人"弄到手。因此，为了取得对女人而言的成功，她们不肯放弃女人魅力、"女人味儿"。而且大多数男性还顽强地维护着"结婚就是女人走进家庭"、"结婚就是养活女人"这种传统的婚姻观。日本社会不会打破"结婚、性、生殖"这个三位一体，它的性别角色意识依然根深蒂固。①

看来，达到真正意义的女性解放，还需要相当长的时间——女性自身能否摆脱社会约定俗成的价值意识是问题的关键。渡边淳一情爱作品中的女权主义者们也许能为对此感到困惑的人们提供一些参考。

三　渡边淳一文学中的女权主义者

渡边淳一一直关心社会问题，他的作品之所以能够总是畅销，与此有很大关系。1986 年 4 月 1 日，随着日本《男女雇用机会均等法》的实施，不再甘心于家庭生活，走向社会的日本女性越来越多。在渡边开始创作《曼特莱斯情人》的 1989 年，日本女性的就业率达到 48.3%。② 同年，森山真弓当选为日本第一位女性官房长官。《曼特莱斯情人》就是这种社会背景下的产物。渡边淳一文学中的女性一般都是心甘情愿地附属于男人的，但在《曼特莱斯情人》和《化身》中，渡边讲述了追求个人独立的女性的故事。关于"曼特莱斯"的含义，渡边在题解中叙述道：

> "曼特莱斯"和"情人"是同义词，"情人"这个词，

---

① 江原由美子：《性别支配是一种装置》，丁莉译，商务印书馆 2005 年版，第 240 页。

② ［日］総務省統計局：「労働力調査・地域、就業状態別（15 歳以上人口）」，http://www.stat.go.jp/data/roudou/index.htm。

法语就是"曼特莱斯"。尽管意思相同，但实际上的含义却相差很大。日语中的"情人"一词，给人的印象是不论是经济上，还是精神上都依靠男人的意思。与此相对，"曼特莱斯"却是指那些与男性恋爱，但有自己事业的独立女性。本书用这个名字，是从"克勒松总理是密特朗总统的曼特莱斯"这句话得到的启示。虽是女性，却担任总理这一要职，另一方面又与特定的男性关系密切……由此可见，曼特莱斯的本意是非常有实力、有教养，又能独立自主的女性，与日语中的隐秘、娇嗲的情人意思是不大相同的……本书的女主人公，是经济能独立，自己有自己的生活方式，在追求事业上进的同时，又爱着有妇之夫的女性……再重复一遍，是不依靠男人的女性，是有自己的事业、自己的意志，按自己的意愿去享受男人爱情的现代女性。①

主人公修子是个"按自己的意愿去享受男人爱情的现代女性"，虽 33 岁却仍然未婚。在一个大公司担任社长秘书，工资不菲并拥有自己的住房。她与有妇之夫远野四年前相识并确立情人关系。远野是一位事业有成、家有妻女的中年男子，婚外情所带来的欢娱使远野越来越迷恋修子，最终发展到了不能自拔的地步。当远野与妻子离婚，准备与修子结婚的时候，修子却毅然决然地选择了离开。青春美貌精明能干的修子，为什么宁愿做一个"曼特莱斯"式情人，也不肯嫁人为妻，依附于男人呢？通过渡边的描述，我们看到的是：

---

① 渡辺淳一：『メトレス愛人　別れぬ理由』、『渡辺淳一全集』第 21 卷、角川書店、平成 8 年 8 月、221 頁。

首先，是母亲的婚姻生活让她对结婚、对男人失去信心。从小说的创作年代推算，修子的母亲是个家庭主妇，她出生于20世纪30年代即战争期间，在战后经济高速成长期生下修子。父亲在修子高中时（20世纪70年代初期）与别的女人相好后弃家出走。由于父亲每月按时提供生活费，母亲的生活并不十分拮据，可寂寞却无时无刻不在折磨着她。所以在修子看来，虽然结婚就像买了一份保险，生老病死都会有人负责，但是却是以一生的自由为代价，得不偿失。

其次，经济上的完全独立使她有能力，而且更自觉地追求人格上的独立。"一个女人独自生活了30年，已经形成自己的生活习惯，不管怎么喜欢对方，也不想让他来破坏自己的习惯，打乱自己的生活节奏。修子对结婚至今仍然不那么上心，也许正是因为这种任性吧。"① 就是说，她不想因为结婚而为家庭生活所累，不想因为结婚失去个人的独立空间。同时，结婚后琐碎的家庭生活和沉重的社会、家庭负担又会使夫妻双方心生厌倦，直至麻木，"成为纯粹的同居者"，失去男人之为男人、女人之为女人的意义。既想享受作为女人的快乐，又不想担负作为妻子的责任，这样的修子不能不说有些任性与自私；而一边与远野来往，又一边大唱不影响、不涉足他的家庭生活高调的修子，不能不说是"伪善"和自欺欺人，难怪在被远野妻子说"你这是在偷别人的东西"时，她哑口无言。

修子不想与远野结婚的第三个原因，是不想背负"远野是为了自己而离婚"的重荷。远野向她求婚时说"好不容易与妻子分手……"，修子体会出了远野想说的是"我为你到了这个

---

① 渡辺淳一：『メトレス愛人　別れぬ理由』、『渡辺淳一全集』第 21 巻、角川書店、平成 8 年 8 月、22 頁。

地步"，即我对你有恩。而日本人最苦恼、最不能忍受的就是蒙受别人的恩情。修子觉得自己并没有逼迫远野离婚，所以对于"全是为了你"这种说法，并不能接受。如果修子在这种情况下与远野结婚，一方面等于默认了远野对自己有恩的说法，好像自己也一直在期待着他离婚；另一方面，舆论也会说她抢了别人的男人，就像远野的妻子说的"是在偷别人的东西"，这是她不能也不愿承担的。根据小说中的叙述，修子并不是不希望与远野结婚，结婚是她"长期以来的夙愿"，但是"想到今后要与远野两人生活，却有一种新的不安频频向修子袭来……他与修子理想中的丈夫相差悬殊。如果就这么结婚的话，修子就等于背上了一个大包袱"①。

上述三个原因中最为重要的还是第二个，即物质上、经济上的独立。经济独立是人格独立的基础。只有经济独立之后，才有放弃社会约定俗成的女人应为"主妇、妻子、母亲"三种角色的资本，才有尽情享受人生——包括男人的爱的可能。修子女性自我意识的觉醒，显然颠覆了现代男权社会赋予女人的各种条条框框的约束。她的选择，扫除了"女性即为弱者"、"女人必须依靠男人"的阴影，与男人平起平坐谈情说爱，对男人结婚的"施舍"勇敢地拒绝，这一切，都带着浓厚的女权主义者的影子。

她对人格独立的要求，无疑引起了男人们的困惑和恐慌。正是因为这种"独立"的姿态最初吸引了远野，但又是因为这种过分的独立，让男人们措手不及。正如渡边常说的，男女关系或夫妻关系是力量对垒关系，万事依靠男人的女人，会使男

① 渡辺淳一：『メトレス愛人　別れぬ理由』、『渡辺淳一全集』第21巻、角川書店、平成8年8月、211頁。

人觉得是负担而避之不及；而完全独立的女人又使男人束手无策，也许人类社会这种男女之间的矛盾永远不会得到解决。

从另一个方面讲，渡边设计的"曼特莱斯"情人，对那些只想保持情人关系，不想承担太多责任的男人来说，无疑是最佳人选——她不会要求男人太多，却肯与对方一直保持着亲密的性爱关系，又不干涉男人的私生活，而且经济上独立，不会对男人有太多金钱上的要求。小说中反反复复强调，修子与远野的"恋爱方式"，他们心照不宣地信守一个原则，彼此互不干涉，修子爱的只是与自己在一起时的远野，至于分别之后，他干些什么，都与自己无关。然后渡边淳一禁不住多次以赞许的口吻评价修子，"这便是修子对远野爱的良知，也是她的极限"[①]；"四年来，修子与远野的情人关系能够持续下来，期间也没有发生什么大的纠纷，很大程度是由于修子能够把两个人的关系处理得清清爽爽的缘故"。[②] 这种清醒地给对方留有私人空间、保持心理距离的交往方式是婚外情的产物，在真正的恋人之间也许并不适用。

对结婚犹豫不决，是日本现代社会女性普遍存在的一种心态。对她们这种群体，有一个固有名词，叫作"未必结婚症候群"。它既不同于"不想结婚"，也不同于"不能结婚"，而是下不了结婚的决心。一方面，她们对男人是否能够真正给予她们想要的幸福感到怀疑无比；另一方面，她们把"自由"、"忠实于自己"看得很重要，认为拿自己的自由去换那些不确定的东西很不值得，所以她们想要逃避的是结婚本身，与工作与否

　　①　渡辺淳一：『メトレス愛人　別れぬ理由』、『渡辺淳一全集』第 21 巻、角川書店、平成 8 年 8 月、30 頁。
　　②　同上书，第 11 页。

无关。这样的女性一般都是寄居在父母家里，过着优裕的生活，或是像修子这样工作并收入很好的女性。那么修子是不是属于这一类呢？渡边在作品中说："一句话，结婚也可以，不能结婚也无所谓。与其说她是结婚怀疑派，还不如说她不拘泥于结不结婚的形式。从这个意义上来说，或者应该叫她自由派。"①看来，相对于"未必结婚症候群"这种结婚怀疑派，修子属于更高的层次。但不管怎么说，她们对男人、对婚姻可靠性的怀疑都是一致的。

　　曾几何时，中国的一些大都市也出现了这样一群女性部落，"单身贵族"就是对她们的称呼。她们整体上的特点，是经济上能独立，生活上不空虚，所以不希望结婚后因为"相夫教子"或"柴米油盐酱醋茶"绊住自己的手脚，相对于传统的婚姻生活，她们更要求自己的空间、自身的自由独立。这可以说是在女性参与社会、经济独立的背景下，现代社会文明与进步的体现，是对传统婚姻观念的挑战，也可以说是女权主义运动的现实成果——女权主义者。

　　下述作品《化身》中的雾子，是和修子明显不同的女性。

　　长篇小说《化身》被誉为"代表渡边文学的不朽名作"，1986年3月由集英社出版后空前畅销，居该年度全日本畅销书榜榜首。小说中男主人公秋叶大三郎（49岁）在银座的酒吧结识了女主人公八岛雾子（23岁）。雾子的年轻淳朴打动了秋叶，确定情人关系后，她辞去了酒吧的工作。秋叶一心想把雾子培养成自己心目中的理想女性，除了给她买高档时装，带她出入高级宾馆酒店，出钱供她学烹饪、驾驶、英语会话之外，

---

　　①　渡辺淳一：『メトレス愛人　別れぬ理由』、『渡辺淳一全集』第21卷、角川書店、平成8年8月、24頁。

还带她到国外旅行，甚至出巨资为她开服装店，不遗余力地倾尽所有。在秋叶对雾子的蜕变喜忧参半之时，雾子却毅然离他而去。

女人的觉醒令男人惶恐不安，在他们的潜意识里，用金钱完全可以掌控女人，秋叶一而再、再而三地对雾子提供金钱帮助，用他自己的话说，是"因为雾子年轻所应得的差额"①，除此之外，他还想"把雾子培养成为优秀的理想女性，带她去任何地方都不逊色的摩登女郎。为了追求这一目标，花点钱是理所当然的"。② 秋叶束缚雾子的手段，也是唯一的手段，就是在性爱和物质生活上给雾子最大的满足。他认为已经习惯奢侈生活的雾子不会离开他，意想不到的结果出现之后，他首先感到的是愤怒、不可理解，进而是无奈的叹息——"我们这些人就是渡船的老大"③，费尽气力把女人送到了目的地之后自己却被人遗弃似的不得不离开。不遗余力地倾囊相助结果却是竹篮打水。

雾子给秋叶的分手信中，隐约透露了决心分手的原因：

……实际上我非常喜欢您。

如果和您的关系继续下去的话，我会一直伴在您身边，离不开您，不过也说不准，也许某一天您会对我厌烦了。一开始，我得知您和史子女士的关系，感到很震惊。倒不是因为您和其他女人来往，而是觉得像史子女士这样既漂亮又有魅力的女性还留不住您，那么我呢？

① 渡辺淳一：『化身』、『渡辺淳一全集』第 17 卷、角川书店，平成 8 年 10 月、183 頁。
② 同上。
③ 同上书，第 588 頁。

　　……人们都说结婚就像上了保险，但就目前我的情况来看，为结婚所付出的牺牲太大了。现在勉强可以称得上保险的东西，就是我在"安迪克·秋"的工作……

　　这几年在您柔情似水的怀抱里，我却生活在难以诉说的不安和孤寂之中……男人不是上帝，不能要求他们来拯救自己。如果那样要求他们的话，对男人来说也是负担太重了吧。我渐渐明白了这个道理：浅薄的女人只会一味地依赖男人而一步步越陷越深不能自拔。①

　　这封分手信的中心内容其实只有一个：对男人的不信任——"男人不是上帝"，依靠男人拯救不了自己内心的"不安和孤寂"。所以有学者曾经把雾子的离去与中国五四时期女性的觉醒相比较："拜金主义与拜物教的血液已经渗透到社会的每一根血管与神经中去了，面对物质世界的巨大诱惑，女性多半是把自己当作商品待价而沽的，这已经成为社会文化的共性特征……面对物质，面对欲望，她们与男人、与世界的交流也是缺乏情感的。像八岛雾子那样最终觉醒的女人能有几人呢？"② 这是将雾子认作与娜拉一样，是最终从男人用物质构筑的虚幻世界中觉醒并出走，寻求人格独立的女性。果真如此吗？下面让我们看一下雾子"觉醒"的真正原因。

　　为什么雾子能够忍耐四年"孤寂和不安"而后才决定离开呢？促使她离开的诱因是什么呢？一方面雾子在单独去美国进货的时候，受到秋叶外甥达彦的关照，并且和他有了暧昧关

---

　　① 渡边淳一：『化身』、『渡边淳一全集』第 17 卷、角川书店、平成 8 年 10月、582—583 页。

　　② 丁帆：《秋叶的视角——从〈化身〉看男性视阈的压迫》，《中华读书报》，2002 年 3 月 27 日。

系，被秋叶发觉。更主要的是，秋叶出资为她开服装店、进货等花了很大一笔钱，再加上秋叶母亲住院积蓄几乎用完，也不会再给她什么更多的经济援助；第三，秋叶如今已经 53 岁，一天老于一天，而雾子却正值女人最好的年龄，27 岁，无论心理还是生理，都是女人最美的阶段……感情破裂将在眼前，经济上的援助又绝对不会超过现在，对方却又一天不如一天地老去，如果分手，现在不是最好的时机吗？当年鲁迅曾担心"娜拉走后怎样"，"现代娜拉"雾子早在出走之前就为自己设计好了将来：物质上有秋叶耗资三千万日元为她买的店铺，精神上有秋叶为她培养起来的诸多人生经验、经营之道，她既不用靠"堕落"去赚取生活费，也不会再"回来"到秋叶身边。她哪里是单纯而不谙世事的娜拉？她是现代都市东京最繁华、最高档的商业区银座锻炼出来的吧女，她为自己精心设计营造的将来足以令同龄女孩羡慕不已。

所以，较之一些单纯意义上的觉醒，雾子的觉醒不能不说是充满了功利色彩——一点都不单纯，说蓄谋已久、精心策划似乎都不为过。可以看出，雾子并不爱秋叶，甚至说一直都没有爱过秋叶。他们的感情，一直是建立在物质基础上的默契，你出金钱，我奉献青春、肉体和自由。男人们在她的人生中，只不过是一个个过客。在灯红酒绿的银座酒吧成熟起来的她，当然最知道金钱的魅力，也最了解男人的本质。所以，逢场作戏地用青春换取男人的金钱，并把它作为自己未来事业的资本，这不能不说是一条捷径——虽然这有些不道德，但是彼此心照不宣，心甘情愿。所以说，看似不成熟的雾子，其实一直是很成熟的。能够从北海道来到东京，并且在银座的酒吧工作，应该有足够的心理准备和承受能力。秋叶只不过是雾子完成人生计划的一步棋，秋叶之后，也许是"冬叶"，也许是

"春叶"，雾子还会不断地通过男人达到自己的人生目的。

因而，同样具有女权主义者倾向，但修子和雾子大不相同。修子追求的是彻底的独立，有一种值得敬佩的纯粹，没有任何功利色彩，而雾子却是"动机不纯"，利用男人达到自己人生目的、使人望而生畏的女性。她就像是一朵灿烂的罂粟花，只能远观而不能亵玩——这不是因为她的高洁，而是因为她的毒素。

秋叶从来没有考虑过雾子的内心世界，只是一厢情愿地在征服欲的驱使下，为她提供各种物质上的帮助，甚至作为一个征服者和培养者，看着一天一天成长起来的客体，觉得自己很伟大，在获得了成就感的同时，也在暗自担心——美人青春依旧、光彩靓丽，甚至越来越迷人，自己却在一天天老去，唯一的办法也只能是越来越多的经济投入。从这一点上看，步入迟暮之年的男人是悲哀的，青春美貌是他们渴望的，也是最伤他们软肋的糖衣炮弹，所以他们往往成为年轻女子利用的对象，用作品中的话说，成为"渡船的老大"①。

对女人的"培育情结"——不惜倾注漫长的时间、大量的精力和囊中所有，培养尚未成形、自认为可塑的女人为自己未来的理想伴侣，是日本文学中时常体现的主题。《源氏物语》中光源氏对紫姬、《痴人之爱》中让治对直美、《化身》中秋叶对雾子的培养都体现了这一主题。换句话说，无论是谷崎润一郎的《痴人之爱》还是渡边淳一的《化身》，都继承了《源氏物语》中的"培育情结"。三者不同的是，光源氏对紫姬的培养，可以说是成功的——虽然紫姬心中有无限苦楚，最终抑郁

---

① 渡边淳一：『化身』、『渡边淳一全集』第 17 卷、角川书店、平成 8 年 10 月、588 頁。

而死，但至少从男性（光源氏）的角度来看是成功的："经过源氏公子的精心培养，山村中的少女摇身一变，成了与源氏公子相配的、高尚优雅、善解人意的紫夫人。"① 但是，《痴人之爱》与《化身》的培养，却是失败的。虽然创作的年代不同，两部作品的女主人公都是出身"卑贱"的女子：一个是小酒馆的侍女，一个是酒吧的吧女。所共同的是，她们都引起了男性"培养"、教导她们的兴趣，而且对这种命运安排都欣然接受。不仅如此，她们也都是在耗尽了男人精力与财力之时，背叛了为她们付出的男人，而后又离开了他们。从这些情况看，《化身》似乎是《痴人之爱》的现代版。虽然不同的是直美多次背叛让治，而雾子只背叛了秋叶一次；直美是魔女式的、明目张胆的、不知羞耻的；而雾子是暗中进行、犹抱琵琶半遮面，更阴险辛辣的。

男性作家谷崎润一郎和渡边淳一，通过直美、雾子这种角色设计，向女人们倾诉男人苦心经营后的徒劳。这些男人没有看到，他们的出发点就是错误的。在他们看来，女人与其说是人，不如说是他们豢养的宠物。这从一开始，似乎就注定了他们的失败。但是，女人们的工于心计、巧妙周旋、因势利导，正好与男人们旗鼓相当，这场没有硝烟的战争，似乎很难用谁是正义的一方、谁是非正义的一方来简单划分。

第三节　现代社会与"假面夫妻"

现代社会的种种迹象表明现行的"一夫一妻制"的婚姻制

---

①　渡边淳一：《光源氏钟爱的女人们》，姚继中译，四川文艺出版社 2003 年版，第 119 页。

度已经遭受到各种冲击，居高不下的离婚率和结婚年龄的逐步推迟、少子化现象等说明人们对婚姻的信念已经开始动摇。怎样稳固夫妻同盟，使夫妻相携着走完漫长的人生，渡边淳一通过他的作品给我们提供了一个个生活例证。

一　20 世纪 80 年代以来的家庭

战后 50 年代是日本经济的恢复期，以 1964 年东京奥运会为开端到 70 年代中期则被称为"高度成长期"，在那之后转入稳步增长阶段。受欧美的影响，日本妇女地位获得进一步提高，妇女获得了空前的解放，走上工作岗位、参与社会的女性越来越多。同时，她们也被制度化的、过于单一的婚姻制度所束缚。随着与异性接触机会的增加和经济的独立，她们开始重新认识和审视男性，对男性的家庭主导地位开始怀疑。经济的独立让人们开始从精神上追求"更高层次的人生幸福"，这势必与单一的婚姻制度产生冲突。所以，"丈夫、情妇、妻子的三角关系"是日本 70 年代周刊杂志的绝好话题——这表明人们在实践婚外恋的初期需要与人沟通，需要有共谋，更需要一定的理论支持。但是，80 年代就不同了。它不再是周刊杂志的热门话题，也正因为如此，说明它已深深地渗入日本人的生活，大家已经接受它了，已经成了定理得到论证，再没有炒冷饭论证的必要了。

下面一组调查可以显示 20 世纪 80 年代日本家庭的冰山一角。厚生劳动省人口动态调查显示，1984 年，认为自己的生活达到中流的人已经达到 90%。同时，父母离异的单亲母子家庭数超过了丈夫死亡的单亲母子家庭数；工作的主妇超过主妇总人数的一半以上。1985 年日本的离婚率达到 1.39‰，属历

年来最高。同年"金妻"① 成为该年度的"流行语"。而 1986
年度的流行语"家庭内离婚"、"老公要健健康康，天天在外
忙"（亭主元気で留守がいい），1988 年的流行语"DINKS"
（丁克家庭，即夫妻两人没有孩子的家庭）都反映了当时人们
的家庭观念。

　　到了 90 年代，进入长达十几年的"平成不景气"阶段，
1987 年结婚率为 5.7‰，属历年最低，之后虽稍有上升，在
1995 年和 2000 年都达到了 6.4‰，但从 2002 年开始又逐年下
降，直到 2007 年又下降到 5.7‰，回到 1987 年的水平。但离
婚率却从 1990 年的 1.28‰一路上升到 2002 年的 2.30‰，达
到最高点，然后逐渐回落到 2006 年的 2.04‰（2003 年
2.25‰，2004 年 2.15‰，2005 年 2.08‰）。与其他国家比较
来说，2004 年德国的离婚率为 2.59‰，2005 年法国为
2.47‰，2006 年美国为 3.6‰，可见日本不仅仅在经济上不逊
于西方发达国家。在战后日本历史上，结婚率最高的年度为
1947 年，比率是 12.0‰，再就是 1970—1972 年都在 10‰以
上②。从 1973 年世界石油危机之后逐年下降，从而可见经济发
展状况对婚姻的影响。

　　结婚率逐年下降，结婚年龄逐年上升，少子化现象逐年加
重，这就是日本现代社会家庭的现实。那么渡边的作品是怎样
体现现代家庭和夫妻生活的呢？

---

　　① 星期五妻子，指不伦之恋。日语中"金"有星期五的意思。该词来源于电
视剧《献给星期五的妻子们》（「金曜日の妻たちへ」）。
　　② ［日］厚生労働省大臣官房統計情報部：「平成 19 年人口動態統計の年間
推計」之「第 1 表人口動態総覧の年次推移」，2008 年 1 月 1 日。http：//
www. mhlw. go. jp/toukei/saikin/hw/jinkou/suikei07/index. html.

二 渡边淳一作品中的"假面夫妻"

正如托尔斯泰所说："幸福的家庭都是相似的，不幸的家庭各有各的不幸。"构成家庭基础的夫妻关系，有时简单得不能再简单，有时候又微妙得不能再微妙；有时候坚如磐石，有时候又脆弱如丝。所以同样形容夫妻关系的成语，有夫唱妇随、白头偕老、举案齐眉，也有恩断义绝、覆水难收、鸾飘凤泊。所以有"夫妻本是同林鸟，病苦来时相扶持"和"夫妻本是同林鸟，大难临头各自飞"两个截然不同的说法。不论什么时期，中外大家描写夫妻关系的作品之所以不计其数，就是因为它难以言说的复杂。渡边淳一描写中年人婚外恋的作品，几乎没有一部不涉及夫妻关系，但它往往作为配角，或者是阻力出现，一直没有得到正面描述。从《最后的爱恋》开始，渡边的"不伦"文学开始关注家庭，关注在婚外恋背景之下丈夫的自责与任性、妻子的无奈与反击。而《为何不分手》、《紫阳花日记》中，婚外恋只是陪衬，主角是现代社会的新式夫妻。

长篇小说《最后的爱恋》真实地捕捉到了 20 世纪 80 年代的生活气息，描写了"丈夫、妻子、情人"的三角关系。不过当时那种关系已不能再被称作"三角关系"，它已经成为与急剧变化的现代社会相适应的深层次的追求。小说的主人公自由撰稿人风野 42 岁，正值中年，事业上比较成功，有妻子和两个女儿。衿子时年 28 岁，已经与风野交往五年，风野觉得这是自己最后一次恋情。与衿子的爱情确实给了他婚姻无法给予的充实，但同时也让他感到了难以名状的苦涩——伴随着云雨过后的倦怠，他会一下子想到自己的家人，担心自己不在时家里人是否平安。虽然与妻子之间的爱已经不存在，妻子也已经不在意他的所作所为，但女人的嫉妒却使妻子有些不择手段，出现了妻子与情妇正面冲突的场面，男人则左右无着地往返于妻子和情人之间。衿子希望风野能与妻子离婚，风野虽然做不到这一点，可是又不能离开衿子。两人争吵不断，每次都是通过做爱和好。在衿子的软硬兼施下，风野答应今年陪衿子过新年。听着除夕夜的钟声，风野想：自己心中的烦恼什么时候才能够消失呢？

小说中一次也没有使用日语中惯常形容婚外恋的那个词"不伦"，而是用了"恋爱"这个词。通常的"恋爱"，一般指单身男女之间的情感，在这部小说里，我们必须重新认识它的含义——作者描写的"恋爱"已不是司汤达在《论爱情》中分析的恋爱，它已经被赋予了现代色彩，与家庭幸福无关，是"对另一种幸福的追求"。在今天的日本社会，这种"恋爱"的意义渐渐普及，它与男女双方单身与否已经没有关系。

世上没有两全其美的事，情人和妻子令风野摇摆不定。他自认是崇尚精神的，可又不肯放弃尘世的牵连。在强大的生存压力之下，男性内心的痛苦和理性的矛盾暴露无遗。渡边的创作意图很明确：在爱情与家庭空间——爱、性与责任中角逐的男人不会轻易放弃，该空间也不会因此崩溃而将继续维持下去。但是不能回避的是，小说中男女关系纠葛的背后，是丈夫的孤独、妻子的孤独、情人的孤独。虽然作者没有刻意去描写或强调这种孤独，但是通过字里行间，力透纸背地让我们能够切身体会到的这种感情，才真正是孤独中的孤独。

毫无疑问，通过这些作品，渡边一直在贯彻着他的主张："一夫一妻制不符合人性"，他把"丈夫、情人、妻子之间的三角关系纠葛"作为文学的一个基本模式，以此探讨人生意义、夫妻关系等基本问题。小说中有这样一句话："最近风野总是有一种感觉：与衿子的恋情将是此生最后的恋情。因此，尽管心里十分清楚自己的做法很自私、狡猾，可是一想到这是自己此生最后的恋情，又实在难以割舍。"① 尽管明明知道前途坎坷，充满荆棘，但是宁愿千疮百孔，也要赴汤蹈火，不是想抵御这种诱惑，而是人为地、自愿甚至是主动地制造、寻觅诱惑，这便是现代人追求人生价值与社会约定俗成之间的矛盾，也是他们在追求幸福的道路上所遭遇的人生悖论。

《最后的爱恋》以男性的视角，描写了处于婚外情下男人的矛盾和苦涩，挣扎在家庭与情人之间的犹豫不决与难以取舍。可以说，家庭是作为配角的形式，通过男主人公的心理描写体现出来的，被反复刻画的仍然是婚外恋情。而下面的两部作品，是渡边文学中少有的正面描写家庭、刻画夫妻关系的作品。

《为何不分手》（1987）是描写夫妻双方相互背叛的长篇小说。男主人公速见修平46岁，是东京某大医院的整形外科主任医师。女主人公房子39岁，是修平的妻子，在某出版社做妇女杂志编辑。他们的独生女弘美是高中生，在名牌女子高中住校。修平的情人叶子在一家保健中心工作。与叶子幽会后提早回家的修平，发现房子并不在家。在等待房子回来的时候，却意外地接到一个陌生男人打来的电话，开口就是："你已经到家了？"使他隐约感到这个电话是打给妻子的。后来，在家门口发现妻子被一个男子送回来的情景。同样，房子和弘美在机场迎接出差归来的修平时，发现了声称一个人公出的修平与一女子（叶子）双双出现在机场大厅。虽然夫妻双方都掌握了对方有情人的足够证据，但是他们又都佯装不知，谁也不想离婚。就这样，结婚十七年的夫妻彼此都在搞偷情之恋，并进入

---

① 渡边淳一：『愛のごとく・上』、新潮文庫、平成18年10月、195頁。

了一个奇妙的稳定时期。另外，女儿弘美这个角色不容忽视。多亏这个女儿，两个人避免了一触即发的婚姻危机："我认为爸爸、妈妈干什么都没关系，不过就是别离婚！"女儿的愿望促使他们一直维持着这种奇怪的平衡。

　　知道了丈夫偷情的妻子，知道了妻子偷情的丈夫，夫妻关系走上险恶之途是必然的，但是两个人又不愿离婚——也许正因为这种双方都有"外遇"的现象，才维持了夫妻之间的平衡。修平没有理由对妻子感到不满足，不过已经奔50岁了，他想抓住生命中的最后辉煌，体验那种火一般的爱情，使人生过得更充实。但是同时他也深知：如果妻子不在了，就没有办法生活。房子也是一样，尽管家里是冷战状态，可她没有其他地方可住，两个人都无处可去，所以才一起生活，这就是实际情况。双方的不正当男女关系已经暴露并引起激烈争吵之后，在一段时间里，修平看起来小心谨慎了，房子也天天后悔，但是正因为"男人的性欲像水库一样，一旦水存满了就必须放出去。这时候那个女人只不过是下游容纳它的河"①，所以修平又若无其事地和叶子幽会了。

　　读这部作品，在觉得不可思议的同时又不得不承认它在情理之中。可以说，渡边抓住了夫妻关系的实质：丈夫的自私与任性，妻子的灵活与放纵。不论妻子还是丈夫，都希望对方能对家庭负责，为家庭尽忠，维护家庭应有的平衡，并且自己也在努力不破坏这种平衡，但同时又不希望自己被愚弄。他们不愿忍受寂寞、平淡的生活，所以要出去找调剂，但是又都不想离开这个家庭，不想让家庭解体。不能不说这是一种极其不负

---

　　① 　渡辺淳一：『メトレス愛人　別れぬ理由』、『渡辺淳一全集』第21卷、角川書店、平成8年8月、371頁。

责任的自私心理，有一种鱼和熊掌兼得的贪婪和任性，但是这种心理又极具时代特色，透视了夫妻关系的断层和中年男人的自私，从这一点上恐怕可以说是一部具有普遍意义的作品。虽然不能说结婚十几年的夫妻的实际情况就是作品所描写的那样，但至少在他们内心深处常常抱有与修平和房子相差无几的想法。

房子和修平这种自私、侥幸心理的根源，在于坚信夫妻契约的牢固。在他们心中，情人、性伙伴的关系只不过是脆弱的快乐同盟，家庭稳固才是一切快乐的基础。所以他们心照不宣地捍卫、遵守着这个契约，并时时相互注意、相互提醒，这就是《为何不分手》存在的普遍意义，这也是这部作品受到多数读者支持的原因。

这种夫妻互相背叛，又互相维持家庭平衡的做法，究竟是社会进步的体现，还是道德丧失、责任心下降的体现呢？20年前，它之所以被日本读者所接受和喜爱，与当时的社会现状有很密切的关系，可以说，渡边是根据当时的社会状况创作了这部小说。本节开篇已经涉及的数据，即据日本厚生省平成16年（2004）统计的《昭和22年（1947）至平成16年（2004）日本离婚件数以及离婚率的变化》[①] 显示，小说创作的1983、1984两年，日本的离婚率打破了历史纪录，比以往任何年份都高，离婚件数达到16万件左右。在这种情况下，渡边创作《为何不分手》，意图通过这篇作品，给那些处于离婚或情感边缘的夫妻一些启迪，让他们通过"向外扩张"的办法，给婚姻

---

① 厚生労働省大臣官房統計情報部：「平成16年人口動態統計月報年計（概数）の概況」。http://www.mhlw.go.jp/toukei/saikin/hw/jinkou/geppo/nengai04/kekka5.html。

加一些润滑剂。

　　渡边常说他所写的就是他自己的日常生活——他已婚并有三个女儿。他还经常借用主人公的话语阐述自己的观点，他反对一夫一妻制，但他似乎不主张有婚外情的夫妻一方或者双方离婚，他的作品中因婚外情离婚的案例少之又少。所以，他实质上反对的是传统社会道德所要求的夫妻双方相互忠诚，尤其反对男人对女人忠诚。他认为优秀的、有能力的男人可以拥有更多的女人。通过《为何不分手》，他一边"良心发现"地让"人妻"在丈夫的刺激下也加入偷情的行列，一边又侃侃而谈男人偷情与女人偷情哪个更恶劣——其作为男人的自私心理暴露无遗：

　　　　在夫妻二人都有外遇的情况下，责任不是对半分而是四六分，弄不好是二八分，妻子一方当然罪责更重……不管怎么说，修平都不赞同男人偷情和女人偷情同罪。如果考虑一下男人和女人性的实际情况，就会一目了然。男人的性是释放出去的，女人的性却是接受进来的。完事之后，一方会不留痕迹，另一方却会以某种形式留在体内。生理上如此，精神上女人的偷情也比男人严重。一句话，男人即使没有爱情也可以做爱，但女人却难以对她所不爱的人以身相许。反过来说，女人只要以身相许，那就是因为喜欢对方。既然肉体上留有余韵，精神上又密不可分，女人偷情之罪当然严重。①

---

　　①　渡辺淳一：『メトレス愛人　別れぬ理由』、『渡辺淳一全集』第 21 卷、角川書店、平成 8 年 8 月、292—293 頁。

　　这种分析在男人看来似乎合情合理，但不能否认，它是男权思想下的产物。即使是现在的日本社会，一些男人也不否认，男女平等只是一句口号，是场面话，实际上的男女不平等仍然根深蒂固。所以，渡边借助修平之口，道出了他自己的观点。而房子对丈夫偷情的看法，似乎有些过于大度、过于宽容，也许这种大度和宽容是建立在自己也有情人的基础上。如果房子自己没有情人，并且又是家庭主妇的话，那么她的心理绝对不会这么轻松：

　　　　这是因为丈夫偷情已经不是第一次了。不过这次他的态度真像是幼稚的孩子一般，嘴上说得跟没事人儿似的，兜里却偷偷藏着饭店的钥匙，这简直是白费劲儿！担心被发现就买蛋糕来讨好骗人。也许这么想有点奇怪：看见丈夫这样，怒气也没有了，反而觉得他怪可怜的。甚至想跟他说"既然那么想玩，就玩一下吧！"……"丈夫如此，我也玩玩试试？"以前总认为自己接近松永太不对了，简直罪孽深重……但这么一想，突然觉得心情轻松了很多。[1]

　　看到丈夫为了隐瞒与情人在饭店开房而偷藏钥匙，不但不感到气愤反而觉得他可怜，这种修养恐怕不是一般女性能做到的。把这看作是男性作家渡边一相情愿的期望似乎更恰当，问题是现实中这么宽宏大量又极富母性的妻子是否真的存在呢？

　　渡边的另一部作品《紫阳花日记》（2007）采用日记体的形式——丈夫读妻子的日记来展开故事情节。它讲述了与《为

---

　　① 渡辺淳一：『メトレス愛人　別れぬ理由』、『渡辺淳一全集』第21卷、角川書店、平成8年8月、380頁。

何不分手》同样的话题——夫妻双双婚外恋：经营私家医院并任院长的丈夫省吾 50 岁左右，与妻子志麻子结婚 15 年，有一双儿女，"家庭内分居"多年。志麻子发觉省吾与护士诗织有婚外情，用写日记的方式发泄内心的极度不满。这一切心理活动都被偷看志麻子日记的省吾掌握。后来志麻子到诗织住处与其面谈，要求她辞职但并未立即奏效，反而使丈夫与诗织走得更近。志麻子精神几近崩溃，经友人开导后与大学时代的教授发生婚外情，令省吾措手不及、恼羞成怒。不久诗织终于离开医院，志麻子也与教授断绝来往。

　　小说反映了渡边淳一的一贯主张：一夫一妻制不符合现代社会的要求。为了"维持坎坷的婚姻生活"，夫妻之间应该"互不干涉"，"即使有一方婚外恋，也不要离婚"，而要一直带着夫妻的假面维持下去。这才是一种"理想的婚姻状态"，更是一种"智慧"的体现①。为了进一步加深读者的理解，渡边在小说结尾处，再一次以丈夫的口吻，重申了这个主张："虽然一起并肩行走，两个人的想法却不一致。不过即使这样也没关系，无论怎么说，毕竟是在同一把伞下。"② 中国有句成语"同床异梦"，渡边在这里的意思是说夫妻之间即使同床异梦也无关大局，重要的是生活在同一屋檐下，保持这种外在的形式、外在的体面。作为 70 多岁的老人，渡边的想法不能不说是一种虚伪的智慧，也是一种妥协，他自身也在贯彻着这种智慧和妥协。但这能代表当今日本社会夫妻家庭生活的多少，却是一个疑问。

　　笔者 2004 年在日本时，曾经看到这样一个电视节目：丈

---

① 　渡辺淳一：『あじさい日記』、講談社、2007 年 10 月、492 頁。
② 　同上书，第 497 页。

夫上班之后，妻子安顿好一切，然后与情人约会。并且规定丈夫在下班回家之前必须打电话，美其名曰为丈夫准备晚饭，其实是怕丈夫回家看到不堪入目的一幕。这个节目的名字被称为"二重生活"或"三重生活"，因为有的妻子不仅仅一个情人。还有一个节目，讲述一个年近50岁的母亲，因为在酒吧中结识了一个男友，常常很晚回家，不为丈夫和孩子做饭，后来干脆离家出走抛弃了丈夫和孩子。当然也看到过妻子投诉丈夫外边有情人常常无视妻子，很晚回家甚至不回家的节目。虽然未经过统计，直觉上女人背叛男人的节目多，当然也许是这样例外的节目更能吸引人。

　　一夫一妻制合理不合理？究竟能存续多久？怎样挽救名存实亡的夫妻？从1987年的《为何不分手》到2007年的《紫阳花日记》，二十多年来渡边淳一一直在关注着这个问题，并试图找到解决问题的答案。目前，中国的一些学者如李银河、徐兆寿等也就这样的问题发表了自己的观点。渡边通过《为何不分手》、《紫阳花日记》，为干燥无味如空气一样没有激情的夫妻提供了另一种生活方式，但这种平衡毕竟是表面的、短暂的权宜之计；就像目前中国的"换妻"、"一夜情"等，只能带来更多的背叛和空虚，在短时间内它也许可以支撑一时，但对婚姻的稳固似乎起不到实质性的作用，反而会使夫妇的心灵离得越来越远。对于没有任何激情可言的夫妻，是应该这样权宜着继续"夫妻"下去，还是选择"宁为玉碎，不为瓦全"的分手，或者珍惜夫妻之间的"亲情"，相互忠诚一直搀扶着"白头到老"，不同的价值观会有不同的答案。

第四节　少子高龄化社会与
老年人的情爱

日本已经于三十多年前就迈入高龄化社会，从那时候开始，老年人的看护问题、年金问题等一系列社会福利问题被反复研究讨论，一些切实可行的办法被提了出来，但是老年人的情感生活却很少得到关注，渡边淳一的《那又怎么样》显示了他对老年人情感问题的人文关怀。

一　少子高龄化社会

1950 年日本 65 岁以上老年人口只占总人口的 4.9％左右。自 1970 年以来日本开始进入老龄化社会（65 岁以上的老年人占人口总数的 7％），而且老龄化的发展速度惊人，1989 年已经达到 11.6％，2004 年达到 19.48％。预计 2020 年将达到 23.5％。与此相对，出生率却不断下降：日本有两次出生高峰期，第一次出现在 1950 年代初期，年间新生儿数为 270 万人，合计出生率①为 4.32 人，第二次出现在 1970 年代初期，年间出生数为 209 万人，合计出生率为 2.14 人。从 1971 年开始逐年下降。尤其进入 80 年代末 90 年代初，合计出生率下降迅速，到 2004 年降至最低点 1.29 人。1990 年，日本 15 岁以下人口数量创有史以来最低纪录，与此相对，老年家庭户（男子 65 岁、女子 60 岁以上）第一次超过人口总户数的 10％，平均

———————

①　指从 15—49 岁有生育能力的妇女一生中平均所生孩子数。

一户家庭人口数 2.98 人，第一次降到 3 人以下[①]。而当年的流行语"泡沫破灭"印证了"平成不景气"的开始。

少子高龄化带来的显著问题是劳动人口相对减少。政府为老年人生活所提供的必要社会保障要由劳动人口的税金承担。在这种背景下，1989 年 4 月日本导入消费税政策。但实际上，这十几年来国民健康保险由本人只负担 10％上升到 30％，老年人年金的支付年龄也由原来的 60 岁提高到 65 岁。尤其是日本政府自 20 世纪 90 年代以来关于年金制度的改革饱受争议，加上 2003 年政府官员漏缴年金保险费的丑闻曝光，围绕年金的社会保障问题越来越明显，甚至牵扯到政治、政党更迭，等等，成为大家普遍关心的问题。

与世界其他先进国家相比，日本老人的生活状况是怎样的呢？日本共生社会政策统括官从 1980 年到 2005 年，对日本、美国、韩国、德国、法国等 5 个国家的 1000 名 60 岁以上的老人每隔 5 年做一次问卷调查，题目是《关于老年人生活和意识的国际比较》。平成 17 年（2005）回收的问卷份数分别是：日本 842 份、美国 1000 份、韩国 1018 份、德国 1023 份、法国 1030 份。其结果显示如下：家务活方面，各个国家几乎都是妇女承担。日本的老人与分家单过的儿女接触的频率较其他四个国家低，其他四个国家几乎每天或者一周几次电话联系的占 6 成以上，日本只有 46.8％。至于与儿孙的交往方式，日本老人希望最好"能经常一起生活"的占 34.8％，而希望能常见面、吃饭、聊天的占 42.9％。能够支撑自己心灵的人，日本认为是配偶的人数最多（占总数的 64％），其次是孩子。五国老

---

① 神田文人等編：『戦後史年表 1945—2005』、小学館、2005 年 12 月、105 頁。

人都觉得人生的乐趣在于与家人团聚。对于日常生活中是否需要援助这一问题的回答，日本回答基本没有什么困难、不需要援助的占 85%，在各个国家中属最高。健康状况的调查，日本人健康状况是最好的，但他们利用医疗设施的比率却比其他国家高，说明他们更关注自身的健康，更懂得关爱自己。与其他四个国家相比，日本人认为自己的日常生活有困难的比率最低，占 14.5%，韩国最高，占 49.6%。日本人老后的生活费大多数来源于储蓄，占 55.5% 左右，加入年金等保险的老人由平成 12 年（2000）度的 27.6% 降到 19.0%，说明老年人对年金开始不信任。日本希望 65 岁退休的占 38.5%，希望 70 岁退休的占 32.7%。对住宅的满意程度，亚洲两个国家比欧美国家低，日本满意度为 34.9%，美国为 79.3%。对地域环境的满意度，日本 31.9%，美国 77.8%。与邻居等的交往，日本几乎没有交往的占 27.4%，美国占 30.7%。感到烦恼和精神压力的比率，日本与其他四国相比较低。对目前生活的满意程度，日本 91.3%，与其他欧美国家持平，韩国则最低，占 69.4%。对于"今后政府应该更重视老年人还是青年人"这个问题，日本 40.7% 的老年人认为更应该重视前者，而 26.1% 的人认为更应该重视后者。①

　　上述这一组数字，可以说明现代社会日本老年人的实际生活状态。那么在渡边淳一的笔下，日本老年人的生活是怎样的呢？

---

① ［日］共生社会政策统括官：「第 6 回高齢者の生活意識に関する国際比較調査結果」について（要約）、2005 年。http://www8.cao.go.jp/kourei/ishiki/h17_kiso/pdf/youyaku.pdf。

二　渡边淳一文学中老年人的情爱

生于 1933 年的渡边淳一，在他的古稀之年发表了描写老年人情爱生活的长篇小说《那又怎么样》（2003），并且把老年人的生活重心放在了"老有所爱"上。这是渡边第一部描写老年人生活的作品，也是到目前为止唯一的一部。

在中国，北京文化艺术出版社出版了《那又怎么样》，并宣传它是"颠覆老年人爱情理念"的作品。它的日文书名是"エ・アロール それがどうしたの"，其中前面的片假名部分，是法语"那又怎么样"的意思。据说这是"法国总统密特朗在回答记者提问时所说的一句话——当时记者听说密特朗总统有私生子，便询问此事的真伪。对此，密特朗总统只嘀咕了一句'那又怎么样？'记者便没有再继续追问下去"①。很显然，渡边使用这个标题是很有用意的，它在某种程度上解释说明了小说的内容。

主人公来栖贵文大夫在银座经营了一家名为"比拉·埃·阿罗尔"的老人公寓。"让那些从工作以及世俗常规束缚中解脱出来的老人能够愉悦、惬意地享受余生，安度晚年"是来栖的宗旨。但是文章开篇就出现了堀内老人在与应召女郎同室后突然昏厥死去的"突发事件"。全篇由"突发事件"、"花心男"、"多情女"、"裸体艺术"、"情侣组合"、"游戏时间"、"爱情甜点"、"最后请求"、"大结局"九部分组成。

"花心男"指的是年过 70 的立木先生，因为他与同样年过 70 的江波女士、桥本夫人都有恋爱关系。小说设计了立木先

---

① 渡边淳一：《〈那又怎么样〉题解》，冯芳译，文化艺术出版社 2004年版。

生羞羞答答地向保健医生要壮阳药的情节，来栖觉得老人能够这么有精神应该给予鼓励，所以他的态度是"给多开点"。而"多情女"指的是 71 岁的冈本杏子女士，她要求 30 岁上下的男按摩师滕谷拥抱自己，最后竟然爱上 50 多岁的来栖，要求来栖与她同床共枕。在杏子的一再要求下，来栖体会到了她内心的孤独，答应与她在床上和衣而卧，令杏子女士十分感动。

"裸体艺术"一章，老人们集中在一起观看很有名的色情电影《四帖半纸拉门的补丁》①。看后他们很是兴奋，但是男人与女人的兴奋点不同："大部分男性对性行为本身感兴趣，而女性则更注重相互间的亲情、温情，更趋向于追求精神上的安慰与稳定"。"情侣组合"讲述了东山先生的夫人要求公寓单给自己另外安排一个房间，不与丈夫同处一室，但又不与丈夫分手，希望自己能够不受丈夫干扰安静休息，把自己从家务中解放出来。另外一对情侣组合是 80 岁的市之泽先生与 65 岁的广惠女士，他们虽然同处一室，但并不是夫妻。他们的"黄昏之恋"很甜蜜，但是有时受到原配夫人的打扰。来栖对他们的爱情持支持态度。

"游戏时间"一章，记述了 65 岁的雪枝女士每次与自己喜欢、又喜欢自己的男士同床后都会收取一千日元小费一事。在"爱情甜点"一章，70 多岁的古贺先生背着夫人与二十五六岁的女孩交往，被女孩告知怀了他的孩子，他不得不给了女孩 50 万日元赔偿金。后来得知那其实是女孩与别人的孩子，但是古贺老人并没有由此憎恨女孩，反而觉得她给了自己久违的激情

---

① 日语原名「四畳半襖の下張」。原作传说为永井荷风，1948 年曾被禁止出版。1972 年被法庭判决为"猥亵小说"。2002 年由导演梶尾正则搬上银幕，讲述了一个老人搬到一个曾经为小酒馆的屋子，在纸拉门的补丁上发现了一个嫖客留下的手迹，记录他曾在此和妓女之间交往的故事。

与快乐，应该感谢她。

可以说，渡边淳一通过《那又怎么样》，为老年人勾勒出了一幅生活中难以实现的、幸福无比的晚年图。角川书店出版的《那又怎么样》的封面，是这样介绍它的："打破传统的年龄束缚，自由自在、风流潇洒地活出样来！彻底颠覆日本人传统生活方式，引起广泛争议、看透人生百态的大胆之作，渡边文学的顶点！"① 在这部"反传统"的作品中描绘的生活，只能是老年人们的梦想。也正因为如此，它引起了社会各界的广泛关注，TBS电视台把它拍成了电视剧，并采访了渡边先生：

> "请问，您也想住老年公寓吗？"
> "当然了。不过住也要住那种够排场的地方。"
> "您是希望自己一个人住吗？"
> "和夫人一起也不赖。不过那样的话就得分屋住了吧（笑）。还有，要是像《那又怎么样》里所说的在银座的话，会很快乐，也很放心。"
> "如果您住进来了，那么您会是哪样的生活方式呢？像立木那种，还是像野村那种？"
> "会是立木那种吧（笑）。不过我更想当院长来栖那样的人，他能够完全理解老人，答应他们的各种要求。"②

访谈中提到的"野村"也是住在老年公寓的老人，与其他人相比他总是显得郁郁寡欢，从来不主动追求异性。如果住老

---

① 『エ・アロール　それがどうしたの』、webKADOKAWA。http：//www. kadokawa. co. jp/sp/200306－01/index. html.

② 「エ・アロール　それがどうしたの　原作、音楽、脚本、スタッフについて」、http：//www. tbs. co. jp/et－alors/qa04＿06. html.

人公寓，渡边宁愿选择立木那种活法，符合他的一贯风格。前文提到，创作该作品时，渡边已经年届 70 岁，完全可以说，他是在通过作品来为自己的老年生活设计蓝图。在他看来，无论多大年纪，只要还有享受生活的愿望和欲望，只要不影响别人的利益，就应该得到满足。所以开篇就是老人与应召女郎在一起后，由于过分激动猝死的场面。这在现实的老年公寓中，一定会引起一场轩然大波，受到社会方方面面的关注，公寓因此而关门大吉也说不定。但是，小说中却没有那么严重。而且还设计了得知老人死后，应召女郎特意来看望老人的温情场面。这个突如其来的开场，无疑是为了给读者一个强烈的印象，也用来证明这个公寓的非同一般，从而证明该部作品的不同寻常。

这部作品在发行单行本和拍成电视剧之后，马上引起了更大的轰动。一些相关评论纷至沓来。一个少子化时代成长起来的年轻人评价说："每个老年人都精力充沛，看起来不过 60 多岁，这样的人应该让他们重返社会，为社会多做贡献，而不是在这种地方度过余生"[①]，"建议害怕变老的人看看这个。二三十岁的年轻人可能不太理解，不过有必要一读。虽然不知道自己老后会怎样，不过能像这些老人这样还不错……据说作者年纪大了，想重新找回自己"[②]，"有很多人不能理解年岁大的老年人之间的恋爱。我原来也觉得满脸皱纹的老头老太太谈恋爱纯粹是扯淡！但是到了 40 岁之后才发现自己迎来了人生的稳定时期，身体方面不用说了，心情几乎和年轻时没什么变化。

① 『エ・アロール それがどうしたの』，著者インタビュー。webKADOKAWA，http：//www.kadokawa.co.jp/sp/200306－01/index.html。

② 同上。

如果和漂亮的女性近距离接触有时也心跳加速，玩心还是挺盛的。甚至觉得，照这个势头发展下去，到了 80 岁也会精精神神的。可悲的是年轻人不能理解老年人的观点和想法。而且每个人的人生经历不同，随着年龄的增长，个体之间的认知差异也越来越大，所以，认为只要照顾好老年人饮食起居就足够了的观点是行不通的。如果退休之后能够像小说描写的人物那样好好享受余生才算过得好。"①

看来有好多人羡慕小说中的宽松环境，羡慕这些老年人的活法。渡边不仅为自己，为老年人，也为那些即将走向老龄行列和尚且年轻却关心老年人生活的人们，描绘了一幅无比美好的理想图。但每个月高额的生活费似乎不是一般的老人能够负担得起的。先进的设施、完善的医疗设备、细致入微的护理、颐养天年的环境，都是高额的入住费换来的。所以在评论这部作品时，一位日本朋友说："难道这部作品真的有什么轰动效果吗？如果有钱又有闲，又没有世俗的束缚，谁都会追求强烈的刺激，想与异性拥抱。这些老人能够追求享乐，在晚年享尽刺激，可真幸福啊！不过这些钱从哪去弄呢？"②

中国目前的现状也是如此，虽然老年人口不如日本占的比率大，但是也呈现不断增加的趋势。据 2003 年的统计，中国 60 岁以上人口为 1.32 亿人，占人口总数的 10%，预计到 2040 年，老龄人口将占总人口的 25%。因此，关注老年人的情感生活和精神健康不容忽视，这也是社会平稳前进的重要一环。以往人们的观念是，老人只要"衣食住行"得到满足，有人照顾

---

① 『エ・アロール それがどうしたの』，著者インタビュー。webKADOKAWA。http://www.kadokawa.co.jp/sp/200306−01/interview.html。
② 同上。

就可以了，至于老年人的感情问题却常常被忽视。如果老年人追求感情幸福、男欢女爱，则被视为"老不正经"。然而，随着社会的进步，在物质生活水平提高的同时，越来越多的老年人开始重视精神生活质量，大胆追求爱情成为老年人晚年生活的重要内容。但是他们这种追求却常常伴随家庭或社会等方面的阻力。在一些城市出现的老年人"未婚同居"就是这种阻力的产物。男女双方都是丧偶或离婚的单身，并且有子女，有一定的经济基础，他们之所以选择"同居"这种无奈的方式，与《那又怎么样》中的立木先生的情况一样，是因为子女们的反对。子女们认为：如果父母重新组织家庭，则自己应该继承的那部分遗产势必受到威胁。老人们担心假如自己坚持己见与相爱的人结婚的话，双方中如有一方先自己而去子女可能不会愿意照顾自己，所以他们只好委曲求全地"未婚同居"。在追求个人幸福方面，中国的老人似乎没有《那又怎么样》中日本老人们那样大胆。这一方面是由于上述顾虑，另一方面由于他们在思想意识上没有把追求爱情当作理直气壮的事，这是中国社会的大环境所致，尤其是那些文化程度不高或者没有一定经济基础的老人。虽然现在随着老年人口的增加和社会的进步，情况正在明显好转，但是仍然需要一些时日。

传统观念中的"理想的晚年"，无非是吃得饱、穿得暖，老有所养、病有所医，再加上举家和睦、子女孝顺，就是锦上添花了。实际情况是，一些离退休老人尽管在以上诸方面都较满意，但依旧心情抑郁、闷闷不乐。不论性别年龄、对爱情的渴望、对性的要求、对异性的关心等情感是一生都不会消失的，虽然中日的文化背景不尽相同，但是"老有所爱"已经成为人们普遍关注的问题。

小 结

本章从情爱与社会变迁的角度论述了渡边淳一的情爱文学。首先以昭和年代为分界，回顾了日本人"不伦"意识的演变，然后结合 20 世纪六七十年代以来经济增长、女性就业人口增加的现实，分析人们（尤其是女性）对爱情、婚姻、家庭等问题在认识上的变化。经济独立是女性独立意识产生的物质基础，对男性的不信任又是这种独立意识产生的精神根源。另一方面，居高不下的离婚率和日趋严重的少子高龄化现象，反映了日本社会稳定的根基正受到威胁。家庭是社会最古老、最基本的组织形式，家庭制度的变迁势必受社会变迁的影响。渡边作品中，中年夫妇利用"向外扩张"却又"不重组"的方式试图维持形式上的婚姻稳定，客观上反映了现代社会背景下一夫一妻制面临的危机，同时也诠释了人性的虚伪、狡猾以及他们对平淡的婚姻生活的无力反击；而老年人对婚恋生活的热切追求在某种意义上也可以说是他们内心不安的释放。

就这样，渡边淳一的情爱文学总是紧跟社会变化的节拍，不仅描写现代社会背景下的中年男女的婚外恋，还关注夫妻之爱和老年人的情感问题。"爱情是文学永恒的主题"这句话用在渡边淳一的文学世界是再恰当不过了，虽然他的情爱理念是反道德反传统的。

第二章

渡边淳一的情爱理念

渡边淳一的情爱理念有着与现代社会某些特点相适应的独特内涵，表现出了一种反传统的特点。传统的爱情观既追求男女间的相爱愉悦，也强调相互间的义务与责任，而渡边淳一的情爱理念突出的是男女之情，把相互间的义务与责任放到了一边。这显然与欧洲 18、19 世纪启蒙主义与浪漫主义时代的爱情观有相通之处。那时候，人们相信爱情是无法控制的，男人和女人满怀激情地坠入爱河。康德坚信爱情是不能控制的，因为它是感官的一部分。博斯韦尔也同样认为爱情"不是一个推理的问题，而是一个感觉的问题，因此涉及爱情的事没有什么共同的、一个人可以用来说服另一个人的原则"。[①] 亨利·普尔对爱情进行了大量描述，他写道："爱情是这么一种柔情，它在我们心里激起汹涌波涛，使我们整个身躯感受到一种不可抗拒的兴奋与激动。"[②] 这些说法的共同点，是讲爱情是一种感觉，或者激情。至于爱情的社会性、相爱双方彼此的责任与义务，爱情与婚姻、家庭的关系都没有被提及。

渡边淳一关于情爱的认识与上述学者有相通之处，同时也

---

① 转引自潘晓梅、严育新《情爱简史》，中国社会科学出版社 2004 年版，第 10 页。

② 同上书，第 10 页。

带着现代社会的烙印。他的情爱文学因为脱俗的爱情故事使人震撼，但也因为其对爱情、婚姻的"独到见解"和大胆赤裸的性描写而备受争议。

第一节　情爱之对象——不伦之爱

渡边淳一最初的情爱题材作品是青年男女之间的恋爱，如长篇小说《无影灯》、《魂断阿寒》等，20世纪80年代以后，他的作品锁定婚姻之外的情爱——因为这样的情爱才"充满激情"，才能使人"印象深刻"①。再有，日本文化中对性爱的宽容态度也是渡边淳一选择"已婚男女"的婚外恋作为题材的原因之一。

一　婚外恋题材的选择

渡边淳一的情爱作品，又被称为"情痴文学"、"男女小说"，他情爱文学聚焦的对象不是未婚的青年男女，而是已经进入婚姻围城的饮食男女婚姻之外的情爱。在中国它被称为"婚外恋"或"偷情"，在日本被称为"不伦"之爱。渡边淳一文学的情爱叙述自《一片雪》（1983）开始，大胆热烈的性爱描写场面渐渐增多，从某种评判尺度来看可以称得上现代"情色文学"。为什么要选择婚外恋题材呢？渡边淳一在接受中国记者采访时，有下面一段对话：

记者：为何你的恋爱小说多为写婚外恋的作品？

①　参见《渡边淳一访谈录：只有不断恋爱才能不断创作》，搜狐教育频道，2003年9月28日。http：//learning. sohu. com/79/12/article213781279. shtml。

渡边：那是因为平淡的生活中没有爱。我要写的是痛苦的爱、有激情的爱，而我作品中的主人公年龄都比较大，多在 40 岁以上。对这些年龄的人来说，如果还能有激烈的性和爱，那多半就是婚外恋了。反过来说，如果不写婚外恋，那你认为能写什么呢？写一般的爱吗？一般的爱就是夫妇之间的爱。如果小说都是写一对夫妻之间如何恩爱，你还会有兴趣去看吗？夫妻之间怎样恩爱都不为过，社会是认同的。如果谁还对这个充满好奇，你不觉得那反倒很奇怪吗？

记者：那你写婚外恋是出于市场的考虑吗？

渡边：完全没有关系。我只想写充满激情的性和爱，夫妇之间是没有这种激情的。对一个每天都能见到的人，你还会有想见的渴望吗？[①]

渡边的两句答话，简单明了，最突出的就是"激情"一词，出现了三次，而与此类似的"激烈的性和爱"，出现了一次。渡边作品里的情爱都是激情四溢，燃烧自己又照亮对方的爱——总的来说都是有些极端的爱。比如《失乐园》中的久木和凛子的双双情死、《樱花树下》菊乃的绝望抑或是赎罪式的自杀、《瞬间》中梓在得知自己的病情之后为了保持在恋人心目中的美好形象而自杀、《深夜起航》中能登高明在觉察到恋人背叛自己之后悄无声息的自决，这些极端的方式都可以说是激情的最高形式，是它的最后释放。用渡边的话说：是一种"为自己所爱的人敢于献身"的精神，"是极其好的事情"、"能

---

① 《渡边淳一访谈录：只有不断恋爱才能不断创作》，搜狐教育频道，2003 年 9 月 28 日。http：//learning.sohu.com/79/12/article213781279.shtml。

够在某个瞬间燃烧生命的人与不能做到这点的人相比，谁更幸福，谁的人生更加绚丽多彩呢?"[①] 渡边认为：夫妻之间的亲情远远大于爱情，它平淡、稳定，几乎没有激情，即使有也很快就会被无情的岁月吞噬。以这样的夫妻关系为题材的小说必定毫无感染力可言；而未婚男女之爱，因为彼此没有年龄方面的顾虑和担忧，没有必须结婚的紧张感，也没有什么与社会道德伦理相违背的矛盾和其他外力的压迫，也就不会有什么冲突去打动人，给人留下深刻的印象，所以他选择中年男女的婚外恋作为创作题材。

二　男性社会的需求

对于婚姻，持有传统观念的人们一般认为结婚之后就应该彼此忠诚白头到老。但也有很多男子认为结了婚之后，只要能够独立承担起家庭的经济重担，不让妻儿为钱发愁，那么自己就是一个好男人了。虽然从 20 世纪六七十年代开始，随着妇女地位的逐步提高，很多女子开始走向社会，成为职业女性，但是武士思想对日本的影响还是根深蒂固的。"在古代日本武士阶层的道德观念中，爱情和婚姻曾是两件互不相干的事情。个人的感情是无足轻重的，有时甚至与家族利益相对抗。"[②] 已婚男人可以有婚外性，但是不能有婚外情。在这种社会文化背景之下，日本的色情读物很畅销——毕竟那能满足一些男人的性幻想。即使这样的读物被堂而皇之的摆在书店或超市公开买卖，也不会有任何人感到不舒服或者奇怪。但是这些露骨、下

① 渡边淳一：『男というもの』、中公文库、2006 年 12 月第 9 刷、239 页。

② 伊恩·布鲁玛：《日本文化中的性角色》，张晓凌等译，光明日报出版社1989 年版，第 41 页。

作甚至是变态、暴力的色情作品，与日本文化中的暧昧、幽玄、物哀等审美情调相背离，更与他们倡导的优美、优雅、含蓄相去甚远，毕竟不能登大雅之堂——在《读卖新闻》、《日本经济新闻》或《每日新闻》上连载。而渡边文学中的情爱描写，则游离于情、色之间，时而端庄含蓄，时而大胆奔放，时而狂野放纵，时而唯美感伤，又常常穿插四季风物、历史故事、衣食住行等能够唤起读者审美情趣——这种审美情趣在日本文化中是被极力推崇的，是"粹"① 的体现——的描写，并且把死亡与性紧密相连，这样的"情痴世界"，欲扬先抑，进退攻守得当，因为具有实实在在"正宗"的日本特色，所以尽管备受争议，褒贬不一，却一直吸引着各阶层人士的关注。

日本原始神道思想中，蕴含着"顺乎自然"的精神。日本儒学和佛学素来鼓吹尊崇自然人性和人的情欲，并针对中国儒学对人性的压抑和佛学的禁欲主义给予有力的批判，所谓"情即是道，欲即是义"（伊藤仁斋语）就是这种思想的清晰表白。② 因为情欲被看成是很自然的不应该受到压抑的东西，所以日本大多数已婚男人并不认为适当出去"调剂一下"有什么不好——只要不危害家庭。渡边淳一文学中那些限定在已婚男女之间的"不伦之爱"正好迎合了人们的这种心理。"在男人之间，很少有人认为拈花惹草可耻。相反，他们要是听说朋友有过这样的经历，往往都很羡慕甚至感到嫉妒。不能说没有人为自己没这么做而感到庆幸，但这样的人毕竟少之又少。归根结底，作为雄性动物的男性，虽不认为拈花惹草是有出息，但

---

① 日语写作"粹"，除了有风流、潇洒、漂亮的意思之外，还有精通人情世故，尤其精通色道的意思。

② 参见邱紫华、王文戈《东方美学简史》，高等教育出版社 2004 年版，第314 页。

对此抱有向往之情，渴望能实现美梦的却是实情。近年来，有
些女性也开始对婚外情想入非非，与丈夫以外的男性交往的例
子也有所增多。"① "至于男人和女人的小说应该写什么？我认
为写无法用常理解释的事情，就是男女小说。"② 可以说，选择
"不伦之爱"作为自己文学的主题，对于渡边淳一这个"经历
过无数女人"，认为"真正的爱只存在于婚外恋中"的作家来
说，是应了文学作品"来源于生活"的说法，适应了男性社会
的需求。

第二节　情爱之宗旨——性爱至上论

在渡边淳一眼里"到了现代，爱变得轻薄了，变得理性
了，正因为如此，人们反而要对真正的、深沉的爱重新认识
了"。③ 这里所说的"真正的、深沉的爱"，就是指性爱。他认
为性爱是人类的原点，所以在他的作品中往往透露出"性爱至
上"的观点。渡边曾经反复强调过，他之所以描写那种抛弃一
切道德束缚的成年男女的"纯爱"，就是为了对抗现代社会那
种不能深入下去的爱和目前普遍存在于日本人生活中的"性爱
缺失"症。但是渡边作品中女主人公对"爱"、"性"的不顾一
切与男主人公的犹疑、游离、患得患失往往形成鲜明对比。不
过，渡边试图通过作品传达给读者的不是男人与女人对情爱的
不同取向与价值观，而是他们的"沉迷"，不管是女人的主动、

---

① 　渡边淳一：『男というもの』、中公文庫、2006 年 12 月第 9 刷、169 页。

② 《我的恋爱，我的文学——渡边淳一上海复旦大学讲演实录》，《新民晚报》
2004 年 6 月 7 日。

③ 　渡边淳一：《〈失乐园〉代序〈爱，能变成非常可怕的事情〉》，谭玲译，文
化艺术出版社 2005 年版，第 2 页。

引导式沉迷，还是男人那种源于自私与本能的、总是徘徊在"虚无与热情"之间被动式的沉迷。渡边淳一情爱小说的宗旨是性爱至上论。他的作品大多过分宣扬性爱的力量，认为男人能够以性爱拯救、征服女性，所以在作品中他"以性诠释爱"、"以性检验爱"、"以性完成爱"、"以性淡化爱"。在他看来，肉体感受重于精神交流，只有加强"性"，才能深化"爱"。这种性爱至上的观点来自于虚无主义思想。

一　性的拯救

渡边淳一的情爱小说，与其说处于婚外恋中的男女主人公是真的动了情，不如说是只动了性。他们一般是没有什么深刻的思想交流，也没有什么功利性的企图，较之精神上的寄托、依赖和心心相印，他们更倾向于肉体上的互相倾心、难分难舍。而且一般都是男女双方互有好感之后，男方邀女方到宾馆，女方都是半推半就地"被迫"就范，然后在男方的逐步调教下，女方的"性感"渐渐觉醒，终于深深爱上他的"性"而不能自拔；两个人的"感情"也越来越深，都成了肉体的奴隶，达到水乳交融的境地；女主人公开始出现一种母性的、不惜为男人献身的光辉——当然这种献身往往表现在对异常性行为的顺从（如《泡沫》、《失乐园》、《爱的流放地》），或者是毅然决然地斩断自己与原有家庭的纽带，甚至把自己逼上绝路。而男主人公对女主人公则是一种征服、掠夺，甚至有些孩子气的任性的爱。

《雁来红》（1979）中的叙述，进一步流露出渡边淳一对性爱的理解：女主人公冬子由于子宫被庸医摘除，失去了性爱的快感，男主人公贵志数次努力，希望能够以自己的爱和性替冬子找回感觉，但屡次事与愿违。在他精疲力尽，几乎绝望之际，冬子由于偶然的原因，被两个男青年奸污后，突然在男主人公处找到了久违的快感。为什么在遭到强暴之后，女主人公久违的快感得以复苏？而且女主人公即使在遭强暴之时，也没有反抗，过后也没有痛恨、憎恶那两个年轻人，甚至还对其中一位要自己的电话号码、约自己见面有一丝欣慰和好感。这个情节设计使人想起布鲁玛关于日本色情作品的叙述：

> 性欲被净化前必须首先暴露出来。这在日本色情作品中通常意味着奸淫。受害者是纯洁无辜的象征：穿着校服的女学生、护士或新婚的家庭主妇等。这些女人"千篇一律地"爱上了强奸她们的男人，也许爱这个字眼不恰当。"她们的身体暴露了她们"，这是电影发行商在电影说明单上用的话，这些女人对禁果爱不释手，她们被污染了，或者更确切地说，她们自身的不贞洁原形毕露了。①

虽然冬子没有"爱"上他们，但却对他们心存感激——毕竟是因为遭到强暴这件事，让她彻底摆脱了自己没有快感这一心理负担。看来，渡边对性的描述超过了布鲁玛的总结：奸淫不但可以暴露出女人的不贞洁，而且可以医治女人的心理障碍。这样的设计一方面落入了日本色情作品的俗套，另一方面暴露了男性作家渡边淳一无视女性自尊、蔑视女性的思想；同时也说明了他对"性"的态度：性欲是原始的，是与所谓的自尊、廉耻等"杂念"无缘的。被强暴者对强暴者产生了好感，这无疑是说相对于自尊、人权等抽象的东西，女人宁愿选择肉

---

① 伊恩·布鲁玛：《日本文化中的性角色》，张晓凌等译，光明日报出版社1989年版，第63页。

体上的快乐这种实实在在的东西；不但不应该责怪男人强暴了女人，反而女人应该向强暴她们的男人表示感谢——因为通过强暴，女人忘记了廉耻，忘记了自尊，完完全全沉浸在原始的情欲之中，即渡边所说的"回到了人类的原点"。

冬子是在从船津处回来后遭到奸污的。船津是贵志的部下，他因为得不到冬子的爱而决定去美国。冬子被奸污回到家后，竟然梦见奸污自己的人是船津。船津曾经一度想得到冬子，冬子也默许了，但是结果却由于船津心理上的问题（担心自己在性方面不如贵志）而未果。最后冬子反省自己：也许遭到强暴是对自己的惩罚：在对待船津的态度上，自己过于暧昧，使船津对自己越陷越深，但自己又不能回应船津的爱。冬子因为没有回应船津的爱而深深自责，这种情节设计与日本中世纪的物语或谣曲的主题有相似之处，那时候文学作品对男女之情的观点是：不回应男人恋情的女性死去之后会在地狱中受煎熬——这又是蔑视女性思想的体现。①

从渡边的描述中，丝毫看不出对冬子的同情，他也没有让冬子觉得自己命运悲惨，应该被人同情。反而让冬子认为，这样的遭遇是自己"罪过"的结果。而此事过后，冬子奇迹般的"快感回归"，又为这一暴力事件披上了"救赎"的外衣——也许没有这个事件，冬子还会是个找不回快感的女人。很显然，这样的描写，有很明显的"渡边淳一"痕迹，即通过对冬子的心理描写，意图暗示读者，女人一样具有对性、对快感的需求；为了得到这种快感，她们不惜牺牲贞操。另一方面，冬子对船津的忏悔也让人不能理解，现实中的女人很少会有这种想

---

　①　小谷野敦：『〈男の恋〉の文学史』、朝日新聞社、1997 年 12 月、48—56 頁。

法——对于要侵犯自己的男人，非但不痛恨，还抱有忏悔、不忍之情。渡边之所以这么描写，无疑是潜意识中的男权主义——在他看来，顺从、依附男人的女人，才可能得到真正的幸福。

不能忽视的是，渡边在这里穿插了一个与冬子同样命运的女人——中山夫人。因为在一次偶然谈话中，两人得知对方和自己一样，没有了作为女人生理上的最基本特征——子宫。于是同病相怜的她们有了肉体的接触，虽然有"同是天涯沦落人"的安心感，似乎也比与贵志在一起时更有激情，但是冬子对于女人之间的性还是不能心安理得地接受——渡边淳一仿佛在说：女人靠女人救赎不了女人，只有靠男人才能真正让女人复活，哪怕那个男人是个强暴者。

二　性的征服

在与女性作家高树信子谈论性爱问题时，渡边淳一曾经说过现在的日本社会性爱往往被忽视，而且只写恋爱小说的作家往往不被当作纯文学作家，得不到应有的重视。这也是渡边小说中"性爱至上的一个理由"。[①] 在他的作品中，往往夹杂着大量的性爱描写。有人统计过，在《一片雪》中，有 21 处，伊织与霞是 17 处，与前女友笙子有 4 处。《失乐园》开场就是凛子与久木性事之后的心得——"好可怕呀……"。而《泡沫》中更有男人检查女人的私密处，甚至为其除去耻毛的"庄严"描写——在渡边的笔下，性的施与者和接受者甚至有一种宗教式的虔诚。

因为是男性作家，渡边淳一对性的理解，有很多是男人的

---

① 横山征宏編集：『渡辺淳一の世界』、集英社、1998 年 6 月、182—192 頁。

一相情愿，或者说是男权思想的产物。他并不是站在男女平等的立场上谈性，而是基于男女生理结构的不同，把男人进攻、女人接受，即男人主动、女人被动当作天经地义的公理。女人的柔顺与其说来源于对男人精神上的爱恋，不如说来源于对男人肉体上的臣服：

最后，如果说有什么值得炫耀的话，那就是风野的性交技巧了。与没有什么经验的毛头小伙子相比，可能会强一些。在风野的诱导下衿子懂得了什么是性交，并渐渐懂得了性交的愉悦。这才是维系两个人的强烈纽带。尤其像风野这样有家室，无望与之结婚，钱也不是特别多的人，衿子在长达五年多的时间里一直与他不分离，在很大程度上是被风野的性魅力吸引。如果两个人之间没有这种性纽带连结，恐怕早就分手了。事实上，两个人之间发生过多少次争吵已难记其数，然而每次和好的媒介都是性交……世间没有比性更强的纽带了。①

久我出于男人的好奇心，要求采取各种方式做爱，梓一直回避，有时还以轻蔑的眼光断然拒绝。久我虽然被梓吸引，但最后并没有下决心结婚，也许就是因为对性生活缺乏满足感。②

梓在以前亭亭玉立气质的基础上，又增了适度的淫

---

① 渡辺淳一：『愛のごとく・上』、新潮文庫、平成 18 年 10 月、238—239 頁。

② 渡辺淳一：『かりそめ』、新潮文庫、平成 14 年 5 月、29 頁。

荡，更让人觉得味道十足。就像经过二十多年的储藏终于
达到最佳状态的葡萄酒一样，久我对正当女人盛年的梓爱
不释手。①

可以说，在渡边的情爱作品中，这样的描述比比皆是，随
处可见——男人以性征服了女人，女人因此受到引领和启发而
不能自拔。除了上面提到的几部作品之外，《泡沫》、《失乐园》
和《爱的流放地》是这种观点的最好体现。长篇小说《失乐
园》，是以发生在昭和 11 年（1936），阿部定和吉藏的真实故
事为蓝本写成的。渡边根据这一历史事件，又创作了《爱的流
放地》。在两部作品中，不管是凛子还是冬香的丈夫，都是出
身名牌大学、有着很高社会地位的社会精英，在普通女人看
来，是有事业、有金钱的再好不过的丈夫人选；在男人眼里也
是一个值得尊敬的存在。但是他们就是合不来。凛子、冬香在
分别与久木、菊治交往之后甚至拒绝与自己的丈夫同房。这是
为什么呢？因为他们的"性"征服了她们，她们完全沉迷、深
陷在他们的"性"之下。就像查特莱夫人拜倒在梅勒斯脚下一
样——虽然男人们在事业上正在走下坡路，但是他们却在用自
己的男性能力战胜了那些如日中天的社会精英，把他们的妻子
收归于自己的帐下。

第三节　情爱之宿命——虚无

渡边淳一"性爱至上"的观点，来自于他的虚无思想。在
自传体小说《白夜》中，渡边从肉体的"顺从"感受到了人生

---

① 　渡边淳一：『かりそめ』、新潮文库、平成 14 年 5 月、30 頁。

的虚无：

> 尸体也太老实，太平凡了，真让人泄劲。看到解剖室里的尸体，让人不相信人有什么意志和灵魂。在解剖室里，你马上就会明白什么"人死后会成佛、在天堂看着我们"之类的话是多么愚蠢。什么"九泉之下"之类的也都是骗人的把戏。这些都是活人们自己编造出来的、全是假的……在伸夫看来，尸体在解剖室里被学生们毛手毛脚地解剖，却丝毫没有反抗。什么"夜里会做噩梦、会有屈死鬼"来吓唬人之类的说法都是活人自己想出来吓唬自己的。尸体只会一味地顺从活人。他倒希望尸体能够化成鬼魂来警告活人"不要那么粗暴地对待我的肉体"、"不要边解剖边吸烟"。并且最好能够惩罚和折磨那些对自己不恭敬的解剖者。他想象不到那样老老实实地躺在那里，一天天枯萎下去的尸体就是生前度过了无数的岁月，说过、思考过各种各样事情的活生生的人。难道这就是人的下场吗？①

肉体虽然是渺小的，但它毕竟比灵魂具体、实在，并不抽象。所以，看过尸体之后的伸夫不相信灵魂。正因为不相信灵魂，所以渡边作品中的人物都是"即时的"、"现世的"，他们只相信现在，只有现在才能给他们影响和刺激。精神世界虚无缥缈、不可触及，只有肉体交流才能让他们切切实实地感受到自己的存在，但是一味的肉体追求又必将导致更深的虚无。

---

① 『白夜・彷徨の章』、『渡边淳一全集』第14卷、角川书店、平成9年7月、53—54頁。

一　虚幻的温情

渡边淳一在随笔《男人这东西》和一次演讲中道出了男人对待感情的态度：

> 男人与女人交往并不是一对一的，他们往往同时与几个女性交往，以便相互比较……这完全可以说是"脚踩两只船"或"脚踩三只船"。男人嘛，只要条件允许，就容易这样做事。这是因为，他们一方面对以前的女人难以割舍，另一方面他们不觉得周旋于几个女人之间有什么不好。①

> 因为男人是一种超乎大家想象的充满性欲的东西，男人在得到女人之前可以呈示出一种不可置信的亲切的善良的一面，但是男人又同时是这样的一种动物：当他得到某种东西以后，便会非常迅速地降下对对方的关心。②

以上的观点也被用于渡边的小说中，成了处于婚外恋的男女主人公不可回避、不可抗拒的命运，似乎也成了渡边的一种创作理念。纵观他婚外恋题材的作品，除了《夜潜梦》（1994）、《雁来红》给了读者一个比较有希望的结局——《雁来红》中男主人公贵志打算和妻子离婚后与冬子结婚；《夜潜梦》中秀树决定自己将会一直陪伴东子，医好她心灵的创伤——之外，其

---

①　渡辺淳一：『男というもの』、中公文庫、2006 年 12 月第 9 刷、246—247 頁。

②　《我的恋爱，我的文学——渡边淳一上海复旦大学讲演实录》，《新民晚报》2004 年 6 月 7 日。

他作品的结局大多数是分离或者迷茫。

　　不知道是巧合还是渡边的有意安排，这两部作品的女主人公都有值得同情的命运：前文已经提到，冬子被庸医摘除了子宫，而东子是严重的不孕症。从某种意义上说，两个人都丧失了作为女人的基本生理条件。也许出于对她们悲剧命运的关怀和同情，渡边才有意地安排了这样少有的、给人以希望的结尾。

　　但不得不说的是，这种"温暖"是很经不起推敲的。《雁来红》中，贵志只是有了离婚的打算，即使冬子对其善意的、充满温情的关怀没有异议的话（按理说是不应该有异议而应该心存感激。因为冬子自从摘除了子宫之后开始自卑，拒绝了单身青年船津的爱。她并不是不喜欢船津，而是因为自己不再是女人），那么贵志的妻子会怎么打算呢？她会轻而易举地答应吗？看似唾手可得的幸福，却掌握在别人手里——贵志，或者从未在作品中露面的贵志妻子手里。可以说，这个温情安排只是一个靠不住的空头人情，不可期待，不可指望，不可希冀，如云似雾，不可企及。

　　《夜潜梦》中的结局也是如此。秀树之所以对东子温情脉脉，是在东子感到绝望至极，在宾馆自杀未遂之后。作品的开篇，当东子告知秀树自己已经怀孕，而且不听秀树的苦劝，坚决要生下这个孩子时，与其他婚外恋中的男子一样，秀树丝毫没有为东子对自己的爱、对这份婚外情的执著而感动。相反，他首先想到的是麻烦和负担———一旦事情败露，被自己的妻子知道，则目前为止自己所拥有的一切都将会消失，所以他千方百计，甚至恼羞成怒地想使东子堕胎。而当发现这都是东子为了跟自己撒娇而布下的谎言，其实根本没有怀孕甚至永远也不会怀孕之后，秀树马上又变成了一个善解人意、处处体贴关怀的温柔情人，而东子也不假思索、不计前嫌地重新享受这份温情。这种描写总是让人觉得少了一些说服力，有点一相情愿，过分夸大男人的力量：虽然男人不能生孩子，但是男人可以挽救不孕的妇女。其实秀树的温情就真的是那么可以依赖吗？一切都是建立在秀树的夫人不知情的情况下。假如某一天，秀树的夫人知道或觉察了他们的关系，秀树还会坚决地安慰、照顾东子吗？不错，东子是值得同情，那么秀树的夫人呢？渡边的逻辑是既然应该关心照顾东子的丈夫离东子而去了；那么作为东子情人的秀树来照顾东子也是很感人的，而且更能证明非世俗的爱情力量之巨大。东子通过自杀未遂完成了自己是值得同情的弱者的形象改变，并且秀树勇于承担从身体到心灵都"潜入"东子之中的责任，但是这一责任感又能维持多久呢？可以说，秀树的这种责任感就像是漂泊在汪洋大海上的一叶孤舟，而东子就像是乘坐这叶孤舟的亡命人，当世俗的大风大浪吹打过来的时候，不难想象这叶孤舟和东子的命运。小说的最后一句写道：

　　　　东子再次入睡。她再也不会失去自信，不会失态。

　　东子的自信、不失态都是建立在秀树的温情之上，但是这样的基础又有多牢固呢？曾经做过医生的渡边，当然希望病人东子能够得到彻底的治愈，因为肉体上的疾病已经没有希望，所以渡边希望秀树能够治愈她的心灵。不能不说这个愿望有浓厚的人道主义色彩，也有些乌托邦式的不切实际。如果从另一个角度来看，秀树之所以承诺不论从肉体上还是心灵上都"潜入"东子，关爱东子，是因为东子是"顽固的不孕症患者"，秀树不必再担心东子怀孕从而省去很多麻烦。不用说，今后秀树和东子还会像以前一样保持情人关系。

　　渡边的小说，不论是医学小说还是恋爱小说，让人觉得温暖的场面很少，一般是全篇弥漫着孤独的气氛。虽然《雁来红》和《夜潜梦》结尾部分出现了温情场面，但是又让人觉得牵强，过于乐观而显得不现实，并且是具有致命生理缺陷的女主人公看到了光明的未来。无论是丧失了子宫，还是不孕症，都是女人在身体上丧失了作为女人的基本条件，而在此时，渡边都安排了男人的爱来拯救女人。但至于能否真的由此获救，却被渡边暧昧化了——小说没有给出明朗的结尾。可能渡边自己对此也没有信心，或者干脆对这种婚外情的拯救能力究竟有多大，能够持续多久也心存疑虑，因为他本身就不相信爱情的天长地久。所以，他的这种"男人以爱来拯救不再是女人的女人"的设计本身，就没有稳固的、合理的、能够说服别人，也能够说服自己的理论支持，与他的"激情"理念也是相矛盾的。

二　无言的结局

　　在渡边的情爱作品中，各方面都很优秀的女主人公似乎没有什么好下场：或者前景十分渺茫、黯淡，如《最后的爱恋》、《浮岛》、《泡沫》；或者女方离男方而去，如《化身》、《曼特莱斯情人》、《深夜起航》、《丁香清冷之城》、《一片雪》、《秋残》；或者一方自杀，如《魂断阿寒》、《瞬间》、《无影灯》；或者双双情死，如《失乐园》。因为渡边要描写的是婚外恋中的那种激情，但是激情又是不能长久持续、寿命短暂的东西，所以激情过后，剩下的往往是虚无。在中国人的审美意识里，不管青年男女的感情也好，还是已婚男女之间的婚外情也好，总是希望故事中的男女主人公有一个完满的结局——结婚，但是渡边的小说从来没有这样的结局。他说过：

> 如果这位读者看了《失乐园》以后，觉得最后一幕令他非常悲观的话，我觉得非常遗憾。因为最后一幕反而是这两个人的爱情火焰迸发到极点，燃烧最美丽的一幕，如果他们先去离婚再结婚，反而成了很平凡的夫妻，过着庸庸碌碌的生活，绝对没有这种激烈的爱迸发出来的闪光的美丽，我希望这位读者能够想一想，如果能够理解这样的话，我会非常高兴。①

因为对婚姻、对一夫一妻制持否定态度，更因为渡边的强烈的"出世"（脱离现实、超越现实）愿望，他的婚外恋小说才没有大团圆的结局：作品中的主人公并不认为男女之间只有最后结合才是完满的，他们常常是看透了完满之后的平庸、倦怠，所以相对于婚姻，他们更看重那些充满激情的过程，纵然生命如昙花一现，但毕竟有瞬间绽放的美丽。他们需要的不是一生一世、始终如一的爱恋，而是一个一个激情恣意的片断和碎片。用曾经的时髦话来说，就是"不要天长地久，只要一朝拥有"。

另外，日本文学作品中一贯崇拜悲情、感伤、幽暗、静寂等风尚，这也是其中的原因之一。

> 他们的小说与戏剧很少以"皆大欢喜"为结局。美国的一般观众渴望有一个结局。他们要相信剧中人物此后永

---

① 《日本著名情爱文学大师渡边淳一访谈实录》，新浪网，2003 年 9 月 26 日，http：//book. sina. com. cn/nzt/dubianchunyi/。

远生活得幸福。他们要知道剧中人物因其美德而得到了报偿。如果他们不得不在戏剧的结尾哭泣，那必须是因为主人公性格中有缺陷，或者是因为主人公做了邪恶的社会秩序的牺牲品。观众更喜欢看主人公万事如意的幸福结局。日本的一般观众热泪盈眶地看男主人公因命运的变化而走向悲惨的结局，可爱的女主人公因命运的逆转而被杀，这样的情节是晚间娱乐的高潮，这正是他们到剧院去想看到的东西。甚至日本的现代电影也是以男女主人公的苦难为题材的，恋爱中的男女抛弃情人；美满结合的夫妇之中有一人为克尽义务而自杀；妻子献身于拯救丈夫的前程，并激发他培植起伟大的演员天赋，为使他能无拘无束地过新生活，在其成功的前夕藏身于大城市中，在他获得成功的当天毫无怨言地在贫困中死去。没有以皆大欢喜为结局的必要，对自我牺牲的男女主人公的怜悯与同情在观众中畅行无阻。①

就像青年男女的恋爱不能吸引人一样，大团圆的结局会使人轻易忘记，鉴于这种想法，渡边的情爱作品很少有美满团圆的结尾，而往往是"无言的结局"。

三　虚无的根源

渡边本人的情感经历似乎也验证了他的创作理念。青年时代初恋情人加清纯子的多角恋爱与自杀，使他感悟了情爱的虚无与不可信赖。正因为有了那样的感情经历，才使渡边写出了

---

① 鲁思·本尼迪克特：《菊花与刀》，孙志民等译，九州出版社 2005 年版，第 141 页。

这样的作品。

　　生活中的加清纯子"皮肤白皙，眼睛很大，人很安静，有点像童话故事中的仙女"。[①] 渡边把她写进了长篇小说《魂断阿寒》（1973）（作品中女主人公与加清纯子名字相同，都是"纯子"）。除了《魂断阿寒》，在《剪影画》中，渡边对初恋的体验也有详细的描述。另外，随笔集《我伤感的人生旅程》中的《雪中的阿寒》，随笔《吻 吻 吻》中《我收到的情书》，随笔《坦言女性》中《纯子之章》以及登载在《北海道新闻》（晚报）上的随笔《我的历史——不断描写爱与性》之三至之五[②]都提到了加清纯子这个人物以及初恋经历，可见它对作家影响之深。在这些作品中，对初恋和初恋情人纯子描写得最细致的还是《魂断阿寒》。

　　渡边和纯子是高中同学。昭和 25 年（1950）4 月，日本一些地区开始高中合并。渡边所在的北海道立札幌第一高中开始实行男女生同校制度。加清纯子转到渡边所在的班级，她当时被称为"天才少女画家"，不仅在北海道小有名气，经常与记者、画家等文化界人士接触，还因为经常到东京参加画展而见多识广。有一天，渡边突然收到纯子的纸条："明天就是你的生日了，我来为你庆祝一下……"[③] 据纯子留下来的日记记载，纯子之所以主动接近渡边，是因为"我们班里有一个挺能装正经的傲慢男生，我要诱惑他"。[④] 能被"天才少女画家"追求，

　　① 渡辺淳一：「私のなかの歴史——愛と生を書き続けて④『初恋』」、北海道新聞（夕刊）、2005 年 8 月 5 日。
　　② 日语名「私のなかの歴史——愛と生を書き続けて③－⑤」，刊载日期分别是 2005 年 8 月 4/5/8 日。
　　③ 渡辺淳一：『阿寒に果つ』、角川文庫、平成 17 年 7 月第 52 刷、15 頁。
　　④ 同上。

渡边感到很骄傲。从未体验过恋爱滋味，对爱懵懵懂懂的他马上陷入了热恋之中。"通过与纯子的交往，我窥见了未曾体验过的成年人的世界，在喜悦的同时，总有一些不安，觉得自己越来越出格，越来越堕落了。"①

因为是初恋，与所有 17 岁男孩子一样，渡边对爱既向往又不知所措，是加清纯子引领他体验了初恋的甜蜜、激荡人心，同样也是纯子打破了他对女性的种种幻想，让她认识了女人的魔力与不可理解。纯子不但有一种独特的艺术家气质，还有一种 18 岁女孩少有的成熟，再加上言行难以捉摸，这些都让年少的渡边越发不能自拔，同时也有一种压力和自卑心理。与纯子之间的交往，一直是纯子占主导地位。

不久，渡边听说纯子也在与其他男人交往。在随笔《我伤感的人生旅程》中，听说纯子同时和几个男人来往后：

> 我听了这些传闻并没有生气。即使纯子在与那些中年男人交往，对我来说也是毫不相干的另外一个世界的事情。我是高中生，没有必要去嫉妒和我不属于同一世界的其他男人。即使她真的和很多男人来往，只要和自己约会时能够守约就行了。②

通过这段文字，可以看出渡边的恋爱观——他不想过于干涉对方，只是希望在一起时的真诚。这与其说是一种宽容，不如说是一种无奈，甚至是一种阿 Q 心理：他知道自己不能全部

---

① 渡辺淳一：「私のなかの歴史——愛と生を書き続けて④『初恋』」、北海道新聞（夕刊）、2005 年 8 月 5 日。
② 渡辺淳一：『マイセンチメンタルジャーニイ』、集英社文庫、2007 年 3 月第 2 刷、15 頁。

占有纯子的心，同时对于纯子与其他男人交往又无能为力，并且不想舍弃这段感情，所以只能是默默承受，同时又用"现时"的真诚来安慰自己，不去追究这所谓的真诚到底是真是假。在这里，渡边丝毫没有后来的情爱小说中所表现出来的、男人所具有的果断、自信，甚至无赖。对于青春年少的渡边来说，纯子是一个魔女似的存在：令人着迷向往，虽然近在咫尺，伸手可以触及，可以亲近，但又远在天边，无从探究她的所思所想，更不能看透她的灵魂深处，但却不忍放弃，所以他选择回避矛盾的态度。

于是，渡边一边满怀与纯子重修旧好的期待，一边暂时将纯子移情别恋的事抛在脑后，集中心思对付高考。一天雪夜，渡边收到了纯子放在窗外的康乃馨。第二天听纯子的好友说纯子已经到雪中的阿寒写生去了。纯子这一走，就再也没有回来。那一朵鲜红的康乃馨也成了渡边和纯子交往的最后见证。对于纯子的自杀，渡边当然是受到了很大的震动，但是让他最感安慰的就是那朵康乃馨，那朵于雪之深夜被专程送到他家窗外的康乃馨——有了这朵花，到创作《魂断阿寒》之前的二十几年渡边一直深信：纯子最爱的人就是自己，虽然传闻她有其他男朋友，但因为自己与她年龄相仿，相互之间更亲近。

不过，如《我伤感的人生旅程》（2000）中所述，在纯子自杀20年后，渡边为了写《魂断阿寒》而采访与纯子交往过的男士，他们都不约而同、满有把握地以为纯子最爱的是自己，理由是纯子在离开札幌赴阿寒自杀的当晚，在自己的窗前放了一朵康乃馨。这不能不让渡边感到震惊。如果17岁的他知道了事情的真相，一定会受到更强烈的打击。他不知道自己这20年来的一厢情愿是幸运还是不幸。

与纯子的初恋，可以说是一个痛苦的回忆，更是一个男人失败的经历。"纯子憧憬恶魔，并认为自己是恶魔的化身。所以，对纯子来说，也许起初就不需要我这样唯有纯情可取的少年。"① 男子汉的自尊和理智，让他没有对纯子有过多的期许和埋怨，初恋的纯情腼腆又让他保持了恋爱的纯洁。在《魂断阿寒》的终章，渡边继续写道：

> 与纯子之间的交往，对我来说是可称之为"恋爱"的最初经历。虽然时间短暂、结局凄惨，但与她之间的回忆至今仍然清晰地留在我的心中。不，并不仅仅是留在我的心中，它伴随着某种刻骨铭心的感受，左右着后来我的爱情轨迹……当时年仅 17 岁的我，因为与纯子这样的女性交往，而开始对女性抱有不信任的感觉，这对我以后的人生影响深远。对我来说，那是一种难以忘怀的、永久的伤痛。②

纯子自杀是在 1952 年 1 月末，在 20 年后渡边开始搜集整理有关资料和信息，写成小说《魂断阿寒》，发表在《妇人公论》上。虽然事隔 20 年，但是"从蒲部开始到兰子，我走访了五个人。与这五个人见面，探寻纯子过去的旅途，这在某种意义上对我本人来讲无疑是一次施虐的过程，同时也是一次受虐的过程"。③ 与纯子的初恋，影响了渡边情爱观、女性观的形成，他曾经说过："现在回想起来，与纯子热烈而又不平常的恋爱经历使我改变很多，让我感悟到什么是艺术或艺术作品，

---

① 渡辺淳一：『阿寒に果つ』、角川文庫、平成 17 年 7 月第 52 刷、95—96 頁。

② 同上书，第 366 页。

③ 同上书，第 367 页。

使我开始关注女性，更让我思考爱与死，有了某种虚无、感伤
的情怀。而且最重要的是，如果没有与她相遇，我可能不会成
为作家。"① 而在《我的历史——不断描写爱与性》之四中，渡
边进一步说："如果不为她写点什么，我就不能从对她的思念
中解放出来，写了那篇小说（指《魂断阿寒》）之后，我才终
于能够把她埋葬，或者说让她沉没到我记忆的沼泽里。当然，
到开始动笔为止，需要 20 年的感情沉淀。"常有学者评价渡边
在与女人的交往中，外表上看很温柔、热情，但是总是流露出
研究女人的"冷彻的眼神"②，让人觉得一直有一种理智在里
边。这种冷彻、理智的背后就是虚无感吧。

第四节　情爱之归宿——独身主义

一　婚姻是束缚

　　关于婚姻渡边曾毫不忌讳地说："我小说中所描写的就是
我的日常生活"，"作家是无赖，是最不适合结婚的，有妻儿的
作家一般写不出多好的作品"，"自己的婚姻是一场错误，当时
还是个医生，如果是作家的话就不结婚了"。③ 他还说过，要想
保持纯粹的爱只有不结婚：

　　　　结婚，意味着青春的结束。男人们的内心里，或多或
　　　少都抱有这种想法。男人们都认为，能尽情玩乐的时候仅

---

　　① 　渡边淳一：『キッスキッスキッス』、小学館 2002 年 10 月、341 頁。
　　② 　川西政明：「『失楽園』に至る渡辺文学の軌跡」、『渡辺淳一の世界』所
收、集英社、1998 年 6 月、75 頁。
　　③ 　陈佳：《日本情爱作家渡边淳一在沪"谈情说爱"》，《东方早报》2004 年 6
月 1 日。

在单身时期，从结婚那一刻开始，就意味着辉煌的青春时代已经结束了，今后就被捆绑在家庭这个范围内，像以前那样随心所欲是不可能的了。所以，如果有朋友即将结婚时，男人们会不由自主地表示同情和些许伤感，"唉，这家伙，好日子也要结束了。"听了这些，就会觉得：男人们的秉性就是一天到晚只想着玩乐。[①]

单身男子对婚姻是如此态度，那么处于婚外恋中的男人信守"不重组"原则也就无可厚非了。在渡边的作品中，处于婚外恋中的单身女人，总是处于被动地位，她们往往期待男人脱离开自己现有的家庭，与自己共同创建一个新的世界，但常常以希望落空而告终（《丁香清冷之城》、《最后的爱恋》等）。在《丁香清冷之城》（1971）中，女主人公佐衣子已经怀了男主人公有津的孩子，但是明白了有津不想离婚之后，她默默地自己到医院做了手术之后与有津分手，与其他男人结婚。《最后的爱恋》（1984）中吟子也有与佐衣子同样的不得不堕胎的命运，但是她却没有勇气离开风野，在结尾之处，仅仅因为风野答应了与她一起过新年而高兴不已，也许在她的心里还是期待着与风野重组家庭。而婚外恋中的男人们，即使与妻子没有感情或者已经分居，也不想和交往的对象结婚。虽然渡边淳一没有说过"婚姻是爱情的坟墓"之类的话，但是他的"结婚就会使两个人的紧张感消失，进而慢慢产生倦怠甚至相互厌倦的情绪"观点与"坟墓说"如出一辙。与婚姻相伴随的，除了倦怠之外还有责任，所以他认为结婚弊大于利，婚姻对男人来说是束缚。

---

① 　渡辺淳一：『男というもの』、中公文庫、2006 年 12 月第 9 刷、99 頁。

二　恋爱非同结婚

"总之恋爱和结婚根本就是两码事，因此结婚时选择其他女性毫不为怪。"① 这句话也许是大多数男人的心声——它也是渡边的心声，渡边的人生经历验证了这句话。

据说在渡边出生后过百天时，家里请来的算卦师父说，这个孩子将来一定会很出名，但会因为拈花惹草而生是非。渡边的妻子叫堀内敏子，父亲是一家造纸厂附属医院的院长。两人并不是自由恋爱结婚，而是渡边的母亲看好了敏子，为渡边定下了这门婚事。在敏子之前，渡边曾经交往的女性当中，有两个人让他产生了结婚的想法。一个是在薄野酒吧工作的"千景"（《白夜——绿荫之章》和《坦言女性》中的千景），真名宫岸信子，1988 年 7 月 28 日死于国立札幌医院北海道地区癌症中心。另一位是渡边做外科医生时同一医院的护士，在《白夜——绿荫之章》中，她的名字是和子，在《坦言女性》中的名字是玲子，《我伤感的人生旅途》中的名字叫智子，《传闻如风》中的名字是祥子。

宫岸信子出生于昭和 10 年（1935），高中毕业之后就在薄野的酒吧工作。渡边做实习医生期间，即"24 岁那一年的初夏"②，被同事拉到信子所在的酒吧玩，结识了女招待信子。渐渐与渡边熟悉之后，信子告诉他，自己虽然没有结婚，但是却有一个 3 岁的女儿，孩子的父亲已有家室，是一家餐馆的老板，年龄在 45 岁左右，在薄野是有名的花花公子。渡边担心

---

① 渡辺淳一：「男というもの」、中公文庫、2006 年 12 月第 9 刷、105 頁。
② 「告白的女性論⑨・千景の章」、「渡辺淳一全集」月報 10、第 21 卷、角川书店、1996 年 8 月。

这会影响信子对自己的感情，但是信子反复告诉他自己与那个男人早已分手了。这样渡边渐渐有了信心，相识半年之后，第一次邀请信子到支笏湖旅游。当晚两个人在一起的时候，渡边因为心里有很多顾忌，那个年代的女招待一般是和很多男人有过交往，对男人很了解，何况信子还和别人有了孩子，自己在性能力方面怎么会敌得过那个花花公子呢？这样顾虑重重，结果确实不出所料，未能如愿。但是信子并没有责怪他什么，而是温柔地安慰他。从支笏湖返回札幌之后，为了鼓励他，又答应与他再外宿一晚，并说只要渡边在自己身边就好，不用有什么负担。渡边感到信子能够不顾孩子而一直陪伴他、安慰他，并不是口头上与他逢场作戏，而是真心喜欢他，于是彻底打消了疑虑，终于如愿以偿。所以，对渡边来说，信子坚定了他在性方面的信心，教给他性的奥秘，是他"一生都不能忘怀的人"。① 在其他作品，比如《男人这东西》中，渡边也反复谈及能给男人以鼓励、安慰的女人。可见，信子在渡边记忆中的分量。信子曾经有过与渡边结婚的想法，但是因为怕影响渡边的前途，终于没能开口。而渡边也因为遭到家里的反对，没能坚持自己的主张。后来信子也一直没有结婚，自己抚养孩子直至53岁去世。在信子患癌症住院期间，渡边曾亲自到医院探望。

　　另一位曾经让渡边产生结婚想法的女性是个护士。她是渡边的自传小说《白夜·绿荫之章》（1984）中的"和子"。在渡边任外科医生期间，与她同一科室。她比渡边小5岁，因长得漂亮而受到众人关注。渡边因为与她在一起值班而慢慢与她熟悉。在工作中，和子也给他很多支持，让他觉得两个人很默

---

① 「告白の女性論⑨·千景の章」、『渡辺淳一全集』月報 10、第 21 卷、角川书店、1996 年 8 月。

契。不久和子怀了渡边的孩子，提出了与他结婚的要求，当时渡边很犹豫：和子人长得很漂亮，性感又迷人，性格很开朗，与她结合也许会组成一个快乐的家庭。但是她又有些太开朗，太善于交际了。比如说刚转到外科的新年会上，与其他几位护士一起表演裸体舞，虽然穿了内衣，但是也让人觉得大胆，结婚之后会让人放心不下，是个精神负担。由于结婚的愿望没有得到积极响应，和子不得不堕胎。为了与渡边结婚，和子曾经采取了一系列过激行为，结果适得其反，使渡边与她的距离越来越远。

渡边与敏子结婚之后，慢慢又与和子亲近了。但是和子听说渡边有了孩子之后，马上冷静地要求和渡边分手，因为她考虑到已经有了孩子的渡边是怎么也不会从家庭的牵绊中挣脱出来再与她结合的。分手后和子马上离开札幌，到了东京的一家医院。渡边弃医从文，到东京之后曾经与其见过一次，想进一步交往的时候，和子却冷冷地告诉他自己已经有了新的恋人。在《坦言女性》的结尾，渡边说："在我心中，至今还记着她离开札幌时毅然决然的态度……她至今仍在我的记忆之中，从未稍离"，"女人多数以为没有最终结合在一起的爱都是徒劳的，果真是那样吗"，"即使分手之后，也深藏在记忆之中，或者说因为分手，爱反而更加深刻……"① 这也许是渡边的一种托词或者说是忏悔吧。

渡边在与"和子"相处期间，一直遭到母亲的反对。母亲的原则是：谈恋爱是你自己的事，我可以不管；但是找什么样的人结婚生子，为渡边家繁衍后代，维系渡边家的传统，则是

---

① 「告白の女性論⑬・玲子の章」、『渡辺淳一全集』月報 14、第 20 卷、角川书店、1996 年 12 月。

渡边家的事，是关系到渡边家族的问题，绝对不能不管。渡边与母亲的区别是，他没有母亲那种凡事以家庭为中心的做事态度，他重视的是恋爱那种持续燃烧的生命力的充实和激情，他并不是那种可以安安稳稳满足于家庭生活的人，也不会像谷崎润一郎那样可以全心全意地跪拜在一个女人的石榴裙下。他属于那种不断对女人抱有憧憬，让一段热情燃烧殆尽，变成虚幻的泡沫，变成一片雪，然后再重新燃烧，投入到另一段恋情的那种人。也许母亲也了解儿子的这种秉性吧，在渡边的学业、事业都稳定——昭和 38 年（1963）4 月渡边取得医学博士学位，次年 5 月，成为北海道立札幌医科大学整形外科助教——之后，母亲觉得该为渡边操办亲事了。这年（1964）11 月 2 日，渡边与江别市北日本造纸厂附属医院院长的长女堀内敏子结了婚。

　　敏子是母亲为渡边选定的伴侣。母亲从朋友处听说了敏子的情况，主动约见她之后一锤定音。敏子高挑身材，既可爱又伶俐，而且很稳重，是值得信赖的人。因为当时渡边正在与和子相处，所以很犹豫，与和子比起来，敏子的服装有些土气，人也很内敛，不像和子那样时髦开朗。但她短大毕业之后在托儿所工作，照顾孩子非常细致周到，深得家长的喜爱和信赖。渡边通过与她交往感觉与这样的女人生活在一起会很轻松。渡边曾经主张走自己的路，但还是受现实左右，选择了一条安全的道路——与敏子结婚。结婚之后，最大的感觉是自己的私人空间缩小了。虽然只要自己待在书房里，就可以不与妻子面对，但是心里总是顾虑着她，让人觉得不舒服。可是又不能直接对她说"你给我点自由吧"，因为表面上妻子并没有限定自己的自由。"伸夫再一次深刻地感觉到，结婚、组织家庭不是一般的麻烦事。以前只是觉得结婚之后，可以和喜欢的女人一起吃饭、看电视，还可以得到她的照顾……想得真是太简单了。其实与此同时，许许多多的麻烦事也是必须承担的。"[1]

　　　　完完全全格式化了的家庭、安定生活之中没有真正的爱。[2]

　　这是《丁香清冷之城》中，有津对佐衣子说的话，也是渡边对读者所说的话。作品发表之时的1971年，渡边结婚已六年之久，临近"七年之痒"[3]，也许这就是他对自己婚姻的慨叹吧。"夫妻到底是什么？一夫一妻制难道就是完美的吗？"就这样，渡边淳一一边否认一夫一妻制，一边坚持着一夫一妻制——不知道他自己是否曾经动摇过。这位被称为"经历过无数女人"的作家，正是通过这种"狡猾"的方式，完成自己对婚姻和爱的解读，同时也在作品中毫不隐讳地全盘托出自己的观点。虽然渡边淳一的作品是反道德反传统的，但是生活中，他又是一个现实的人。通过作品，他实现了现实中不能实现的梦；通过作品，他完成了精神世界中对理想情爱的不懈追求。正因为这种理想与现实的矛盾，才能产生更大的推动力，使他笔耕不辍；也正是因为这种不可调和不可回避的矛盾，才能让他的作品总是激情四射、永远年轻。

---

　　① 『白夜・緑陰の章・三』、『渡辺淳一全集』第15卷、角川書店、平成9年8月、44—45頁。
　　② 渡辺淳一：『リラ冷えの町』、新潮社、平成3年2月第40刷、267頁。
　　③ 是个舶来词，意思是说许多事情发展到第七年就会不以人的意志为转移出现一些问题，尤其指婚姻。

小　结

本章论述了渡边淳一文学的情爱理念。人生经历决定了渡边淳一文学的情爱理念：青年时代初恋情人的多角恋爱与自杀让他体验到了爱的虚无与不可信赖；外科医生的经历又让他只相信肉体，不相信灵魂。"问世间情为何物，直叫人生死相许"①——20 世纪 80 年代台湾女作家琼瑶发出了"情爱至上"的感慨，几乎是同一时期的日本男作家渡边淳一却高举"性爱至上"的旗帜，执著于对婚外情的描述。两位作家的一致之处在于对"情到深处是孤独"的感慨。他们深知人不能抗拒本能的驱使，舍弃对情爱的追求，达到"跳出三戒外，不在五行中"的境界。因为不论是"情"爱还是"性"爱，"爱"是人的本能，所以，渡边淳一以他医生的冷静和作家的激情为我们描绘了一个个沉醉在情爱世界里的痴男怨女，诉说着他们在理智与情感、苦恼与欢愉、清醒与迷醉之中人性的挣扎与人格的沉浮。借用弗洛伊德的理论来看，构成统一人格的三个要素之间的相互作用是"'本我'在无意识的控制中充满了原始的冲动，然而面对现实的'自我'却不得不压抑自己的冲动，进行妥协，直到将这种压抑的力量升华为理想的'超我'，人格的完善才终于得以实现"。② 渡边淳一情爱世界里的男男女女都是极大限度地发挥了人格中"本我"的成分，"本我不顾现实，

---

①　来源于金代诗人元好问的《摸鱼儿—雁邱词》的前两句"问世间情是何物，直教生死相许"。台湾女作家琼瑶作词的歌曲《梅花三弄》，在此基础上稍加改动为"问世间情为何物，直叫人生死相许"。

②　吴光远等编著：《弗洛伊德——欲望决定命运》，新世界出版社 2006 年版，第 4 页。

只要求满足欲望，寻求快乐"。① 而人格中社会化的产物"超我"的作用——调节和控制那些一旦失去控制就会危及社会安定的各种冲动——却被他们极大限度地抑制了。在情欲与道德之间徘徊矛盾不已的"自我"总是偏向于"本我"一边，所以他们的人格完善往往是失败的。由此，通过渡边淳一的作品，我们看到的了很多性格偏执的人物，就像《失乐园》中的凛子，外表像"楷书"一样中规中矩，内心却隐藏着一触即发的情欲，甚至不惜以情死这种极端的方式来延续和成就婚外情爱。

---

① 吴光远等编著：《弗洛伊德——欲望决定命运》，新世界出版社 2006 年版，第 143 页。

第 三 章

情爱与生死

死亡是渡边淳一情爱小说中一个重要的主题，他的作品中有很多关于死亡的描述，影响力最大的无疑是他的成名作《失乐园》。除此之外还有《魂断阿寒》、《无影灯》、《秋残》、《深夜起航》、《樱花树下》、《瞬间》、《幻觉》、《爱的流放地》等不胜枚举，甚至说渡边淳一的情爱文学处处渗透着死亡都不为过。对于情爱与死亡，渡边淳一的观点是，死亡不但是实现在恋人心目中永生的唯一手段，而且还能够成就、升华情爱。这种"情爱与生死"的关系论断是渡边淳一情爱理念的重要一环，属于第二章的延续，为了叙述上的方便，笔者把它单独列为一章。

第一节　死亡保存情爱

生和死是无法逾越的两极，活着的人理解不了自绝生命的人的干脆和决绝，正如九泉之下的人体会不到活着的人遗憾和悲哀。不过死亡给人的震撼力毕竟是其他任何事物都不能比拟的，死者通过自绝生命这一强烈的自我表现方式，不但给世人留下深刻的印象，更主要的是实现了在情人心目中的永生——渡边淳一通过《魂断阿寒》（1971）、《无影灯》（1972）等初期作品向我们传达了他对"情爱与死亡"的初步认识。

一　难以忘怀的死

在长篇纪传体小说《魂断阿寒》中，渡边淳一记述了初恋情人加清纯子短暂的一生——被称为"天才少女画家"的纯子在年仅 18 岁的时候，以自杀的方式结束了自己的生命。纯子的死，是渡边淳一人生中第一次面对死亡的真实，第一次认识到死亡的巨大震撼力，这也是他的情爱文学之所以对死亡情有独钟的原点所在。

小说题名中的"阿寒"是北海道的一个荒无人迹的雪山，又是一个火山群，有雄阿寒山和雌阿寒山之分，在两座山之间有美丽的阿寒湖。1934 年，它被指定为阿寒国立公园，是北海道地区第一个国立公园。纯子选择这样的地方、这样的季节（冬季）自杀，很凄凉也很唯美。虽然纯子并不只他一个男友，但是她的自杀给渡边留下了深刻的记忆，让他永生不能忘怀。少年渡边（纯子自杀时渡边 17 周岁）初次体会到了死亡的力量，他感到一个人如果真的想让对方无法忘怀，唯一的办法就是自杀。几十年后，当渡边回忆青春往事时，仍然不能释怀："你的死亡给很多很多人留下了谜团、留下了疑惑，没有比你的死亡，更能让人感到刻骨铭心的东西了"[①]，"你死得如此华丽、如此奢侈，这既让我感到痛恨，同时又敬佩、嫉妒不已……"[②]

本来小说对于纯子一直是以第三人称叙述的，但是说到纯

---

　　①　渡边淳一：『マイセンチメンタルジャーニイ』、集英社文庫、2007 年 3 月第 2 刷、21—22 頁。

　　②　同上书，第 22 页。

子的死，竟能让渡边以对话的形式改为第二人称叙述，可见其感慨之深：四十多年后回想起来仍然使他激动不已！从而也可以看到渡边对待死亡的态度。随笔《我伤感的人生旅程》中渡边再次提到了纯子（《雪之阿寒》一节），他说："纯子永远18岁！"[①]

2003 年 9 月下旬渡边在接受中国新浪网站的访谈中，被问及作品中有关死亡的主题时，渡边又一次提到了"永远18岁"的纯子：

　　　　主持人：您认为《失乐园》的死亡结局是一种美，这里就有日本文化与中国文化之间的区别，有人曾评论说日本文化就比较崇尚热爱死亡这种主题，请您谈谈这方面的看法？

　　　　渡边淳一：一般来说，可能大家都会认为死是一种悲观的、令人伤感的、消极的事物。但是我认为，死是一种强烈的自我表现的方法，是一个人为了能够强烈留下一种印象的方法。比如说一个人有可能一辈子平平淡淡、庸庸碌碌地死，也可能在非常年轻的时候一下子死去，后一种死法可能给别人留下更深的印象，也可能是一种积极的方式。我想这样的想法不仅仅在日本，在中国也有。特别是在东方、亚洲、印度啊，受佛教思想影响的地区都是共通的。

　　　　完全认为死是一种消极的事物，我想是不对的。比如说大家都能够理解，在一些社会大的运动当中，那些为了

<hr>

　　① 渡辺淳一：『マイセンチメンタルジャーニイ』、集英社文库、2007 年 3 月第 2 刷、22 頁。

什么革命而死掉的人，他们不是很光荣吗？这是很积极的一些例子。讲一下我自己的体验，我在高中二年级的时候，曾经有一个恋人，但是她突然在那个时候死去了，她给我的印象是非常深刻的，她的死对我的人生留下非常深刻的印象，我至今还记得她18岁的面容。[①]

18岁的纯子在渡边心中之所以永生，是因为她死得太突然，太让人觉得遗憾——毕竟她才只有18岁。没有人能够理解她为什么对这个世界不辞而别，而且走得那么轻松又那么坚决。18岁的花样年华，是女孩子含苞待放、梦一般的年龄，她却选择悄然离去。正是因为有这些不可解和意想不到，才使纯子在渡边心中永生。

另外，文章中三次提到了红色，开篇回忆荒无人迹的雪山，山坡上长长的足迹尽头是一个血红血红的情影；还有纯子自杀之前放在渡边窗外的鲜红鲜红的康乃馨；最后是纯子死时"裹着一身鲜红的大衣"。在《失乐园》等小说中，渡边再次提到过红色：约会时久木让凛子穿上大红衬裙，以此增加妖艳的气氛。纯子自杀时的红色大衣是现实，凛子的红色衬裙却是虚构的。渡边为什么在《失乐园》中虚构红色呢？是渡边对红色情有独钟，还是另有原因？过去，风俗场所的女子为了激起男人的兴趣而穿红色的衣服，这是确实存在的风俗，但是不能否认，纯子自杀时身着红色衣服，是激发渡边创作灵感、为凛子"身着红装"的主要因素。红色在渡边的视野中，不仅仅是一种鲜艳的颜色，而且也是纯子的象征，是与死亡密切相连的。

---

①　《日本著名情爱文学大师渡边淳一访谈实录》，新浪网读书频道，http：//book. sina. com. cn/nzt/dubianchunyi/。

二 实现永生的死

在长篇小说《无影灯》（1972）中，渡边设计了身患骨癌的外科医生直江这一形象，直江的自杀使恋人伦子悲痛不已，同时也使得他在伦子心目中永生。小说以直江与护士伦子的恋爱为明线，以医院工作为暗线。渡边说，直江与伦子的恋爱可以说是"我辞去札幌大学医院的工作，来到东京庶民街私立医院打工经历的写照"①，"直江辞去大学医院的工作，来到东京的私立医院打工，这与我本身的经历相同。院长和其周边的各种人物也大多来自我当时打工的医院"②，可见直江身上渡边的影子很重。不过他的原型"是我（指渡边淳一——引者注）大学时代的朋友，毕业后当了外科医生。后来他遭遇交通事故，失去了一条腿"。③

直江可以说是个冷酷、自私、任性，同时也是软弱的人：与伦子的约会他从来没有提前到过，与病人或同事从来不多说一句话。他不期望从这个世界得到任何温情，因为他深知自己在这个世界的日子已经不多了。同时他又害怕孤独，他怕想起自己的疾病，怕病痛的折磨，所以他给自己打麻药、毫无节制地与各种女人交往甚至发生肉体关系。"只是想一味地沉湎于女色……不是为自己辩解，我只有同女人在一起和麻药奏效时，才能忘掉死。说实话，只有那时才是我的真面目。"④ 可见，他的冷傲都是伪装的，因为他拒绝同情。为了自己的生命

---

① 渡辺淳一：『マイセンチメンタルジャーニイ』、集英社文庫、2007 年 3 月第 2 刷、158 页。
② 同上书，第 158 页。
③ 同上。
④ 渡辺淳一：『無影燈・下』、文春文庫、2002 年 2 月、310 页。

能够延续，他使伦子怀了孕。在得知伦子怀孕后，"直江觉得即使自己离开这个世界，也没有什么可遗憾的了。于是坚决地选择了死亡。这种爱要说自私确实是很自私，但是在这种安排中，蕴含着生死相连、皈依轮回的思想"①，相对于"生存"，"死亡"才是永恒——这就是渡边要表达的生死观。确实，直江的死，让伦子忘记了他的专横、霸道和不负责任而准备永远铭记他。小说的最后，当伦子得知直江自杀之后，一个人默默来到手术室：

> 白瓷砖地中央有个手术台，伦子靠近右面的墙，打开了开关。霎时间，手术台上的无影灯亮了……手术时，伦子总是在无影灯下等待直江。站在灯光下，不论直江、伦子、患者都没有影子……直江一会儿就会来这里的。直江看着伦子点头示意，然后说："手术刀！"伦子递过手术刀的瞬间，两个人的心便相通了。②

这是伦子的回忆和想象，因为这一切在过去反反复复地发生过，伦子觉得一切还可以重来，还可以像电影镜头一样在无影灯下再次回放。无影灯下，一切都没有变，为什么唯独直江不能来了呢?!直江一定会像过去一样出现。伦子是这样想的，也是这样坚信的。"她在无影灯下像块化石似的等待着直江的到来。"③ 渡边采用同样的方式——死亡，使直江在伦子心中永生。

---

　　① 渡辺淳一：『マイセンチメンタルジャーニイ』、集英社文庫、2007 年 3 月第 2 刷、159 頁。

　　② 同上书，第 326 页。

　　③ 同上。

　　渡边作品多数涉及死亡，而且每每对主人公的死亡精心设计、一丝不苟，直江的死也同样被他设计得很唯美。直江自杀的地点支笏湖在北海道千岁市，是四万年前火山喷发形成的火山湖，面积 42 平方公里，深度 360 米，是日本第二深湖。水质透明度高，与位于其南部的洞爷湖一起于 1949 年被指定为支笏洞爷国立公园。渡边第一次看到这湖是在小学六年级，觉得它有一种摄人魂魄的力量。"人如果一直盯着湖面看，就会觉得人、树木乃至整个大地都会被这个大而深的湖所吞没，她里面似乎潜藏着一头不明来历的庞然大物。"① 到长成了一个小伙子，渡边的看法也没有改变："在她美丽的外表下蕴藏着某种阴森可怖的东西"②，"不仅是我，许多人对支笏湖的共同印象都是阴郁"③。1952 年夏，渡边与大学同学到此游玩，发现一个小舢艇朝他飘来，艇上一双男人的黑皮鞋，一双女人的白色高跟鞋整整齐齐的并排放在一起，可是人却不见踪影。后来查明是住在那旅馆里一对失踪男女的鞋子。这给渡边留下了深刻的印象，所以他为直江选择了此地作为归宿。同时支笏湖阴郁而沉闷的"外在形象"也象征着直江冰冷、阴翳、深不可测的性格。

三　弥补遗憾的死

　　上边提到的《魂断阿寒》和《无影灯》都创作于 70 年代初期。它们在某种程度上可以说是渡边在文坛逐渐立足后，回顾青春之时采撷到的难以忘怀的记忆碎片。时光流逝了近三十

---

　　①　渡辺淳一：『マイセンチメンタルジャーニイ』、集英社文庫、2007 年 3 月第 2 刷、155 页。
　　②　同上书，第 156 页。
　　③　同上。

年，90 年代末《失乐园》的轰动奠定了渡边淳一在日本文坛不可动摇的地位。小说结尾处男女主人公双双"情死"的设计，表明渡边淳一对于情爱与死亡的关系有了进一步的认识（这将在本章第三节详细论述）。《失乐园》之后的长篇小说《瞬间》（1999）中女主人公梓的自杀，可以说是渡边对于"死亡保存情爱"这一情爱理念的再梳理与再确认。

《瞬间》的女主人公梓不再是青春少女或 30 多岁的主妇，而是 40 多岁的中年妇人。她是插花与和服穿法教师，与男主人公久我曾经是恋人关系，后来分手。八年前两人重逢并重新开始交往。梓患有眼底神经肿瘤，手术后复发，为了维护自己的"美丽原则"，她选择了跳崖自杀，地点是曾经与久我去过的新潟白岩。久我亲临自杀现场，体验梓当时的心情，以此来表达对梓深深的怀念。

这篇小说是继《失乐园》之后渡边的第一部长篇。可以说，是沉寂了很久之后（继《失乐园》连载起有两年零九个月）的力作。这次渡边的目光少有地放到了已过不惑之年的女性。梓被看作是初恋情人纯子的化身[1]，渡边想通过梓这个人物，描写出女人的各个侧面，包括贞淑的一面，同时也包括恶女的一面。"要全面看清女性，应该如看水晶一样，仔细观察她们的六个侧面，如果不这样，是根本看不透的。"[2]

久我看不透梓为什么自杀，她到底有多少个侧面？也正是这些疑问，使他更不能忘记她。在小说"凉爽"一章中，有这样一段描写：

---

① 渡辺淳一：「『かりそめ』解説（清原康正）」、新潮文庫、平成 14 年 5 月、454 頁。

② 同上。

　　梓好像忽然想起来似的问："你知道'露水之恋'吗?""好像是歌名吧?"……梓低声唱起来:

　　　　银座之夜　　七色霓虹闪烁

　　　　我的双唇　　不知与谁相吻

　　　　露水之恋啊　彩虹般的爱情

　　　　你与我偶然指间相碰　如同抚慰忧伤的心灵①

　　这一段是这篇小说的题眼,借以说明他们之间的爱情就像露水般短暂。汉语中常用"露水姻缘"来比喻这种短暂的、不为世俗所承认的男女之间的恋情。

　　在随笔《我伤感的人生旅程》中,渡边以《令人忧伤的南纪白浜》为题,再次叙述了这件事,可见《瞬间》这部小说是根据渡边的真实生活改编而成的。但是随笔中对于梓的叙述与小说略有不同:

　　(1)小说中久我与梓没能结婚是因为久我到纽约供职,而在随笔中,是因为渡边辞去了在札幌医院的工作来到东京生活。

　　(2)小说中梓的疾病是在眼睛,随笔中梓的疾病在耳朵。

　　(3)小说中梓自杀的地方是在新潟,而且是与久我一起最后旅行去的地方。在随笔中梓自杀的地方是在南纪白浜,是与朋友曾经去过的一个地方。

　　(4)小说中梓自杀的那天晚上曾经给久我的手机留言"对不起",可是在随笔中根本没有什么留言。

　　(5)小说中久我在知道梓死后不久(不到一周)就到了自杀现场看望梓,而随笔中是在两年之后。

---

　　① 渡辺淳一:『かりそめ』、新潮文庫、平成14年5月、127頁。

（6）小说中梓临死前给久我一封信，而且随信寄去了两个人一同到新潟旅行时梓自己织的一块绸缎布，随笔中没有提到此事。

从以上的对比可以看出，渡边通过小说弥补了随笔中留下的遗憾：对渡边来说，"梓"是他曾经深爱过的女人，所以他希望她的自杀地点在两个人一起旅行过的地方，更希望她自杀之前和自己道别。而且希望她给自己留下些遗物。虽然恋爱是美丽的，彼此的感情如胶似漆，但是不断追求完美似乎是人的天性，尤其当回首往事的时候，总是觉得留下了遗憾，正因为遗憾，也更加深了怀念。至于疾患在眼睛还是耳朵，可能渡边认为眼睛比耳朵更明显、更能影响人的相貌，眼部的疾患更能引起自杀。还有到自杀现场探望的时间，当然越早去越表示悲痛、思念的程度深。

对于梓来说，她通过自决生命实现了"完美"的人生，但却把遗憾和怀念留给了亲人和朋友：梓的女儿说，梓的死正如她的为人，纯洁清高。由于惧怕手术之后留下难以掩盖的疤痕，给自己人生留下难以愈合的遗憾，梓选择了悄无声息地死亡。对此，渡边借久我之口评价说："自杀是梓自己选择的，现在说什么也都没有用了，不如接受、赞同她的选择。"[1] 但同时，又觉得梓的死自私，她通过死实现了自己的美学理念，没有给家庭、医生、久我本人，甚至任何人造成麻烦，但是却给这些人留下了无穷的遗憾。

另外，从"梓"和渡边的感情来看，虽然她和久我可以肉体上完美融合，但是精神上却相距甚远。这种关系看上去极其紧密，实际上又很脆弱、不稳定。久我对梓的感情，也掺杂着

---

[1]　渡辺淳一：『かりそめ』、新潮文庫、平成 14 年 5 月、368 頁。

对她家庭的嫉妒、对她的各个侧面的怀疑。但这一切遗憾和不满，不但随着梓的死得以化解，烟消云散，而且还被转化、升华为对梓的永久怀念。

第二节　死亡阻止情爱

相互爱恋的双方为了实现情爱的永恒不惜牺牲生命，死亡对他们来说是升华情爱的唯一途径。而当情爱已成往事，曾经热恋过的人背叛自己时，为了阻止他（她）的心进一步远离，使他永远都属于自己时，死亡仍然是唯一有效的途径——这种"死亡挽回旧情，阻止新情"的情爱理念，可以说是渡边对"情爱与死亡"的认识到了一个新阶段。

一　以死解脱

长篇小说《深夜起航》（1976）描写的是以死寻求解脱，同时又是以死报复的故事。男主人公能登高明在觉察到恋人（日诘圣子）在与其他男性（加仓井）有暧昧关系后，悄无声息地结束了自己的生命。高明是孤独的，同时又是高傲的、冷静的。他清楚了圣子的背叛却不动声色，在夜深人静之时，他盼望圣子归来的内心煎熬可想而知，但等到圣子归来时，他却淡淡地听着她的解释从不追问。这是为了保全自尊，同时也是对圣子的失望。一次比一次更深层次的努力，被一次又一次的忽视，一次深似一次的背叛，让高明清楚再没有什么能够挽回圣子的心。既然被伤害的自尊不好通过责备、伤害对方的方式来挽回，那么就只能采取极端的手段来维护它。虽然这很需要勇气，但是对于一向孤高、自闭的高明来说，似乎又是很自然的事。就像他的弟弟评价他的死亡时说过的话："我一直觉得哥哥不知哪一天会选择这个死法。"① 看来，他的死与圣子是否背叛没有直接关系，而与他的性格有不可分割的联系。圣子的背叛，只是加快了高明采取极端方式离开这个社会的速度。

高明对社会、对生活失去了热情和信心，他对一切都采取顺其自然的态度，从不积极争取什么，也从不强迫自己什么，有一种佛家的淡定和超然。写稿对他来说是谋生的方式而不是追逐名利的手段。他希望同圣子同居而不是结婚，也是出于这种淡薄的人生观。因为已经离过一次婚，他对婚姻是没有信心的，同时对自己（虽然和前妻已经有了两个孩子，但还是离婚了）、对他人也没有信心（圣子比他小 19 岁，而且漂亮）。也可以这样理解：他是一个不喜欢被束缚的人，所以也不想束缚别人，因而他宁愿与圣子同居而不结婚。他不想用婚姻束缚自己，不想失去自己应该享受的自由，更不想为情所困、所苦、所累。但是，圣子的变化，对他心灵的刺激是巨大的，是他不敢承认却不得不承认的失败。最后的作品——那篇在望月的编辑部发表的小说，记录了他心理上的煎熬，也是他对自己思想感情的再梳理。生于尘世、活于尘世的人，不想苟同于尘世，是何等艰难？"诸缘放下"，说起来容易做起来难。深夜里漫长的等待，早已摧毁了他内心的平静和安宁，他不得不慨叹、承认俗世力量的强大，但似乎并没有因此而困惑于今后的出路。既然在这个世界的内心安宁已经被打破，那么离开这里，到另一个世界去追寻清净，是唯一的，也是无奈的选择。

从另一个角度看，一次一次等待后的失望，一次次暗示后的不被领悟，使高明觉察出圣子"尘缘难尽"——她的爱已经

---

① 『夜の出帆』、『渡辺淳一全集』第 11 巻、角川書店、平成 9 年 5 月、245 頁。

偏向于加仓井一边。高明虽然努力要挽回些什么，但是已经没有意义。加仓井的妻子又恰巧去世，也许对圣子来说，最好的归宿不是守着渐渐老去的自己而是与加仓井结婚。如果她要"入世"，加仓井是一个不错的选择。新年的时候，高明试探地问圣子，"新年里你对我有什么希望吗"？"你自己也能生存下去了"，等等，是再一次的试探。如果自己活着，圣子就不可能与加仓井结合，所以他选择了离开——用自己的生命为她留住一次难得的机会。死亡是高明给圣子的最后温柔，他的唯一愿望，只是希望她今后一切都好——这种说法的理论基础，是性善说。但是眼睁睁看着自己爱过的女人与别人结合，这是一般人做不到的。自尊心又不允许他出面阻止，看来只有死亡是消解一切矛盾的唯一方式。

二　以死报复

《深夜起航》的结尾是这样的：

> 圣子直视着前方，无数车辆闪着灯光靠近她，又消失了。许多人在她身边驻足，又走开了。沉寂的都市，在夜色中渐渐骚动起来，圣子感到新的起航正向自己走来。[①]

通过高明的自杀，圣子觉悟到加仓井也不过如这些车辆一样，是自己身边的一个过客而已——失去了高明的圣子渐渐体会到自己对高明的爱恋，内心感到无比歉疚，拒绝了加仓井的求婚——她以拒绝加仓井求婚的方式来回报高明的自杀。正如

---

① 『夜の出帆』、『渡辺淳一全集』第 11 巻、角川書店、平成 9 年 5 月、281 頁。

《樱花树下》中菊乃的自杀使凉子下决心离开游佐，《秋残》中阿久津妻子的自杀使迪子毅然堕胎离开阿久津一样，高明的自杀促使圣子断然拒绝了加仓井。虽然在此（指高明自杀）之前，每次和加仓井约会后圣子都会感到愧疚，但一直不能拒绝加仓井的邀请，有时甚至觉得没有高明的日子很轻松。但是，死亡给人的震撼是无可比拟的，它让圣子彻底感到了高明的温柔、无奈、孤独、高傲，也开始彻底醒悟、懊悔自己给他造成了巨大的心理伤害。离开加仓井，是圣子对九泉之下的高明唯一的谢罪方式——也是凉子对母亲菊乃、迪子对阿久津妻子的唯一的谢罪方式。也许这正是高明想要的结果。文春文库出版的《深夜起航》后附有森开逞次的解说，"高明虽然自己缩短了自己的生命，但是他却通过自杀，使圣子永远成为自己的女人"，"为了使圣子永远属于自己，除了自杀没有别的办法"，"高明通过自杀，确确实实地把圣子变成了自己的女人"①。这种说法把高明的死亡看成了对圣子的报复。

　　圣子能够在青春美貌之时，不贪恋俗世的婚姻，抛弃繁华的都市生活，来到孤岛与老人儿童为伴，与高明有内在的、深层的、质的相似，两人之间之所以相互吸引，也缘于这种相似。相对于社会，两人都是自闭的、孤独的、离群索居的。因为高明把"尘缘"抛弃得更彻底，可以说高明是圣子的信仰和人生追求。圣子对高明的感情，是高于爱情的崇敬与景仰，所以她一直称高明为"先生"。但是离开孤岛返回东京之后，尘世的喧嚣、生存的压力还是影响了他们。如果说在封闭的两个人的小天地里还能相对保持心理平衡，远离尘缘，不为其所动

---

①　『夜の出帆』、『渡辺淳一全集』第 11 巻、角川書店、平成 9 年 5 月、458—462 頁。

的话，那么圣子在工作之后，等于进入了凡世。无孔不入的各种诱惑，开启了她封闭的欲望，并渐渐被其浸染、诱惑，加仓井的介入，加速了她的"入世"。她开始对自己以前的人生信念产生了怀疑。如果说高明是一餐清清淡淡、回味悠长、清心寡欲的佛家斋饭，那么加仓井就是油油腻腻、辛辣刺激、追名逐利的大鱼大肉。徘徊于高明和加仓井之间的圣子，就像是一朝进入佛门，又突然被尘风吹拂，开始犹豫不决，在佛门与"俗世"之间，一脚门里、一脚门外地等着人来拉一把、渴望外力推动的"小尼姑"。又由于她本是心向"明月"的，所以加仓井的外力虽然也很强大，但是终究没有高明的放弃生命来得猛烈。在高明自杀之后，她能够达到"顿悟"，再次扬起人生的风帆，重新"起航"——虽然是在深夜。注意这个"深夜"有一层含义：高明自杀之后，圣子的内心是孤独而黯淡的，仿佛深夜一般。但是能够在深夜中不退缩，而下定决心自己一个人重新来过，也证明了圣子态度的坚决。

不论怎么说，从结果上看，是高明的死使圣子突然改变了对加仓井的态度，毅然离开了他。在渡边的作品中，自杀（死亡）阻止情爱继续发展的案例很多。能够让人从情爱的超然中回到冷酷的现实，从实实在在的肉体沉迷中无奈地目击世俗社会，除了死亡，无可替代。

第三节　死亡成就情爱

渡边淳一的代表作《失乐园》再一次记述了爱与死的主题。在一般读者看来，他们没必要情死：久木已经离婚，凛子虽然没有离婚，但也离开原有家庭，脱离了丈夫的掌控，两个人经济上也没有问题，他们完全可以重新组织家庭，一起走完余下的人生。对于这个疑问，渡边淳一反复强调：一方面，两个人觉得感情、性爱都达到了此生从未有过的满足，能得到彼此这样深厚的爱，已经死而无憾；另一方面，能够保持目前这种爱的巅峰的，不是婚姻，而是死亡——这种"死亡成就情爱"的理念，可以说是渡边的"情爱与死亡"认识的最高点。

一　凛子之死

小说中，凛子"娇小匀称"、"端庄典雅"，对久木以身相许后"放开矜持而趋于开放"。与久木的交往使凛子获得了性的觉醒和满足，渐渐沉迷于为社会与传统道德所不齿的、疯狂甚至变态的性爱中不能自拔，越来越偏离于世俗所公认的"人伦"，最后与久木一起殉情。是什么导致了凛子作出这种选择？按作者在《失乐园》代序——《爱，能变成非常可怕的事》中说，是因为他们充分享受性爱后的虚无感、堕落意识引领她靠近了死亡。① 但是通过细读文本我们不难发现，众叛亲离后面对家族、社会的罪恶感和谢罪心理，以及她对爱情、婚姻的不信任和对青春不再的恐惧等，是凛子选择死亡的直接原因。

凛子的娘家在横滨，父亲经营一家进口家具公司，家教很严。她毕业于教会大学，同时又身为人妻，这一切都使她对自己与久木的关系感到不安，有一种很强的罪恶意识。而在给父亲守灵当晚溜出娘家与久木再次媾和这件事，更使凛子后悔、自责，担心遭天谴。与久木的情事被母亲察觉后，遭到了严厉的警告，甚至被母亲责骂道："不记得自己养出这么不检点的女儿"。她最终被母亲宣布断绝母女关系，甚至不让她回家参

---

① 渡边淳一：《〈失乐园〉代序〈爱，能变成非常可怕的事〉》，谭玲译，文化艺术出版社 2005 年版。

加父亲的一周年忌日。

另外，为了与久木在伊豆的修善寺温泉幽会，凛子应久木的要求特意定做了大红长衫，不料被丈夫看到。传说在古代，妓女为了吸引男人、刺激他们的情欲，故意穿上大红长衫展现魅力。凛子丈夫也联想到凛子将穿着这件衬衫与久木厮混，于是恼羞成怒地将她捆绑起来，并拍了很多照片，甚至辱骂她是妓女。无疑，这对凛子不仅仅是肉体的折磨，更是精神上的摧残与侮辱。

日本人很重视家庭和睦，讲究孝道。能够牺牲自己的利益而保全家族荣誉的成员很容易受到尊重；反之，违背家族统一信条，做出有损家族荣誉之事的成员，往往被家族斥责、惩罚甚至放逐。凛子违背母亲的愿望，非但没有与久木断绝关系，反而变本加厉、越陷越深，这不单单是顺从与否的问题，而且是不守妇道、孝道，甚至是大逆不道，有损家族荣誉的行为。娘家、夫家都不再是凛子的港湾；进而，为家族所抛弃的女人更不可能被社会这个大家庭所容纳。被孤立的她只能把感情全部倾泻给久木，更加死心塌地地与久木沉浸在二人世界里，从而与现实社会、与"人间正道"的距离越拉越大。而这又造成一种反作用力，使她与久木的关系越来越深入。他们的感情，就像是溺水后的救命稻草，成为她存活的唯一希望。

在死命抓住这根"稻草"的同时，凛子开始怀疑这颗草的结实程度，开始对自己的未来担忧。

小说"空蝉"一章，凛子到久木妻子的工作地点并偷偷观察了她。她觉得久木的妻子既端庄美丽又有工作能力，没想到那么好的一个人也会面临婚姻危机。由此，她开始害怕岁月，害怕它改变人的感情。她清醒地对久木说："早晚有一天我也会让你觉得腻烦"，"就算你对我不腻，或许我也会对你腻了……"①她觉得久木把目光移向自己只能说是因为对妻子熟悉之后的倦怠——激情渐渐转化为习惯，喜新厌旧是人类共有的本性，就像凛子自己当初也认定丈夫是此生唯一的寄托和依靠一样，所以凛子在久木离婚之后也没有和久木谈过结婚的事。

难道是凛子很脱俗吗？从某种意义上可以这样说。或者说得更实在一点，她是看透了人性——自己终究有一天也会从人面桃花变成人老珠黄，日复一日的厮守也终将会耗费掉人的激情，一如现在的久木与妻子，自己与丈夫。所以凛子说，她"只相信现在"。对她来说，"现世"最重要；现在如果不好，以后再好也没有用。也就是说，他们的爱没有过去，没有将来，只有现在。

这不单纯是信任与否的问题，而是对人性弱点无可奈何的认同。既不相信承诺，又不相信婚姻，那也只能相信现在了。现在是什么？对她来说，现在就是反反复复、不知疲倦、几近疯狂的肉体享受；现在就是远离尘世、抛开一切、孤孤零零、越陷越深的二人世界。既然她不能认同传统的、既定的价值观，不能认同社会的约定俗成，不想与普通人步调一致地亦步亦趋，那也只能被社会所遗弃而陷入孤立。她看透了一切，由此也就抛弃了其他的生活目标。不想苟活于无爱之中，不想只满足于那种已经被现代价值观所认同和推崇的理性之爱，那她只有明明白白地一步一步把自己逼向死亡——虽然对她来说，这不是深渊，是爱的极致，是幸福的巅峰。

虽然他们竭尽全力，通过一次次变换方式和地点的肉体交流来"认证"他们的爱；虽然每次肉体交流之后凛子都有更新

---

① 渡边淳一：『失楽園・下』、講談社文庫本、2000 年 3 月、268 頁。

的感觉，更深的体会，更加使彼此互相依恋、不能自拔。但在追求"绝对爱"、"极致"的同时，凛子也看清了它的虚无缥缈——总有一天激情会随着岁月的流逝而消退。她已经体验了激情和爱消退后的婚姻，因此不相信如果两人结合就会战胜彼此的厌倦，能够永葆激情、白头到老。所谓"情到深处人孤独"，渡边小说中的主人公，往往追寻着这种"在孤独、虚无中追求，在追求中虚无、孤独"的路线。

二　久木之死

久木作为东京一家出版社出版部部长，正当事业如日中天之时却因公司的人事变动受到牵连，被贬到调查室，成了"窗边族"，巨大的心理落差让他非常消极。而正当此时，偶然的机会让她结识了凛子。他觉得凛子是他有生以来最喜欢的女性，一步步不断加深的性爱欢乐弥补了事业上的不如意。镰仓、箱根、日光、伊豆、轻井泽等旅游胜地留下他们爱的足迹。在他眼里，凛子这个"文静、谨慎却淫荡"①的女人是"日本第一"，也是自己一生遇到的第一真爱。他越陷越深不能自拔，为此，屡次遭到同事、好友的冷嘲热讽。凛子丈夫的匿名诬告信又让他无可辩驳，不得不辞职。雪上加霜的是，面对感情波涛一直冷静旁观的妻子最终也忍无可忍地提出了离婚，连女儿也一直站在妻子一边，让他觉得愧为丈夫和父亲。对于发生的这一切，他没有足够的心理准备："说实话，久木当初认识凛子时，想的也是可以偶尔和她见见面，吃吃饭，享受一下浪漫气氛。直到一步步发展到密不可分的关系，也没有想到会影响家庭……究竟从什么时候开始变成这样的呢？久木自己

---

① 　渡辺淳一：『失楽園・下』、講談社文庫本、2000 年 3 月第 1 刷、83 頁。

也不清楚，只是发觉时已无可弥补。"① 久木之所以处于这样孤立无援的境地，是因为他打破了世俗所认同的与妻子以外的女人交往的原则——动"性"可以，但是不能动"情"；谈"色"可以，但是不能谈"爱"。即色情是合理合法的，而爱情是违法的。从平安时代开始，日本就有一种社会规范，男女交往是为了附庸风雅，游戏只能是游戏，绝对不能品尝禁果——这个禁果不是"性"，而是"情"。男子寻花问柳不是罪，和女人有性也不是罪，但是如果产生了真正的爱情，则是大罪，因为这会影响到男子的社会地位，动摇家庭这个社会根基。

当久木被同事和朋友疏远、被社会抛弃时，凛子的态度如何呢？在久木犹豫是否该辞职时，凛子非但没有阻拦，还积极鼓励他："钱的事你不要担心，我手里也有点儿存款"，"工作辞了也就辞了，总会有办法的"。② "凛子的话确实成为他的支撑"，但辞呈交上去之后久木也感到了后悔："再一次深深地感到自己失去的太多了"③，"说不后悔那是假话，事到如今再怎么做也于事无补"。当然，好朋友水口的去世也使他看透了男人的事业：水口在总公司忙忙碌碌、努力奋斗了大半辈子，却在最后关头因为公司上层人事变动受到牵连，被调到了一个下属公司，因此抑郁成疾——一切奋斗努力只不过是过眼云烟，没有任何意义。开弓没有回头箭，地位、收入和家庭都失去了，久木只剩下和凛子的爱，也只有这一条路可以走——虽然这注定已经成为不归路。然而，凛子的那句口头禅"都是你才让我变成这样的"，既是对久木的鼓励和赞许，又是对他的一

---

① 渡辺淳一：『失楽園・下』、講談社文庫、2000 年 3 月、151 頁。
② 同上书，第 250 页。
③ 同上书，第 259 页。

种暗示："你使我变成了这样，我离不开你了，你也不能辜负我，你对我有责任"。对此，久木"越是知道凛子把一切赌注都压在和自己的爱上，就越不能不管她，而在回报的同时，渐渐发现自己也陷入到了同样的深度"。[①] 甚至，"一想到与凛子的交往，久木心里是难过大于喜悦，甚至有时候还感到很苦闷"，"久木觉得凛子是引诱男人赴死的恶魔鸟，但同时又觉得坐在她的翅膀上踏上死亡之旅也没什么不好"。[②] 这样一来，凛子并没有给久木营造出失去了的"社会安全感"，而是陷他于矛盾和内心冲突的巨大张力中。两个人不约而同地陷入自以为此生不再来的深沉之爱，愈闷头往前走就愈远离社会、亲人，最后只剩下他们孤零零的两人，对久木来说甚至是孤零零的自己。

三　情死——主动与追随

可以说，久木和凛子的殉情，凛子一直处于主动、引导地位，久木一直是跟从、相随的被动地位，甚至可以说凛子是殉情的导演。久木虽然拉开了两个人情爱的序幕，但随着"剧情"的发展，高潮渐起，凛子由被动变为主动，整个"剧情"开始由她掌控。

乔治·巴塔耶（Georges Bataille）曾说过，色情和性是被推到死亡边缘的生的快乐。人们享受性，但又认为性是危险的。所以渡边常常把性与死亡联系在一起，而女人仍旧是罪魁祸首。在男性话语占主导的社会中，深深地埋藏着一种矛盾的思想，那就是女人既美好又可怕，既贞洁又肮脏，女人有性欲

---

① 渡辺淳一：『失楽園·下』、講談社文庫、2000 年 3 月、55 頁。
② 同上书，第 274 页。

这一事实令某些人开心，却使另一些人极度忧虑。浸染在这种文化之中的渡边，让笔下的凛子备受这种文化的拷打，最终在内心生出自杀的想法，并把这种想法渗透给了久木。

在"冬瀑"一章，两人来到日光，游览了自杀圣地华严瀑布和曾经是女人禁地的中禅寺湖，凛子先是说要把久木拖到中禅寺湖底；然后两人又谈到死亡的话题——如果把脸埋在雪里去死的话，死相会很好看。接着凛子告诉久木她在洗露天温泉的时候也尝试着把脸埋在雪里了；并且又说自己已经是老太婆了，即使"现在死也无妨"的话。因为大雪，交通阻塞，原定计划不得不改变，两人又在日光住了一晚，在当晚与久木情事之时，凛子双手用力掐住了久木的脖子，并说："我就是想杀了你"。情事后，两人又详细谈了阿部定杀死情夫石田吉藏这个话题。当晚，两人还不约而同地梦到了阿部定……所以，完全可以说，日光之行是渡边为久木和凛子精心设计的探索死亡之旅，漫天大雪则是冥冥之中上天递过来的一把开启死亡之门的钥匙，让两个人模模糊糊地感到了死亡的召唤。

日光之行五个月后，七月中旬的一天，两人来到凛子父亲的别墅——雨中的轻井泽（"半夏"一章）。途中，凛子说："我们和杀人犯差不多"，"虽然没有杀人，却让很多人痛苦……"在别墅里，久木穿着凛子父亲的睡衣，晚上还梦到了凛子的父亲。两人参观了有岛武郎绝命之地，再次探讨了死亡的话题，并约好秋天再来轻井泽。在这里，凛子还提议两个人一起做一件轰轰烈烈、让所有人都刮目相看的事情。紧接着，"空蝉"一章，久木的上司接到了凛子丈夫的诬告信，致使久木不得不辞职，凛子也因为看到了久木的妻子而对爱情、婚姻失去信心，邀请久木与他一起赴死，而死的地点就在凛子父亲的别墅、他们曾去过的轻井泽，时间如他们所约定的是秋季。

四　"形象"与"思想"

在接受中国记者采访的时候，渡边先生说：

> 在日本传统的作品当中，那些殉情故事的背景都是由于身份的不同，或者贫富的差距引起的，爱情双方最终选择情死，往往是社会因素决定的。这样的作品在如今已经失去了它的现实意义，我想读者也无法接受这样的情节安排。我一直想写两个人很单纯的因苦苦相恋而殉情的故事，在我的一些作品——比如《失乐园》就是这样的，我希望描写那样一种纯粹的东西，并没有人将他们逼上绝路，爱情的双方为了将巅峰的爱情永久的保留下来而选择死亡，这种死亡不是悲壮的，双方看到了人生的虚无，单纯为了爱，而平静地相拥着选择了死亡。①

这是渡边先生创作《失乐园》的初衷，也可以称为他的创作思想。他反复强调他们是因为爱而死，没有其他因素。渡边淳一为了更进一步证明他们的殉情只是单纯因为爱，还在小说中加入了阿部定与石田吉藏、有岛武郎与波多野秋子的故事，并且占了很大篇幅。因为渡边淳一设定他们的情死是受这两对情人的影响。虽然阿部定与吉藏不是殉情，但他们的共同特点是因为爱到极致而毁灭——阿部定为了能够彻底独占吉藏而杀死了他并决定自杀；有岛武郎与波多野秋子双双情死于轻井

---

① 刘斌、祁又一：《一夫一妻制不符合人性与欲望》，《北京青年周刊》2003年10月15日。

泽——虽然有岛武郎妻子已经去世，但是波多野秋子却是有夫之妇，而且前者受到了后者丈夫的直接威胁。这些共同之处，也是渡边为久木和凛子选定轻井泽作为他们殉情之地的原因之一。

被渡边淳一反复强调的"爱到极致而求毁灭"的说法，在被改编成电影的《失乐园》里丝毫没有提及，甚至他们殉情之地也不是小说中描写的轻井泽，而是大雪纷飞的日光。被电影浓墨重彩描写的是凛子与母亲、丈夫的冲突；久木遭到朋友以及同事、上司的冷嘲热讽与渐渐疏远；与妻子、女儿之间的既内疚、留恋又无可奈何的尴尬气氛，等等。我们可以这样理解：在日本导演森田芳光（也包括民众，因为电影是给民众看的，商业气息浓厚的日本当然会更多地考虑观众的口味）对《失乐园》的解读中，社会因素是导致两人殉情的重中之重。如果细读文本，我们完全可以这样说：虽然他们的死不是悲壮的，但却是谢罪的、逃避的、无奈的，是因为打破了家庭、社会秩序，为社会、家庭所不容，受到社会、家庭的排挤而死。他们不是不留恋生，而是社会施加于他们情爱的"关注"让他们对生留恋的成本过高了。

渡边所创作的久木与凛子这两个人物形象，已先于他的创作意图而发挥作用，虽然渡边的创作意图——因爱到极致而幸福死去——在作品中也有体现，但是两个人物形象面对社会各方面的压力，无奈自责孤独无依而又不得不自暴自弃越走越远，情死是他们向社会和亲人谢罪的方式，也是最震撼人心，引起读者共鸣的地方。

现实生活中人们总是不自觉地，或者说不得不留意周围人的目光，不得不坚守"人间正道"——即遵守社会约定俗成，维护社会秩序。像久木与凛子那样人到中年之后，仍然能够保持旺盛的激情，抛开一切追寻爱情的勇气一般人是不会有的。这种遗憾也只有通过非现实的文学作品才能够弥补。正因为如此，《失乐园》才会拥有众多的读者。在《爱的流放地》中渡边进一步阐释了情爱与死亡的关系：死亡能不但成就、升华情爱，而且情爱（性爱）与死亡密不可分——性的最高极致就是死亡。关于这点，将在本书第四章第三节中叙述。

小　结

本章论述了渡边淳一文学中情爱与生死的关系。渡边的情爱作品中之所以常常出现死亡的主题，与他对死亡的认识即他的生死观是分不开的。2003 年 9 月他与中国社会科学院的专家学者座谈时，关于作品中死亡的主题曾经有下面一组对话：

　　唐月梅：读《光与影》和《遥远的落日》两部作品，我认为，渡边先生所要表达的是这样一种生死观和美学观：死亡是绝对的、无限大的"无"。这种"无"，不是西方式的虚无主义，而是东方式的虚无，所谓"无中万般有"，蕴藏着丰富的东方文化内涵。

　　记者：您的很多作品涉及死亡的主题。尽管您在各种场合都表示，《失乐园》中男女主人公的殉情不是悲剧，但仍有读者表示不认同。也许是因为您的作品中对死亡作出的是一种别样的诠释吧。

　　渡边淳一：我十分赞同"无中万般有"的观点。电影《失乐园》在美国放映时，观众问我：主人公最后为什么要死掉呢？我解释说，这样的死亡是超越了"无"

的“有”。①

通过上面的对话，可以看出渡边对死的理解：死亡不是终结，而是更深层的延续。基于这种生死观，渡边不动声色地让主人公自绝于他的笔下，非但不替他们惋惜，还把死亡描绘成“爱”或“生”的升华。一般来讲，因为生命是有限的，所以与之相伴的对死亡的焦虑，一直让人们不能释怀。不论是“居庙堂之高”的达官显贵，还是“处江湖之远”的平民百姓，都不能摆脱对死亡的恐惧。汉语的“贪生怕死”也许描述了大多数人的心态，具有“视死如归”超然态度的则少之又少。而渡边笔下纯子、直江、梓、能登、凛子和久木等人物的死，如樱花毫无留恋而又悄无声息地凋落，干脆利落，没有任何留恋——起码在表面上没有。在他们的潜意识里（也可以说是在渡边的潜意识里），也有与陶渊明的“死去何所道，托体同山阿”的那种洒脱相通的地方：纯子把自己托付给了雪山；直江让自己与阴翳、冷酷的湖水为伴，梓把自己的躯体托付给了大海；能登则死在了与圣子初次相识的小岛；久木和凛子更是把自己托付给了对方，相拥赴死——在他们眼里，死并不是什么值得大惊小怪的事情，只不过是回归自然，最终与自然融为一体罢了。也许正因为这种樱花式的毫无留恋的、干脆的死法，才是作品最打动人的地方。

“日本人爱樱花不为樱花盛开时艳丽绚烂，而是为它落花时干脆利落。在日本的诗歌中，歌颂樱花落花时的风情者比歌颂樱花盛开之美者多，樱花在盛开一两个礼拜后，常在一日一

---

① 邢宇皓：《渡边淳一文学世界的三组关键词》，《光明日报》2003 年 10 月17 日。

夜之间全部散落，而不会慢慢凋谢。这种快速、利落、不拖泥带水，很想得开的'散际'（落花之际）的风情是日本人在心情上最能认同的状况……日本人心心念念，总希望自己死的时候也像樱花花落时一样，灿烂而开，倏然而谢，没有滞迟，没有留恋，没有痕迹。这个心念，就是看樱花花落时的心念。"①的确，新渡户稻造在《武士道》一书中说，

> 本居宣长吟咏道：
> 天佑日本之岛！
> 若异乡人探究何为日本精神，
> 那是晨光中香飘山野的樱花！
> ……樱花是……我们国民性的象征……我们无法认同欧洲人对玫瑰的仰慕，因为玫瑰缺乏我们樱花的单纯。再者，玫瑰甜美之下隐藏利刺，她对生命紧抓不放，仿佛憎恶或惧怕死亡，宁愿顽固执著地枯萎枝头，也不愿过早凋落……樱花在它的美丽之下不携藏匕首或毒药，并随时准备听从自然的召唤告别生命。②

另一方面，作家这个特殊职业，使渡边淳一习惯于在理想世界与现实世界中寻找接点，构筑平衡。因为现实生活中，人们都希望完美、团圆，真正能做到如樱花般干脆利落地结束生命的人毕竟少之又少，人们需要从非现实的世界中完成自己对死亡的向往。而能满足他们这种向往的，就是作家所构筑的文

---

① 谢鹏雄：《透视日本》，台北健行文化出版社1996年版，第54—55页。
② 新渡户稻造：《武士道》，周燕宏译，上海三联书店2007年版，第100—101页。

学艺术世界。在虚构的文学世界里，与残缺、离别相比，死亡能给人留下最强烈的印象。所以从古至今，情爱的生离死别一直是文人笔下浓墨重彩的部分，成为最能吸引读者、令人不能忘怀的因素之一。所以，作家在咏叹、玩味爱情的时候，常常把它与死亡联系在一起。死亡既能消解所有的欲望，同时又能达到所有的欲望。这些欲望之中当然包括爱欲，爱欲是人类最原始、最持久，也是最强烈的欲望，通过描写情死或者自杀，使爱欲以最高、最完美的形式达成。所以，作为作家的渡边，对死亡有一种难以诉说的迷恋情结。在他的文学中，死亡与情爱是对立统一的关系。死亡虽然令人悲伤遗憾却也可以使死者在生者心中永生，还可以使沉迷于背德之恋的人幡然醒悟回归正途。至于在性爱的绝顶幸福中追寻双双情死，那更是普通人达不到的最高境界。所以在渡边描写情爱与死亡的所有作品当中，描写情死的《失乐园》才最具震撼人的力量，令中外读者为之陶醉。

本尼迪克特说："日本人喜欢阅读描写情死的作品，并喜欢谈论这一主题。"[①] 日本创世神话《古事记》的相关记录是日本文学中最早的情死主题。它是轻太子（カルノミコ）与其同母妹妹轻大郎女（カルノオホイラツメ）的恋爱故事。轻太子原为皇太子，在与妹妹的私情暴露后被流放了。两人都觉得如果没有对方的话，再高的地位（一国太子）、再紧密的亲情（家人）也都失去了意义，于是在流放之地双双牵手投入大海成了不归人。而18世纪初元禄时代有名的《曾根崎情死》，德兵卫与阿初因为现实的不允许而不能在一起，他们为了死后能

---

① 鲁思·本尼迪克特：《菊花与刀》，孙志民等译，九州出版社2005年版，第134页。

够在一起而不得不双双自杀。《失乐园》中久木与凛子的情死与上述两种情死情况不同。上述两种情况中，前者是迫于世俗的压力（同母兄妹结合有悖人伦），后者是迫于社会现实的压力，也就是说他们的情死都是迫不得已——现世不允许他们在一起，那么他们只好把希望寄托于来世，希望死后能够在一起。所以在他们的思想深处，是相信来世，寄希望于来世的。而现代社会的产物《失乐园》则不同：他们已经脱离了原来的家庭，没有了现实的压力，经济上也没有困难，他们完全可以重新组织家庭共同走完余生。所以他们没必要像上述两种情死那样把希望寄托于来生，希望通过自杀达到在一起的目的。他们并不相信来生，而只相信现在，自杀是他们自己欣然选择的——他们希望死亡能够保持住现世的永恒。试想如果他们不自杀，会怎么样呢？如果像普通人一样重新组织家庭，世俗的纷纷扰扰会涤荡掉他们的激情，而天长日久的耳鬓厮磨也会耗费掉他们的激情，这样他们会彼此厌倦而分开，所以死亡是保存他们的情爱巅峰的唯一途径。可以说，渡边通过久木与凛子的情死向我们展示了一个悖论：现世不存在天长地久的情爱，所以要获得永恒的感情只有不懈地追求；而不懈追求的结果是越来越空虚，越来越脱离现实社会，那么只有死亡才能保持永恒，所以对情爱巅峰的追求就等于对死亡的追求。

　　《失乐园》之后，《爱的流放地》（2007）再一次明确了渡边的情爱与死亡的理念：女主人公要求恋人在性爱最幸福的时候杀死自己，男方为了成全她，甘愿接受坐牢的命运而无怨无悔。这种情节设计，在另一方面也说明了渡边淳一的女性观。

第四章

情爱与女性

对于女性，渡边淳一曾经说过："我从很小的时候，就对女性抱有憧憬，但是，同时我也对她们怀有一种恐惧的情绪，我知道女性是温柔的、美丽的、纤弱的，但是我也感到她们并不只是如此，在心灵的深处，她们隐藏着一些不安，那是身为男性的我，所无法捕捉的。"[①]

与常人一样，渡边淳一对女性的初步认识来源于母亲，因为渡边家是女系家族（女子继承家族名姓和家业的家族——笔者注），渡边认识到了女人的坚强稳健；高中时代与加清纯子的初恋和纯子的自杀，使他看到了女人的善变和不可信任，初步体验了情爱的虚无；大学毕业后 10 年外科医生的经历，又让渡边认识到了女人生命力的强大。这些因素是渡边淳一女性观形成的源泉，也造成了他女性观的复杂性。

第一节 "才女+魔女"型女性

渡边女性观的萌芽、发展、变化和形成体现在他的作品之

---

① 渡边淳一：《〈化身〉译序》，金中译，译林出版社 2001 年版，第 3—4 页。

中。创作初期，他作品中的女性，不论是荻野吟子还是中城富美子都属于"才女＋魔女"的模式，尤其是富美子。虽然二者都是现实生活中的人物，作品的体裁也属于纪实体，但不能否认渡边之所以关注和选择这样的女性形象作为作品的主人公是受初恋情人纯子的影响。

一　女医师的抉择

日本近代医学史上第一个女医生荻野吟子（1851－1913）的坎坷一生，被渡边以纪实体小说《花葬》（1970）的形式记录下来。吟子 16 岁结婚，被丈夫传染了淋病后不顾家人的反对毅然离婚。到医院接受淋病治疗时不得不接受男医生的检查（因为当时没有女医生），这令她既气愤又羞愧难当，于是决心做个女医生，以解除女性的痛苦。然而当时医学院不允许女生入学。不得已她首先进了女子师范学院，之后托人介绍进入医学院学习。因为只有她一个人是女生，吟子吃尽了苦头，尝尽了歧视，但她从未退缩，最后终于毕业。但当时日本不允许女人参加医生资格考试，吟子四处求救，终于得到允许，于明治 18 年（1885）34 岁时通过医师考试，并开了一家诊所。

她不仅当了女医生，实现了把女性患者从屈辱中拯救出来的愿望，而且参与了妇女解放运动，站在领导妇女运动的前沿，受到很多人敬仰。可就在这时，吟子结识了在读大学生志方之善，虽然两人社会地位相差悬殊，但吟子不顾各方面的反对，答应了志方的求婚。婚后不久志方独自一人去北海道拓荒。两年后吟子放弃经营多年的医院，到北海道照顾志方。满怀希望的拓荒以失败告终，两人颠沛流离，辗转各地，一直为生计奔波。直至志方死后第二年（1907）吟子才得以重返东京。

这篇传记小说给人最大的印象是吟子顽强地与命运抗争的精神。她克服重重困难，终于取得医师资格，并开办个人诊所，其过程的艰辛不是常人所能想象的：

> 当时，成为医生的途径很有限，尤其学习西医更是受到限制。医学所仅在东京、长崎、千叶各有一处……不仅如此，最大的困难是，官立学校当然不允许女性入学，私立学校也不准女性入学。如果不能上学，当然也就没有参加医师考试的资格，所以一个女人想当医生，真比登天还难。
>
> 在这种情况下，想要当女医生，简直就是神经不正常。[1]

> 吟子在好寿院学习三年，饱尝了当时女性先觉者所经受的苦难。而且，这种苦难不是抽象的诸如制度上的森严壁垒，或者百姓们的不理解，而是体现在每天钻研学问的现实生活中，因而显得更加严峻。那不是一般的歧视、压迫，而是一种迫害。[2]

与前任丈夫离婚，到没有一个女生的医学院学医，参加医师考试，开办个人诊所，等等，吟子克服了人生道路上的各种困难，表现出了异于常人（尤其是女性）的气魄、坚韧和顽强。女子医科大学创始人吉冈弥生在《女医生学会杂志》中赞扬说："荻野吟子女士在创立女医生制度方面的伟大功绩，东

---

[1] 渡辺淳一：『花埋み』、新潮文庫、平成17年6月、77—78頁。
[2] 同上书，第191页。

京女医学会等杂志都已论述过，我就不在此一一赘述，不过任何事物都是如此，创始人的苦心都是笔墨言辞难以形容的。"她还说："荻野吟子女士不仅是值得尊敬的日本女医生的先驱，同时也是致力于提高日本妇女社会地位的老前辈。"① 按理说，对于以生命和尊严换来的医师资格和诊所，吟子应该竭尽全力甚至用生命来珍惜才对。在她多年的凤愿终于实现，事业也一步步走向成功，名声越来越大之际，却因为与志方的结合，丝毫不顾及各方面反对，毅然决然地舍弃了这一切。从而可以看出她内心深处强烈的孤独和对爱情的如饥似渴。当然，志方的温柔和顺、对感情的专注、对妇女解放的认同也是其中的原因之一。"对于男人，吟子一直觉得他们专横任性与畜生无异。但志方完全相反，他虽然身材魁梧却温和柔顺。志方满足了她长期以来独身生活形成的自尊，又可以帮她排除寂寞。"②

为了爱，吟子放弃了医师资格，放弃了诊所，放弃了名望，放弃了方便的东京生活，告别了亲人与同事，跟着志方到当时还是一片荒凉的、陌生的北海道开辟天地。不能不说，她是一个爱情的忠实信徒。事实上，如果吟子不与志方结婚，而是沿着医生和妇女解放运动的道路继续走下去，不仅在明治妇女史上，就是在明治史中也将作为一个伟大的先驱者留下英名。可以说，吟子身上兼有与命运抗争和为爱牺牲的双重性格。虽然她坚决与前夫离婚，甚至参加了妇女解放运动，开办的诊所也主要是面向妇女，但她却不是一个彻底的女性解放主义者：在她的骨子里仍然认为，女人要以所爱的男人为中心，为了爱应该放弃自己的志向而追随男人——不管这志向是通过

---

① 渡辺淳一：『花埋み』、新潮文庫、平成 17 年 6 月、247 页。
② 同上书，第 386 页。

怎样的艰辛换来的都要放弃。因为不再有爱，吟子不顾封建伦理道德的束缚毅然离开了前夫；因为爱，吟子主动放弃了历经千辛万苦才得到的一切，毅然追随丈夫志方去开荒。从这一点上看，她是不受传统约束的个性鲜明敢作敢为敢爱敢恨的女子。她之所以追随志方，并不是受"女人应该顺从男人"的传统道德的制约，如果顾及传统道德她不会与前夫离婚。理由只有一个：一切都是缘于爱。小说中也反复写到被志方拥抱、爱抚的吟子是多么幸福，也许"女人为了爱情，可以放弃一切"的想法，从这时候已经在渡边的心中萌发。这才有了后来的《泡沫》、《失乐园》、《爱的流放地》等一系列作品。

　　渡边曾经说自己的这篇传记写得不够好，在刻画人物形象（吟子）上不够深刻。但也许正是因为小说手法的不够成熟，才更直接地把渡边的想法表现了出来。他既敬佩吟子能够坚持完成学业并取得医师资格的非凡才华和坚韧不屈的性格；同时又惋惜她没有把自己的志向一直贯彻下去。在小说中，隐隐可以看出作者渡边对吟子的惋惜：

> 　　她与志方结婚是一个错误——这种看法不仅大久保夫人有，在月台上送行的全体人员，虽然嘴上不说，但心里全是这样想的……送行的人只是默默地目送着她，既没有人高喊"万岁"，也没有人嘱咐她要"好好干"，只是一片沉默。①

　　渡边淳一甚至设想如果吟子不遇到志方前途会是怎样的远大——对于职业女性，渡边淳一是矛盾的，他曾说过："女人

---

① 渡边淳一：『花埋み』、新潮文庫、平成17年6月、428—438页。

越是热衷于工作，就越偏离男性心目中要求的女人味、撒娇、温柔。"① 但是为了情欲抛弃了工作的吟子又令男性作家渡边深深惋惜而不是大加赞赏。不管怎么说，吟子这种为了爱情甘愿牺牲一切的精神是大多数男性都希求的——它也是渡边淳一作品中理想女性的萌芽。

二　女诗人的疯狂与软弱

诗人中城富美子（1922—1954）的人生经历与荻野吟子有相似之处。她是昭和歌（诗）坛有名的和歌家。渡边根据她的生平经历，创作了传记文学《冬日焰火》（1975）。富美子的家乡是北海道，娘家姓野江（1942 年出嫁后改姓中城）。生活比较富足，又是长女，自幼比较任性，养成了以自我为中心的性格。学生时代虽然国语成绩出众，但数学却不怎么样。为了得高分她曾给年轻的班主任老师写过情书而且果然奏效，由此她懂得了女人应该以自己的魅力征服男人的道理——这点与渡边的初恋情人加清纯子相似。

但是她的婚姻生活却很不幸。富美子婚后不久丈夫中城就开始夜不归宿。两人正式分居后富美子结识了短歌会评委诸冈，两人渐渐发展为"情人"关系。不久，富美子又结识了学生大岛、舞蹈教师五百木伸介。也正是此时，富美子发现自己患了乳腺癌，先做了左乳切除手术，后又不得不做了右乳切除手术。在治疗期间她又结识了和歌杂志编委、记者远山良行。尽管身患绝症，但是富美子没有一天不在体验爱情，她频繁地与远山约会，以驱逐内心对病魔的恐惧，同时也在期待新的恋

① 優子と謙二のキャスター対談（37）「マイクなんていらない！」渡辺淳一VS. 安藤優子、週刊朝日、104（44）、1999 年 10 月 1 日。

情出现。在她去世的前一个月（1954 年 7 月）东京时事新闻文化部记者高木章次来到医院采访富美子，富美子对他一见钟情。因为身体情况每况愈下，没有体力外出约会，富美子就邀请高木在病房留宿，被护士长发现。她们之间的对话是这样的：

"我不知道你们之间是什么关系，但是本医院不允许男人留宿在女病房。这个人是谁？"

"是陪护。"

"陪护如果不遵守陪护规则，我们可就难办了。"（陪护应该在地板上铺上垫子睡）

"昨天晚上没来得及找到垫子。"

"要是没有垫子，就应该回去啊。"

"不过两个人能睡开不就行了吗？"

"即使两个人能睡开，医院的床都是单人床。这么窄的床两个人睡，会很累吧？如果您不能遵守这个规则，那就只好请您出院了。"

"有明文规定两个人睡一张床就必须出院吗？"

······

"我只有两个人一起睡的时候才睡得着。"（护士长对富美子这样的回答目瞪口呆）

"只有被人抱着睡，我才安心。""虽说叫作疗养，反正我是等死的人了，求求你了，我马上就要死了，还是让我和他一起睡吧······我从来没有像昨晚睡得那么好。"[①]

---

① 渡边淳一：『冬の花火』、角川文庫、平成元年 6 月 34 版、328—330 頁。

　　最后服输的当然是医院一方。可见，富美子为了爱欲宁肯抛弃自尊。8月2日，富美子说她梦见了诸冈、五百木、大岛、远山、高木等人。还说，"他们都是好人，我不能再见到他们了……一定要代我向他们问好啊……还有我的丈夫。"嘱咐完了这些，富美子去世了。

　　富美子一直同时与多个男人交往：一边给远方的情人写热烈缠绵、含情脉脉的情书，一边和身边的情人不断到旅馆约会，甚至最后与情人在病房同床共枕，而且这些都不是在暗中进行。这种"厚颜无耻"、肆无忌惮，仿佛又让我们看到了谷崎润一郎的长篇小说《痴人之爱》中的女主人公直美。但直美是融合西方美而虚构的人物，富美子却是现实中活生生的存在。作品中，渡边一直在说，与其说她轻浮，不如说她是因为害怕疾病，想通过与男人的无度交往，忘记疾病的恐惧，忘记注定的死亡，排遣寂寞。

　　如果富美子没有患乳腺癌，她会不会仍然这样与男人相处？中学时代为了得高分而给年轻老师写情书；离婚后，没有发现病情之前，不顾忌孩子们的心理，留男人在自己房间过夜，被孩子们发现之后，若无其事地搪塞过去……这些仿佛都有魔女型人物的痕迹。如果她是循规蹈矩的传统日本女性，面对丈夫的外宿，她会不动声色地忍耐下去，而不会质问丈夫，甚至把丈夫的生活用品寄到单位，逼迫他离开家。所以，从根本上来说，她就是一个反传统的"新女性"，这一点与直美缺少道德、不知报恩的做法有些不同。富美子生活的时代，第二次世界大战刚刚结束，战败的日本在美国的控制和影响之下，妇女地位逐步提高，提倡男女平等，法律保障男女同权。富美子是这些思想的实践者，她不畏男权，要求男人对女人、对家庭负责任。她的做法，反映了那个时代女性的觉醒——在她们眼里，男人不再是能够主宰一切的"天"，女人也可以和男人一样平等地享有爱的权利。甚至她的觉醒有些过火——由女人来操纵男人，由女人来主宰爱恨。

富美子直到死亡之前，还一直念念不忘那些有过亲密接触的男人，甚至包括离家出走、分居直至离婚的丈夫（这正如纯子在自杀之前在每一个和她有过关系的男人窗前都放了一朵红色康乃馨一样）。"中城"是她丈夫的姓，离婚之后，虽然改回了娘家的姓——野江，但是在发表短歌作品时，她仍然用"中城"这个名字。当有人提出疑问时，她说，"野江"这个姓显得土气，还是"中城"好。这个理由很难站住脚。很显然，她对丈夫还是很留恋的。作品中有一段描写：家里人说中城的不是，但是富美子却极力为他辩驳；在临死之前富美子嘱托朋友见到中城之后一定要代她问候。离婚之后与其他男人几近疯狂的爱恋，也许是想通过他们来弥补丈夫离去的空虚。可见，富美子是一个不能没有爱的女人。她的爱不是专一、坚贞的，却是激情四溢、以死为代价的。男人们对她不讲条件的情感付出，除了对她的同情之外，更主要的，也是对她这种疯狂的迷恋——她有比荻野吟子更强烈、更大胆、更直接、更野性的追求爱欲的精神，为了爱欲她可以放弃一切，不仅包括生命，甚至包括尊严。

渡边淳一在《失乐园》中，提到了富美子和她的和歌：

　　　　久木接着又背诵了中城富美子的诗，她在战后与寺山修司同时登上诗坛，但31岁就去世了。久木低吟着："鸥鹆林间鸣，蝌蚪河中游，鲜花芬芳爱情稠，女儿身心向宇宙"，久木说这首诗完全表现出了女人的妖魅，凛子也点头称是："确实是那样。"[1]

可见，渡边也是"迷恋"富美子魔力的男性之一。

除此之外，渡边淳一写富美子还有几层原因：（1）都是北海道出生。（2）富美子住院的札幌医科大学就是渡边的母校，而且富美子住院期间的 1954 年，正值渡边进入该校开始大学生涯那年。（3）和歌也是渡边的爱好，他初中的时候就曾经写过很多和歌。除此之外，富美子这位女性，无论从哪个角度看，都与渡边淳一的初恋情人加清纯子有很多相似之处：她们都是才华横溢、懂得男人心理，又常常操纵男人于股掌之间的"魔女"型人物。这也许是渡边写她的更重要的原因——虽然年龄差别很大，但是从富美子身上可以看到纯子的影子。另外从作品的发表时间来看也可以证明这种猜测：以加清纯子为原型的小说《魂断阿寒》，首先刊载于《妇人公论》上，发表时间是 1971 年 7 月至 1972 年 12 月；而《冬日焰火》连载在《短歌》上，发表时间是 1972 年 4 月至 1973 年 12 月，两部作品创作时间上有八个月的重合。富美子身上魔女与才女共存的特性，让渡边看到了初恋情人加清纯子；或者说对初恋情人的写作，激起了渡边对现实中其他"魔女＋才女"型女性的再挖掘。

第二节　沉迷、毁灭于不伦之爱的女性

在创作吟子和富美子形象时，渡边心中已经萌生了女人为

---

[1]　渡辺淳一：『失楽園・上』、講談社文庫、2007 年 3 月、124 頁。

了情爱可以抛弃事业、抛弃自尊的想法。反过来说，现实世界中吟子和富美子那种为了情爱甘于牺牲的精神吸引了渡边，渡边把它移植到虚构的作品中的女性身上，使它成为作品中女性形象的基本品质。吟子舍弃的事业和富美子放弃的自尊都属于私人空间的范围，舍弃它们并不会影响到他者的利益，她们不用付出触犯他人或社会利益的代价。但是下述里子、凉子和菊乃为了情爱不顾传统道德、不顾社会伦理的约束，背叛婚姻或者背叛亲情甚至舍弃生命，则其牺牲已经超越了个人范围，影响到了他者和社会的利益，因而也就显示了她们付出的彻底，沉迷得坚决。

一 未婚妈妈

渡边淳一在长篇小说《化妆》（1982）中，描绘了一个为爱抛弃家庭、心甘情愿地放弃名分，一生只愿做情人的女性。她就是甘当"未婚妈妈"的里子。

《化妆》的舞台设在古都京都。主人公是里子，其中也穿插其姐姐赖子、妹妹槙子的叙述，因此是三姐妹的故事。如果从这些角度（发生在关西地区的三姐妹故事）考虑，有点与谷崎润一郎的《细雪》相似，写法上也有些相似。比如赏樱花、做法事、外出旅游、迎接新年、到寺庙还愿、看红叶，等等。但是时代背景却有很大差异，尤其是三姐妹对婚姻与爱情的不同态度，也与时代的脉搏紧紧呼应，与作为战时文学的《细雪》有很大不同——姐姐赖子因为双胞胎妹妹铃子被男人奸污自杀而不再相信男人。妹妹槙子曾经狂热地迷恋一个摇滚乐队鼓手而追随他的演出到全国各地，还和他一起吸食大麻被警察拘留。后来幡然悔悟，毕业后马上与大商社的职员结婚。虽然遗憾结婚太早，没有尽享青春，但是在结婚前夕与有妇之夫千野的一夜情也让人有些不可理解。她的"任何男人都是研究材料"的观点，也许可以代表一部分现代女性的想法。只有里子一人沉迷于男人。里子虽然身为有夫之妇，却爱上了有妇之夫椎名，并怀上了椎名的孩子，为此不得不放弃家业的继承权，与丈夫离婚，自己在外租房单过，并生下了椎名的孩子。虽然最终得到母亲的原谅，重新返回娘家，但是椎名却到国外工作，难得见面——作品以里子一心盼望椎名从国外回来与其会面而结束。

里子放弃家族继承权、舍弃自己的名誉、抛弃结婚多年的丈夫，这一切都是为了生下椎名的孩子——虽然她和椎名仅仅约会过几次而已。她没有要求椎名的任何承诺，甚至连孩子不能获得椎名的姓氏也不在乎。她可以喜欢一个人到"做奴隶也无妨"的程度，更珍惜"爱一个人时那种实实在在的感觉"，尽管不知道自己这样"还会陷下去多深，也不知道能不能控制住自己"，但还是不顾丈夫的恳求，毅然决然地放弃安逸的婚姻生活，甘当前途未卜的"未婚妈妈"角色。用作品中的话说，"她只是盲目地爱上一个人，只为那个人的存在而生活，其他的问题统统看不见"，"要是自己掌握不了的男人，至少要把与他一模一样的孩子留在自己身边，那是最实在的、怎么都不会变的纽带"。[①]

不知道有多少女性具有这种盲目的奉献精神，她可以不计功利地全心全意地付出，甚至有一种"受虐"心理：椎名的冷漠也能成为她感情的催化剂："这人什么都以工作为先，不会为了我而改变计划。里子有些懊恼，但同时也被这种冷淡而

---

① 『化粧』、『渡辺淳一全集』第 10 巻、角川書店、平成 7 年 10 月、288 頁。

吸引。"①

　　显然，里子对椎名这种无欲无求、奴隶对主人似的爱恋与当代女性的婚恋观是有距离的。渡边曾经说过，作家就应该去写那些不合常理的故事。但是《化妆》不单单是不合常理，而是创造了一个没有意识、没有思维、自己也不能主宰自己言行的"愚笨"的女性角色。但同时，她又是年轻貌美的。这些条件加起来，才具备渡边笔下"传说中的理想女人"的要素。

　　对于男主人公椎名与此事的关系，用姐姐赖子的话说："这是里子自己率性而为，跟椎名先生无关"，并进一步强调："这么一说，还确实是这么回事，责备椎名的理由也没了"，"椎名也可怜！"②——站在女性的角度看这短短的几句话，未免觉得太残酷——这么一来，里子为椎名所做的一切牺牲都化为乌有，没有任何价值。里子与椎名的相恋，是椎名在明明知道里子已婚的情况下，多次邀请里子秘密约会而开始的。由此，对于里子的怀孕，椎名是应该承担一定责任的。另外，从作品中赖子这个角色定位来说，作为姐姐，对妹妹里子的言行下这么残酷的判断，又是自相矛盾的：赖子的孪生妹妹铃子曾经遭到男人的奸污怀孕，后来无奈自杀。赖子对此一直耿耿于怀，不再相信男人，后来处心积虑为铃子报了仇。里子同样是赖子的妹妹，又同样怀了不能和自己结婚的男人的孩子，如果依照赖子对铃子自杀事件所做的反应推断，赖子应该责怪椎名，既然不能和里子结婚，就不要让里子怀孕才对。很显然，这是男性作家渡边在借赖子的口为男主人公辩护：不伦之恋中，女人想为男人生孩子，那只能自己对自己负责，不要期待

---

① 『化粧』、『渡辺淳一全集』第10卷、角川书店、平成7年10月、243页。
② 同上书，第331页。

男人会做出什么牺牲。借助作为女性，同时作为姐姐的赖子来为椎名辩护，更有说服力，但是也更体现了男性作家渡边对婚外情的冷静与冷漠。作品中没有提及孩子的户籍问题、收养问题，这也是男性作家渡边不愿思考的问题吧，他认为里子对此应该承担全部责任。

1972年"未婚妈妈"（日语名「未婚ママ」）成为该年度流行语。从那时候开始，社会上出现了新的群体——不结婚而生育孩子的女性。这种现象的产生有各种原因。有的女性只想有孩子，但是不甘心婚后成为整日蛰居家中相夫教子、与社会隔绝的家庭主妇。还有的，与恋人已经分手或即将分手之际发现自己已经怀孕。再有，就是里子这种情况——孩子的父亲是有妇之夫，即孩子是不伦之恋的结晶。日本当红女作家柳美里也是一个未婚妈妈：她与已婚男人恋爱后怀孕，男人为了保全自己的声誉和家庭，不愿接受这个孩子，使她不得不成为未婚母亲。后来虽费尽周折，男人终于在法律上承认柳美里所生之子是他的孩子，但柳美里仍然摆脱不了独自一人抚养孩子的命运。不论是现实生活中的柳美里，还是渡边作品中的里子，"未婚妈妈"都是无奈而又沉重的选择。柳美里曾在自传体小说《命》（2000）中表达了对那个男人既爱又恨又怨的情感，里子对椎名的无怨无悔也只能停止在非现实的小说中而已。

二 母女之争

《樱花树下》（1989）是母女同时爱上一个男人的故事。在京都经营料理店的菊乃和女儿（大学生）凉子同时爱上了东京某出版社社长游佐。凉子明明知道游佐是母亲的情人，却心甘情愿地把自己交给了游佐（这种母女为了争夺同一个男人而明争暗斗的设计与有岛武郎的《一个女人》相似）。在母女二人之间周旋的游佐虽然也有一些堕落的愧疚和不安，却沉溺于这种堕落的快感中不能自拔，梦想同时拥有母女二人——"年轻的凉子固然可爱，但多年来与菊乃的感情也让人难以舍弃"。[①]觉察到真相的菊乃终于承受不住残酷的事实跳楼自杀。

作为男性作家的渡边，没有责备男主人公游佐的放荡和不负责任，甚至不忍心让凉子责备他，反而把责任推到了樱花身上。凉子清清淡淡的一句"母亲的魂魄是被樱花精吸走了"[②]，就把游佐的责任一笔勾销。仿佛一切都是樱花的过错。沉溺在背德的世界里不能自拔的，却是实实在在的人，不是抽象的樱花精。而且，渡边还让凉子说"是我杀了母亲"。[③] 渡边的创作意图是：与游佐的关系，凉子一直是主动的，是凉子主动诱惑了游佐，游佐没有什么责任。她主动请求游佐带她到京都以外的地方看樱花，在游佐对此犹豫之际，又再次打电话责怪游佐没有守约，促使游佐终于与她一起到秋田的角馆赏樱，并心甘情愿地把自己的第一次献给了游佐。每次菊乃到东京，凉子不是在饭后把游佐约出来，就是打电话确认游佐是否与母亲住在一起，"凉子一边依赖、尊敬母亲，但同时又抱有一种反叛心理。心想自己无论如何也敌不过她，另一方面又对这样的自己感到焦虑……实际上，在田泽湖委身给游佐时，凉子有一种胜利了的自豪感"。[④] 这样，渡边暗示读者凉子有意与游佐成为情人是对母亲的报复——因为母亲一直对她管束严格，她们母女关系很紧张。至于为什么游佐能轻而易举地接受凉子，渡边却没有给读者一个满意的交代，只是一句话："总之，无论坠落

---

① 渡边淳一：『桜の樹の下で・下』、新潮文庫、平成 16 年 5 月、163 页。
② 同上书，第 291 页。
③ 同上书，第 289 页。
④ 同上书，第 239 页。

的原因是什么，凉子已经坠落了，已经坠落深渊的东西再去考虑原因也无济于事。"① 这样一来，显而易见，所有的责任都在凉子。也许是作为补偿吧，渡边设计了游佐在凉子陪他赏樱花后，给她买了一个价值十万日元的戒指——这是只有在男女定情之时，男人才能买给女人的东西。而且两人商定不告诉菊乃。渡边的这种安排，是与当时社会流行的"援助交际"——年轻女孩子把自己的肉体出卖给中老年男人，这些男人花费一定的钱财购买女孩子的陪伴，寻找自己已经逝去的青春感觉——有关？还是渡边淳一对女人的一种期待：不要顾及伦理道德，只要好好沉溺于情爱？笔者认为两种因素都有。

对于菊乃，渡边又是怎么让她背负毁灭命运的呢？

在觉察到凉子与游佐交往之后，菊乃心中也把凉子不再视为女儿，而是视为情敌：庆祝东京分店开业典礼的酒会上，游佐先于其他客人告辞，菊乃命凉子代替她送送游佐。"看到游佐和凉子并肩站在一起的瞬间，菊乃争强好胜的性格突然显现出来。即使游佐和凉子好上了，她也不在乎。她认为自己早已是成熟女人，这种事对自己没有任何影响。她就是想让他们看看自己有这个胸怀，所以才不由得想逞强的"②，"客人们都说自己漂亮，但是她毕竟不如凉子年轻，皮肤的弹性、头发的光泽等，凉子熠熠生辉，令人嫉妒。但从成熟和性感上看，她还是不亚于凉子的"③。这样一来，凉子与菊乃都不把对方当成亲人，而变成了情敌。她们在暗中较劲，所以菊乃发现凉子与游佐的关系后不点破也不责问，一方面是为了顾全自己的颜面，

① 渡辺淳一：『桜の樹の下で・上』、新潮文庫、平成16年5月、240页。
② 同上书，第189页。
③ 同上书，第173页。

为了不失自己作为女人的自尊、优雅和大度，再就是对游佐的信任和痴情。她希望以自己的信任和魅力唤回游佐的良知，为此她采取了很多让一般人不可理解的举动：在隐隐觉察了游佐与凉子之间的事情之后，还是决定把在东京新开的分店给凉子管理，这无疑是为他们制造更多的见面机会，甚至让人觉得这是在支持游佐与凉子的私情；她还郑重地把凉子托付给游佐，让他帮助一个人在东京料理店面的凉子，这似乎都是在鼓励两人之间往来。但是游佐并没有因为菊乃的这些举动而中断与凉子的私情，事情发展到不可收拾的地步——凉子怀了游佐的孩子，菊乃才觉得她的信任是徒劳和不切实际的。她的内心相当痛苦，但又无处诉说，所以在让凉子管理东京的分店后，她独自喝闷酒"倒在床上"[①]；在游佐送她到公寓之时，她也曾暗示游佐，自己有可能跳楼自杀——她对游佐彻底绝望了，结果只好以死来阻止他们继续交往。

菊乃终于自杀了——在三田的公寓，因为这里是见证游佐与她们母女两人乱伦的地方。自杀是她以死相拼的最后撒手锏：因为她的自杀，游佐不再仅仅是肤浅的自责，而从心里感到愧疚，不可能再与凉子在一起——"菊乃的死是沉痛得不能再沉痛的代价，到了此时，游佐才终于意识到自己所做的一切多么愚蠢"[②]；凉子再也不可能生下游佐的孩子，而且菊乃本人的面子也得以完好保存。如果因为她的自杀，凉子"痛改前非"，更好地经营饭店，对家族则又是一个很好的交代。看来菊乃似乎"死得其所"，但是在中国的文化背景下看，不能不说是一个破釜沉舟的做法，让人慨叹"早知今日，何必当初"，

---

① 渡辺淳一：『桜の樹の下で・下』、新潮文庫、平成16年5月、122頁。
② 同上书，第294页。

因而具有很深的悲剧色彩。

与母女两人的暧昧关系，游佐一直有一种罪恶心理，但同时又决不退却，甚至可以说这种堕落的罪恶心理成了他感情的催化剂："（与凉子——笔者注）旅行回来后，游佐对自己的所作所为感到震惊。自己那么做了之后，又对自己的恬不知耻感到吃惊、哑口无言。这样，自己与没有理智没有良知、单纯地生活在欲望中的动物有什么区别呢？只不过是一个卑劣的好色之徒而已。"① "也许这是一种对堕落的向往，明知道这样下去的话自己会完蛋，却仍然要堕落下去……或许每个男人的内心都隐藏着这种对堕落的憧憬。越是觉得不行，偏偏越想向这个方向靠拢。"② 这样，游佐的自责代替了作者渡边的责备，但我们不能不说这种自责与菊乃的自杀相比太不成比例。其实游佐这么原谅自己也有相应的理由：如果不是在这种男性占主导地位的社会环境和文化背景之下，如果堕落之后有无尽的惩罚、责难等待他，那么他一定会尽力约束自己的。正因为有一种"我这么做了只是损害了极少数人的利益，伤害的也仅仅是个别人的感情，而且这样的人也不会对我有什么致命的威胁……"等安心感，他才敢这样无所顾忌吧。社会为男人设置了各种各样不按常规行事以及越轨的理由，这在无形中也纵容了游佐之流。而日本文化中对"性"的宽容态度，也是其中的原因之一。整篇小说，除了游佐不痛不痒的自责外，凉子和菊乃的话语、行为和心理活动中没有一丝一毫对游佐的责备。以中国人的思维方式，很容易用这样一句话来概括游佐："玩弄了母女二人的无耻之徒、致使情人自杀的罪魁祸首"。

---

① 渡辺淳一：『桜の樹の下で・上』、新潮文庫、平成16年5月、152頁。
② 同上书，第30—31页。

在与女人的婚外情方面，渡边的词典里没有"责任"这个概念，这正是日本自古以来男尊女卑传统的体现，也是日本文化中性角色的特殊含义。这种观念根深蒂固，让女人对自己的命运有一种宿命式的认同，也许我们会说她们不觉醒、没有斗争精神，但是长期以来的男权文化浸染，让她们觉得这是一种深沉含蓄、甘于忍受的"美"。日本文化中历来不主张女人通过正面斗争、冲突赢得自己的权利或地位，她们往往通过长久的忍耐，坚韧不拔的努力，静等对方觉醒、感动后的施与。当然随着时代的变迁，这种情况已经逐步改变，但其影响尚存，起码渡边淳一还是提倡这种精神的。所以，他把菊乃的死归罪于樱花或者凉子，而唯独没有责怪游佐。在他的潜意识中，女人对男人的占有欲是不明智的，她们的结局就是毁灭，与男人的责任感无关。菊乃的死是因为占有欲太强，是她自己对自己的惩罚。渡边的潜台词是说，游佐的脚踏两只船并没有过错，过错的是她们母女——男人对女人有欲望合情合理，女人对男人有欲望则是不应该的，否则结果将不堪设想。

这种乱伦的主题日本文学中多有涉及。《源氏物语》中光源氏对继母藤壶女御的憧憬、思慕到偷情，无奈之中与三公主的结合；谷崎润一郎的长篇小说《疯癫老人日记》中老人对儿媳枫子的变态爱恋；川端康成的长篇小说《千鹤》中菊治与自己父亲的情人太田夫人，以及太田夫人的女儿文子的暧昧关系；志贺直哉的长篇小说《暗夜行路》中，主人公谦作发觉自己是母亲与爷爷生下的孩子，等等。

单以川端康成的《千鹤》为例，主人公太田夫人因为与已经过世的情人的儿子菊治私通而感到罪孽深重，虽然想摆脱又深陷其中不能自拔。太田夫人的女儿文子因为自幼一直目睹母亲与菊治父亲的交往，所以竭力阻止母亲与菊治的私情；太田夫人在得知菊治与雪子即将结婚的消息后，把文子托付给菊治后自杀。《千鹤》中菊治对于同太田夫人的关系，虽然也曾有过道德上的不安，觉得自己好像被裹在"黑暗而丑恶的帷幕"里面摆脱不开，但他既不后悔，也不厌恶，完全沉浸于柔情蜜意之中。在太田夫人自杀之后，又在文子身上看到太田夫人的影子，移情于文子，对此他不但不觉得应该诅咒，道德上也毫无负疚之感，而且终于钻出了很久以来一直笼罩着他的那层"又黑暗又丑恶的帷幕"！对菊治来说，道德已不复存在。

与菊治相比，渡边笔下的游佐似乎有一些良心上的不安，对自身的堕落感到厌恶和自责，但"游佐一直在追寻着一个未完的梦，并深陷其中。明明知道这么继续下去会堕入地狱之中，但却怎么也不能从那甜美而淫乱的世界中逃脱出来"。① 可见，不论是菊治还是游佐，都不是无耻之徒。他们在沉溺于情爱之时，都曾经矛盾过，但是因为堕落的欲望太强烈了，在情欲面前，道德悄然销声匿迹。

川端康成曾在《夕阳的原野》中公开强调："作家应该是无赖放浪之徒"，"要敢于有不名誉的言行，敢于写背德的作品，做不到这一点，小说家只好灭亡"。而渡边淳一也曾经说过，"作家是无赖"、"不应该结婚"之类的话。看来，不仅仅在表达日本传统美的方面，而且在情爱与道德关系问题上，渡边淳一也继承了川端康成的观点。不同的是，川端康成作品中的男主人公往往沉迷于女性的美而淡忘了道德，而渡边作品中的男主人公往往是受自身"性"的驱使而远离了道德。虽然形式上有所不同，但是在本质上对女人的轻视、对男女平等的不认同，即在本质上对女人的"物化"，却是一致的。

---

① 　渡辺淳一：『桜の樹の下で・下』、新潮文庫、平成 16 年 5 月、294 頁。

　　"樱花"在作品中是一个重要的意象。渡边没有责备男人的移情别恋、贪欲无度和寡廉鲜耻。相反，却把一切罪责推到了樱花身上。故事开篇，写游佐在凉子的引领下欣赏京都的樱花——这说明渡边意图将游佐与凉子的交往作为小说的主线。然后紧接着写道：

　　　　"你知道樱花为什么这么漂亮吗？"（游佐问凉子——笔者注）。
　　　　"因为樱花树下埋着人的尸体。"① （游佐答——笔者注）。

　　这也许是渡边的樱花观。樱花一般被认为是"大和魂"的象征——"何为敷岛大和心，朝日飘香山樱花"（本居宣长语）。渡边在文章一开篇就明确提出："樱花树下埋着人的尸体"，显然是暗示这篇小说不会是大团圆的结尾。

　　"樱花树下埋着人的尸体"，这种观点，似乎是受西行法师②和坂口安吾等人的影响。西行法师的名句，"心之所愿兮，春日樱雨漫飞天，宁为花下死"，第一次表达了"樱花树下是自己最好的安息之所"的愿望。在坂口安吾的短篇小说《樱花盛开的树下》中，最美的女人变成了恶魔，她每天的功课就是命令爱着她的山贼带回人头供她玩耍，并乐此不疲。春天到了，樱花盛开之时，山贼眺望着樱花终于顿悟，决心回到山里不再杀人。而与此同时，一向任性专横的女人竟然也脱胎换

----

　　①　渡边淳一：『桜の樹の下で・上』、新潮文库、平成16年5月、8—9页。
　　②　西行法师（1118年－1190年3月23日），日本院政时代至镰仓初期僧侣，和歌诗人。曾作诗表达希望死在樱花之下的愿望，后来果然死在阴历三月樱花盛开之时。

骨，主动要求与他一起回到山里生活，并答应不再让山贼杀人。当山贼憧憬着未来，背着女人经过盛开着的樱花树下时，头脑中一阵混乱，觉得自己背上的女人变成了丑陋的魔鬼。当他回过神来之时，女人已经被他掐死——虽然美丽如故。大片大片的樱花漫天飞舞，埋葬了女人的尸体——女人幻化为樱花，樱花与女人合为一体，山贼也因为双手触及了樱花而消失踪迹。小说中，"山贼＝恶魔"，"女人＝樱花精"，而山贼在顿悟时觉得"女人的欲望是没有止境的，就像那径直飞入空中的鸟"，而自己也是那只鸟，所以，女人、山贼是"异体同胎"，都是恶魔的化身，他们又都被樱花吞噬，留下一片虚空。"樱花树下埋着人的尸体"，樱花树下埋葬的尸体越多，樱花开得就越绚烂美丽，因为尸体滋养了樱花。这与谷崎润一郎在《刺青》中所描写的，女人因为男人的尸骸这种"肥料"而熠熠生辉如出一辙。

在《樱花树下》这部小说中，菊乃从自家阳台坠落，死在樱花树下，完成了西行法师所谓的"樱花树下死"这一"壮举"。而无论是菊乃母女还是游佐，都明明知道自己进行的是一场背德的爱恋，却一边暗暗自责一边步步陷入，不能摆脱自己的欲望，这又与坂口安吾的《樱花盛开的树下》中山贼对女人的欲望、女人对人头的欲望、樱花对尸体的欲望是相通的。菊乃不能放弃游佐，凉子也不能斩断与游佐的情思，游佐更是不能放弃菊乃、凉子母女，欲望使人疯狂，就像怒放的樱花一发而不可收。"怒放的樱花使人疲倦"，与中国人讲究中庸一样，日本人似乎也希望什么事情都不要太"满"。樱花那种不顾一切怒放的姿态，在作家笔下，被描写成某种欲望的象征，带着杀气，所以不免令人恐怖。

在坂口安吾的《樱花盛开的树下》中，女人为了满足自己的欲望，迫使山贼杀人无数，最终却被山贼杀死。可以说，她死于自己的欲望。同样，渡边淳一的《樱花树下》中，菊乃知道游佐在与自己交往的同时也与女儿凉子交往，但从来没有正面责问过游佐，凉子明知游佐是自己母亲的情人却要竭力限制他们见面，不惜以年轻美貌引诱，而当母亲自杀后也没有责怪游佐。一切都有一层温情脉脉的面纱，看似顾全大局，忍辱负重，其实又相当残忍。彼此互相隐约（或者清楚）感到对方的欲望与魔性，但是却任其发展，非但不阻止（菊乃完全可以限制女儿凉子与游佐的交往），反而时时协助（菊乃把凉子派到东京分店，并委托游佐照顾凉子），就像山贼替女人杀人，女人要求山贼杀人一样。是樱花精的魔力，还是人性的软弱，很难分清。在这里，人被魔化，魔被人化，甚至人就是魔，魔就是人。但无论怎样，受伤最深、损失最惨重的还是女人。换一种说法就是：使自己陷于毁灭命运并接受惩罚的是女人。

第三节　理想女性

　　里子、凉子为了情爱不但甘于牺牲自己的利益，而且敢于反对社会伦理道德，抛弃亲情，作为女性她们付出的代价越来越大。这种付出在《一片雪》、《泡沫》中进一步延续扩大，到了《失乐园》、《爱的流放地》等作品中，已经到了极致——她们舍弃了最为宝贵的生命。

一　美的化身

　　《一片雪》（1983）中，渡边设计了一个集"日本美"于一身的女性形象——高村霞。

　　故事情节以男主人公伊织的视角展开。伊织是个成功的建筑设计师。他在与霞不断约会、加深爱恋的同时，也一直对秘书笙子恋恋不舍。辗转于霞与笙子之间，伊织为这种感情所迷惑、苦恼和沉醉着，并且在霞的身上发现了笙子所不具备的婉约、高雅的韵味与妖媚之美。他在兴奋之中比较着她们各自的不同和优劣之处。他瞒着笙子带着霞去欧洲旅游，终于被笙子发现而离开了他。与此同时，伊织的妻子也同意离婚。而霞也在丈夫发觉后不得不和伊织终止了恋情。在空虚之中的伊织才感觉到自己苦苦追求的所谓爱情，就像天空中飘落的雪花一样是那么虚幻。

1983 年《一片雪》出版后不久便极度畅销，由此，渡边文学被评价为"开辟了新的情痴文学领域"，甚至还在社会上引起轰动，出现了"雪花族"这个新词①。川西政明在评价《一片雪》时说："唯美主义把美的绝对优势和官能的全面解放作为最终目的。渡边淳一通过这部作品，使女体美的绝对性达到了极致。描写霞的每一笔、描写情痴场面的每一画，都凝结着渡边的心血。"②霞是渡边作品中理想女性的最初"模板"。在作品中，渡边从修养、爱好、服饰、言谈举止、性格等方面描写了霞的"完美"。当然，这个完美是男人视域中的完美，是通过男人视线折射出来的美的符号，而这种符号又与日本的传统审美意识紧密相连，成为传统审美意识的体现。

霞最擅长的就是插花，每次到伊织住处，她几乎都带鲜花来然后插好。从山茶、芍药到睡莲，都能插得很有韵味。每次看到插好的花，伊织就觉得此花就是霞，霞就是花——人既是花，花亦是人。这些花的共同特点就是婉约，欲扬先抑，欲说

---

① 参照本书后附"渡边淳一年谱"。
② 横山征宏编：『渡辺淳一の世界』、集英社、1998 年 6 月、73 頁。

还休，无声胜有声，别有一番风韵：

> 　　他从"奢华、丰饶"这两个词自然而然地想到霞。外
> 表就像在茶室旁悄然开放的山茶花，文静含蓄，一旦离去
> 以后，却留下奢华而丰饶的余韵。①

> 　　上一次的山茶，洁白含蓄颇似霞；这一次的芍药，压
> 抑的华丽又似霞。②

　　插花是日本的传统文化，日本女人把掌握插花技艺当作自
己的修养之一。美丽的霞因为插花而更富风韵，人与花互相烘
托，相映成趣。美人插花，花就是人，人即是花，日本审美意
识中天人合一的思想自然而然地得以体现。

　　霞的美还表现在服饰、化妆方面。在作品中，渡边多次描
写到霞所穿和服的颜色、质地、花纹，甚至做工。和服是日本
的民族服装，穿和服的女人作为日本传统美的象征之一，在作
家的笔下已经被描绘得淋漓尽致。渡边当然不能忽略这点，他
的笔总是浓墨重彩穿和服的女人。就像日本人特别重视商品或
礼品的包装一样，迎合四季风物变化而改变颜色、质地、花纹
甚至腰带的华美和服，配以合适的手袋和木屐，作为女性的外
在气质与内在涵养相融合的象征，尤其受到关注。应时和服配
着霞娇小的身材，淡雅之中掩饰不住的娇艳妩媚，可谓美的极
致，是外表美与内在美的完美统一。渡边尤其喜欢描写女子在

---

　　①　『ひとひらの雪』、『渡辺淳一全集』第12巻、角川書店、平成8年1月、
14頁。
　　②　同上书，第86页。

性事之前一层一层脱去和服的场面，当然这是渲染那种气氛必不可少的。将美丽的和服与穿和服的女子置于特定环境之下，就像电影中的镜头，由远而近，由整体到局部，或华丽或淡雅的和服终于成为女子白皙、柔嫩肌肤的衬托，高贵典雅与淫靡妖艳结合在一起，这也许是日本审美的又一极致。而着西服（指和服以外的服装）的霞，渡边往往是一笔带过，无外乎"清新脱俗"、"充满时代气息"等。当然，因为霞是已婚适龄妇女，而该作品又创作于 20 世纪 80 年代初，所以和服成了霞的主要外出着装。相对于霞，秘书笙子却总是职业装，因而也就少了一些吸引男人的韵味。

　　性格上小心谨慎、内敛、节制、不张扬、婉约是霞的又一动人之处。就像日本的一句格言"再亲密的关系也要讲礼仪"一样，作品中，霞对伊织的态度处处体现着日本女子的含蓄、谦恭。霞曾经因为自己的发夹忘在伊织的住处，而忐忑不安地电话告知伊织，并再三道歉（见"茶花"一章）；也曾在第一次与伊织外宿时，在一切完毕之后，趁着伊织熟睡之际，又另外开了一个房间，只是为了怕伊织看到她早晨没起床时忘乎所以的睡相和衣冠不整的样子（见"嫩竹"一章）。并且，海外旅行时，被伊织带到成人商店，看到"非常露骨的裸体照片，一下子吓得动弹不得，像小孩子一样用手捂住了脸"[1]。至于霞的性格和言谈举止方面："霞则更加柔和丰满，她不是有棱角的，而是圆滑地把一切都包起来。当然，这并不是说她不检点，太随便。她性格还是严谨规矩，含蓄谦恭的。也许是已经

────────────

　　[1]　『ひとひらの雪』、『渡辺淳一全集』第 12 巻、角川書店、平成 8 年 1 月、270 頁。

结婚，身为人妻的缘故，她的言行举止里透着微妙的沉静稳重。"① 含蓄、深沉、稳重、温婉，这些性格特点使霞的美饱满、充实，韵味十足。

清醒、冷静也是霞性格美的组成部分。对于与伊织的关系，霞一直很清醒。她曾善解人意地对伊织说道："也许结婚反而不好……老在一起，不是就失去紧张感吗？我认为，最好不要和自己所爱的人结婚。"② 这种少有的理智和清醒是男人最渴望的。渡边借助霞的诉说，告诉那些女人，不要给男人压力，结婚不是什么好的归宿，婚外恋的结局也不应该是结婚。在"嫩竹"一章，伊织曾试探霞是否可以再住一晚，霞的反应是："您要是一定要住两个晚上，我也可以。那样的话，其实对您不方便吧？"③ 女人可以为男人作出牺牲，但是她也同样清醒地认识到，这种牺牲也许让男人觉得无所适从——霞未经丈夫同意擅自在外过夜，说明已经下了离家出走的决心。离家后不论去什么地方，只有依靠伊织。这样的话，感到最难办的自然是伊织。霞似乎在问他：我这样做，您受得了吗？霞清醒地知道伊织没有这种心理准备，所以也不一厢情愿地那么做而为难他。这种理智，不能不说是一种含蓄、深沉的美，它让伊织觉得轻松，同时也感到困惑。归根结底，男人是矛盾的，他们希望女人全心全意地奉献给自己，而当女人果真如他们所愿，抛弃一切，全身心地投入时，他们又害怕承担责任。

相对于服饰、举止、性格，最让人动心的还是女性在性方

---

① 『ひとひらの雪』、『渡辺淳一全集』第 12 卷、角川書店、平成 8 年 1 月、24 頁。

② 同上书，第 143 页。

③ 同上书，第 144—145 页。

面的逐步成熟。霞与伊织初次相识之后，又见过两次，第三次时，"伊织就把她完全征服了"。这让伊织觉得一切似乎来得太容易了。虽然他安慰自己说，这是因为霞是自己同学的妹妹，在大学时代就已经见到过她，彼此有过好感。但又觉得"霞表面上谨慎规矩，其实骨子里却隐藏着大胆奔放的性格。虽然觉得不至于太随便，但也说不定和那些对她痴迷的男人有过肉体关系。正因为爱着霞，伊织对她的疑心越发加重"（见"长昼"一章）。正是这种近似嫉妒的疑心，越发刺激了伊织对霞的热情，再加上霞不失时机地倾诉："和您见面之后，一定还想见……可是，女人不行……一想起来，就一天到晚满脑子都是这件事，不能像男人那样迅速地转换脑筋……要是给您打电话，就想见面，这会给您添麻烦，我自己也担心这样一发不可收拾，所以害怕"，"不要把我变成流氓"①，"我想逃出去"。"'你是毒品。'霞的声音像唱歌。她把额头轻轻抵在他身上……她所说的'毒品'似乎指的是性爱"。② 这样的倾诉，与其说是为了控制自己的感情，毋宁说是在进一步激发男人的情欲，这是渡边的作品中必不可少的功课。男人通过女人的倾诉，确认了自己的能力，从而越发沉迷、陶醉，虽然也时刻反省这是堕落，但是同时有一种共同堕落、同赴"黄泉"的安心和超然，有一种"人生得一知己足矣"的释然。

　　霞在伊织的开发下，性逐步成熟，让伊织体会到了从未有过的成就感。这部作品情节历经的时间是一年。伊织和霞在冬季里相识并发生肉体关系。随着春意渐浓，霞的肉欲本能也逐

　　①　『ひとひらの雪』、『渡辺淳一全集』第12卷、角川书店、平成8年1月、93—94頁。

　　②　同上书，第229页。

渐觉醒。在初夏的京都，霞已进入了迷乱的境地。初秋时节，伊织与交往四年的笙子关系出现破裂。而在深秋的阿姆斯特丹和维也纳，霞的肉欲本能"成为一枚火柱"达到顶点，得到全面解放。"最近霞变得目光妖媚，伊织暗暗感到惊讶。现在躺在床上向上看着伊织的眼神里，渗透着令男人心旌摇荡的妖媚。以前的霞从来没有这么妖媚过。以前她容貌姣美，神情清爽……现在却美丽中带着妖气，谦恭谨慎的举止中带着一种慵懒，一本正经的神态里隐藏着燃烧的激情。"[①] 同时，也使他产生了一种困惑和担心。霞说她感受到从其他男人那里无法获得的快乐，这对伊织来说是无比的喜悦。"但同时霞还说她无法接受别的男人的爱……自然也应该不接受自己的丈夫……他不能只是高兴，还感觉到责任和困惑……这样的话，以后怎么办？伊织觉得……这简直就是一对罪孽深重的男女。"[②] 在享受无与伦比的性爱快乐的同时，还有一种深深的负罪感，这也是渡边小说中不可或缺的主题。女人因为男人而更加娇美妖艳，男人却因为女人性的成熟而顾虑重重。

　　随着冬季到来，霞最终还是被迫离开了伊织，回到了家庭的怀抱。不知道受伤害的丈夫是否会原谅她？霞似乎没有考虑这些，而是义无反顾地选择了回归家庭。可见，在霞身上，有追求个人幸福的向往，却没有彻底抛开一切的决心；她希望享受男人的爱，但是又不想放弃家庭的安逸，就像她自己曾经叹息的："分手以后，我没地方可去。"[③] 她清楚伊织只能给她激情，不能给她安适；而丈夫虽然不能给她激情，却能让她富足

---

　　① 『ひとひらの雪』、『渡辺淳一全集』第12卷、角川書店、平成8年1月、230頁。

　　② 同上书，第139—140页。

　　③ 同上书，第148页。

和安定。在激情与安定之间，她聪明地选择了安定，这应该是现实生活中有过婚外情经历的大多数女人的选择。与其说她代表的是那个时代——20 世纪 80 年代初大多数女性的价值观，不如说是那时的大众伦理取向（这在第一章已经论述过）。因为该作品是连载小说，无论从刊物的销售量考虑，还是从以后的版税考虑，渡边都应该把读者的喜好放在首位。

二 性的囚徒

抄子、凛子、冬香这些人物形象代表渡边作品中理想女性的逐步深化和成熟，她们的性格演变过程就是渡边心目中理想女性的形成过程。

抄子是长篇小说《泡沫》（1990）中的女主人公，她是渡边设计的又一个理想女性：在性爱方面对男人言听计从而演变为性的囚徒。男主人公安艺是作家，比抄子大十几岁。抄子 35 岁，是和服设计师。两个人在一次和服展示会上相识并逐渐接近。与霞外表内敛、内心狂放的性格不同，初次见面安艺对抄子的感觉是与年龄极不相称的幼稚、死板和纯真，有一种对任何事情都要分清黑白是非的固执。也正是被这种表面上的一本正经所吸引，安艺决心要探索她的内部精神世界。抄子的丈夫比她大一岁，两人有一个 4 岁的孩子。这两点，都与《一片雪》中的女主人公不同（霞没有自己的孩子，熏是丈夫与前妻的女儿；而且丈夫是再婚，比她大十几岁）。另外不同的是，抄子虽然工作轻闲，但也是职业女性，而霞是专职主妇。安艺与抄子关系的进一步发展，也不像伊织与霞那样是单独见了三次面之后，而是相识一年后。从这些先决条件来看，抄子似乎比霞更保守、谨慎，更有不易沉迷而时刻保持清醒的理由，但是事情的发展并不是这样。"从那以后两人差不多每天通电话，每周约会一次。"① 这个"那",是指两人有了进一步的关系。随着每次旅行和秘密幽会,抄子不断体验着性爱给她带来的越来越深的从未体验过的刺激,也不断地深陷其中不能自拔。丈夫的恼怒和母亲的眼泪终究敌不过安艺的诱惑,她一步步地走向性爱的巅峰、伦理的深渊。甚至故意把自己的退路堵死,逼迫自己一步步沉沦。

"与安艺交往以来,抄子对他不时暴露出的过去好像感到很吃惊……似乎后悔认识了这么一个不检点的人。但污点太多了,她终于失去了继续追究的气力。"② 抄子满意于这个浪子在认识她之后,"对其他女人不感兴趣了"。似乎是为了报答安艺对自己性的开发与专一,抄子不知不觉深陷其中,越来越不能自拔:为了证明自己对安艺的决绝与忠贞,抄子开始夜不归宿;响应安艺的一系列近似变态的性要求。在抄子怀了安艺的孩子后,安艺并没有提出与抄子结婚。他的理由是:自己爱抄子胜过任何人,但并不是说因此就要和抄子共同生活在一起。看来安艺需要的是没有孩子、能随时结合的抄子——如果说婚姻的目的之一是繁衍后代使人类社会延续下去的话,婚外情的目的与此截然不同,它追求的是肉体上的享乐,而孕育显然与这一目的相背离。正如笔者在第二章所提及的秀树对佯称怀孕的东子态度"豹变"(日语词,指突然改变)一样,婚外情中的男人是不希望女人怀孕的,因为这妨碍他们之间关系的基础"快乐同盟"。对安艺的这种态度,抄子最终似乎也默认了。其根本原因,还是离不开安艺的爱——性。

---

① 『うたかた』、『渡辺淳一全集』第 20 卷、角川書店、平成 8 年 12 月、18 頁。

② 同上书,第 25 页。

由此可见，渡边心目中的理想女性，是那种能够没有理由、不讲条件地拜倒在男人性爱之下的女性，简而言之，即是甘于做男人性工具的女性。安艺"最初为她的设计才能所吸引，进而为她那与年龄不符的洁癖而吃惊，他慢慢地想要破坏掉她的洁癖……他想揭开她的面纱，看看她那一本正经的面孔后潜藏着些什么"[1]，"抄子表面看上去很正派，实际上又楚楚动人，惹人怜爱。这种奇妙的组合，最能令男人'春心萌动'、满怀期待"[2]。在渡边的不同作品中，有多处描写女人向男人倾诉"我只能接受你一个人"之类的场面。女人在男人的开发下，性逐步成熟，从而排斥别的男人（自己的丈夫），这似乎是最让情人倾心的地方。这种男人以性征服女人的观点是由来已久的男权文化的产物。

抄子满足于安艺答应与她厮守在冬馆，但是未来怎样，她不想去考虑。她要的只是现在。不知道这一决定是一时的还是长久的。我们不禁要问，究竟是什么对她有如此巨大的吸引力，仅仅是作者反复描述的、两个人之间不断加深的性爱感觉吗？虽然小说是站在安艺这个男人的角度来看抄子这个女性的，但很明显，抄子并不是被动地受安艺的引诱，相反，在她的鼓励、暗示和诱惑下安艺才作出一些怪诞的举动。可以说两个人一路鼓励、相互搀扶着共同走向背离社会道德、为世人所不容的歧途。他们两个人的大胆和勇气让人敬佩。尤其是女人的积极配合与男人的优柔寡断、犹豫不决形成了明显的对比。男人的患得患失恰恰印证了人性中的自私和贪婪：他们既不能

---

[1] 『うたかた』、『渡辺淳一全集』第 20 卷、角川書店、平成 8 年 12 月、17 頁。

[2] 同上书，第 169 页。

舍弃违背世俗的恋情给他们带来的空前刺激，又不想承担任何有形无形的责任。女人很清楚这一点，但还是一步一步毫不犹豫地陷下去。在这里，没有功利，只有肉欲。在渡边看来，真正的爱情只存在于婚外恋当中。正常的夫妻随着日子一天天地平淡会慢慢地消磨爱情。在感情的世界里，轻易开始的往往是男人，而一旦深入其中就很难抽身离去的却是女人。但是，男人也有男人的困惑——在小说的结尾处，渡边写道：

> 充满阳光的一天，染红雪面的落日，覆盖大地的厚厚白雪，终将会像泡沫一样消失掉。随着时间自然地推移，两人在各自家庭中留下的爱憎、留恋与愤怒，也都将随着岁月的流逝渐渐退色。现在，在冬馆里相互依偎的安艺和抄子，也终有一天会从地球上消失。
>
> 细想起来，一切都如同泡沫般脆弱无常。
>
> 安艺看着射向雪面的那最后一抹残阳，对自己说，正因为人生的一切都如同泡沫般脆弱无常，才要尽情燃烧现在这一刻。[1]

虽然前途渺茫，但是他们看好的是现在两个人的厮守。可以说，《泡沫》的结局，比《一片雪》有了很大进步，而这种进步是通过女人的无数牺牲换来的。男人终于被女人默默奉献的精神和毅然决然的态度所打动，不得不脱离社会和家庭而与女人厮守。"正因为人生的一切都如同泡沫般脆弱无常，才要尽情燃烧现在这一刻"的态度，又有一种为了彻底灭亡而勇往

---

① 『うたかた』、『渡边淳一全集』第 20 卷、角川书店、平成 8 年 12 月、328—329 頁。

直前的果敢和决绝，但是在这种果断的背后，是否还隐藏着一种无奈？渡边曾在《从〈泡沫〉到〈失乐园〉作者采访录》中说："在这部作品中没有写充分的是什么呢？《泡沫》中的两个人不管今后会不会结婚都会在那里一起生活。一直在一起生活会发生什么问题呢？作为一种预感，我觉得，在他们相互间慢慢熟识、习惯并感到放心的同时，曾经那样燃烧过的激情也可能会渐渐淡漠下去。那样的话跟一般的恋爱结果不是就没什么两样了吗？因为有这种危机感，要想让他们热情不减，继续突飞猛进，就不得不去写性爱的深奥之处。换句话说就是把自己对前一部作品的不满意之处带到下一部作品中去改正"，"明确地讲，《泡沫》中所描述的爱情，再怎么写，在我的意识里还是有不可全信的部分"，"很遗憾的是，接下来就只有习以为常和堕落。《泡沫》的结尾是非常感人的。但是，当男人和女人走到一起之后，懒惰或者说倦怠就会悄然而至，燃烧着的热情也随之降温。也正因为如此，为了实现超越就必须有强而有力的性爱"。① 这里所说的强有力的性爱、性爱的深奥之处，就是《失乐园》中所描述的景象。

三　阿部定的升华

在长篇小说《失乐园》中，渡边淳一描写了一个为爱宁愿赴死的女性凛子。渡边说他写这部小说是受了"阿部定事件"（在第一章已有详细论述）的启发，所以凛子这一人物形象可以说是被列入"昭和史名人"的阿部定的升华。与霞、抄子相比，凛子对情爱的沉迷更胜一筹。凛子与久木在一次聚会中相识，在"今

----

① 渡边淳一：《〈泡沫〉译序》之《从〈泡沫〉到〈失乐园〉作者采访录》，芳子译，文化艺术出版社 2003 年版。

年"春天"正式发生关系"。而"现在"是 9 月，他们的性爱越来越融洽，渐渐进入高峰。在小说开篇，就是两个人的性事描写。凛子的一句"好可怕……"道出了她既幸福又恐惧的感觉。这与《一片雪》、《泡沫》从两个人相识之初开始叙述的方式不同，也确定了小说对性的叙述方式更大胆、更直接。

"她的长相称不上很漂亮，但身材苗条、娇小可人。就像一般已婚妇人，穿着时髦得体的套装……但是最吸引久木的，还是凛子在书法上的才华，她尤其擅长楷书。虽然只是短期的，她到文化中心来只教楷书。"① 凛子还是久木眼里的凛子，即女人还是男人眼中折射出来的女人，这一点与《一片雪》、《泡沫》相比毫无变化。变化的是，女主人公没有孩子，而且她的丈夫很优秀，属于所谓的"精英"一族。但是这样的男人却不能给女人幸福。谈到他的时候，凛子甚至是厌恶的语气，因为"他只喜欢工作"。至于丈夫是否觉察到两人的关系，似乎不在凛子的考虑范围。凛子坦白早已和丈夫没有性关系，因为她"总是拒绝"。凛子一方面为与久木的关系感到自责，有一种犯罪感——"我们做了这种事会下地狱的"②，一方面又深陷其中不能自拔。渡边恰到好处地在小说中评价说："连接男女的因素多种多样，其中肉体的连接能够匹敌精神纽带，或许还要更强。"③

在《失乐园》中有几处对男女主人公"罪恶意识"的描述，其中一处是凛子为其父亲守灵的当晚从家里跑出来到宾馆与久木幽会，事后感到后悔，害怕"遭天谴"。可见，《失乐

---

① 渡辺淳一：『失楽園・上』、講談社文庫、2007 年 3 月、19 頁。

② 同上书，第 48 页。

③ 同上书，第 244 页。

园》通过对死者不敬这一主题，把处在婚外恋中男女反社会、家庭，反伦理道德的一面提及出来。与此相呼应，小说中数次写到了性虐待的场面。受虐的一方，似乎理所当然地是女人。女人深陷在罪恶意识之中，想逃离诱惑却越陷越深，内心渴望自己被惩罚，所以她希望在受虐中获得异样快感的同时，也许更期待通过对自己身体的虐待来减轻罪责。殊不知这种虐待因为不是来自应该惩罚她的人，即她伤害过的人，所以只能在性快感上灵验，并不能驱走她心灵上的负罪感。

至于每年正月第一次与情人相会，即所谓的"姬之初"，四部作品中都有涉及，这似乎是渡边的喜好。在新年的气氛中，对面是穿着和服的美人，一边享受美食，一边谈樱花、梅花的话题，还时常在其中穿插和歌或者历史文化方面的旁征博引，气氛高雅浪漫，但是两个人期待的，却是饭后在宾馆房间里的另一份"盛宴"。再一次达到情爱的巅峰之后，凛子主动与久木约定：两人从此抛开世俗的一切干扰，痛痛快快地在一起。从此，"文静、矜持却淫荡"的凛子变得超乎寻常地主动，积极邀请久木见面。作为渲染气氛的和服、红色长衬裙等也如其他三部作品一样相继出现。矛盾的最高峰体现在凛子被丈夫强行拍了裸体照片、被母亲逐出家族之门和久木被凛子丈夫告发不得不辞职这两件事。通过这些事件两个人之间的关系越来越紧密，同时也离社会、家人越来越遥远。直至最后，性与死终于联系到一起。

渡边作品中的男主人公的共同点是：在情爱之初，引诱女子进入不伦之爱，在一步步发展到密不可分时，渐渐发觉"在道德的背后存活着的背德才是人生最高的享乐"[①]，在矛盾中挣

---

① 　渡辺淳一：『失楽園・下』、講談社文庫、2007 年 3 月、83 頁。

扎之后，理所当然地屈服于本身的欲望，在两个人的性爱追逐中，渐渐由主动攻击变为被动回应。不管怎么说，较之于霞、抄子，凛子是毅然而决绝地沉迷，虽然也有一时的动摇和后悔，但这都只不过是向男人讨要回报的一种方式。所以，渡边曾在多部作品中说过，女人是强有力的，是果敢和决绝的。

相对于霞与抄子，凛子对性的沉迷更加彻底、大胆而不顾一切。可以说，久木为她开启了性的快乐之门，引导她领略了性的无限愉悦；而她却为久木开启了通往地狱之门，引领他共赴性的巅峰——死亡的盛宴。可以说渡边眼中的理想女性就是能够抛开一切完全陶醉于性爱的女人，而能为性爱舍弃生命的凛子当之无愧地成为理想女性中的理想女性。

渡边之所以这么安排小说的结尾，除了受有岛武郎与波多野秋子故事的启发之外，还有前面提到的阿部定事件①的影响。而且可以说凛子的做法升华了阿部定事件——阿部定只是为了独占情人而杀死了他；凛子却决绝地与情人双双情死，这种境界和决心，岂是后来独自苟活于世的阿部定可比？

四　爱的殉葬品

《失乐园》问世 7 年之后，渡边在《爱的流放地》（2006）中，再次创造了理想女性入江冬香。相比于霞、抄子与凛子，冬香更富有牺牲精神，因为她甘当爱的殉葬品。

小说中，男主人公村尾菊治 55 岁，15 年前曾因小说《恋之墓碑》被称为恋爱小说旗手，现任大学兼职讲师。经由朋友

---

①　该事件发生在 1936 年 5 月 18 日。东京中野区小酒馆女招待阿部定与酒馆老板吉藏私通，并深陷爱欲之中不能自拔，为完全占有吉藏，她勒死了他之后割下了他的性器带在身边。后投案自首。

介绍，菊治认识了自称是他的崇拜者、住在京都的已婚女性冬香。冬香的内敛、文静强烈地吸引了菊治。两人有过关系后，菊治数次专程到京都与冬香在宾馆幽会。冬香的丈夫调到东京工作后，两约会的次数激增——每次都是冬香到菊治住处。菊治以自己与冬香的恋情为蓝本，创作了小说《虚无与热情》。在与出版社商量出版事宜时遭到了婉言拒绝。8月初，两人商定一起看焰火大会，当晚夜半冬香主动与菊治结合，进行中，冬香十分兴奋，与每次一样高喊："你杀了我吧！"菊治兴奋得与以往一样，手掐冬香脖子，不久发现冬香已经断气。

因为冬香被杀事件在社会上引起强烈反响，菊治的作品《虚无与热情》也重新受到出版社的关注，顺利出版而且很畅销。法庭开庭时，冬香的丈夫说妻子冬香是一个老实、柔顺的人，对三个孩子也很疼爱，是个好母亲。他不相信冬香会婚外恋，并怒吼道："我妻子是被这个男人骗了！"法庭最终判决菊治杀人罪，处以8年徒刑。在监狱中，菊治接到了酒吧女老板的来信，信中表达了对菊治的理解和同情：

> 我是以在另一个世界的冬香的代言人的身份给您写这封信……我想冬香也一定会对女检察官和审判长对性的无知而感到诧异和失望……我认为这次事件，是一对出色的男女，共同追寻爱与被爱的极致，最终达到了绝对之爱的理想境界……爱即性，性即死、即死神撒那特斯。正如死诞生艺术一样，因为死，人们才相爱。爱由死完成、升华，最终达到永恒……真正倾心相爱，则唯有死。冬香获得了幸福的最高极致，您帮她完满地实现了宿愿……八年徒刑是量刑过重了，不过那是冬香给予您的刑罚。您在监狱这八年是不会忘记冬香的。冬香也会永远活在您的心

中。冬香以死俘虏了您。您也的确是罪人。与您相识之
前，冬香岂止对性一无所知，她甚至讨厌性爱，认为那是
痛苦。是您使她疯狂，使她爱您爱得不能自己，全身像着
了火一样，燃烧至死而毫无遗憾。您是那个点燃火种，并
把这个难得的女人杀了的大恶人……我再说一次，冬香她
不想放您走，她爱您爱得发疯，不想把您交给任何人。所
以她才让您杀了她。也就是说您是被选定的杀人犯。所以
您被关押在拘留所、流放地。①

　　菊治读完女老板的信后深有感触，觉得她说得很有道
理——冬香是为了留住自己对她的爱，才恳求自己杀死了她，
自己即将在监狱服刑 8 年是为了延续两个人的爱。

　　与前三部作品相同，《爱的流放地》同样以男主人公的角
度叙事，冬香也是男主人公眼里的冬香。所以我们看到的是冬
香的外在表象，她的内心世界，通过两个人对话的只言片语很
难捕捉。按照作者的叙述，第一次见面之时，冬香的腼腆、内
敛、不谙世事与职业女性祥子形成鲜明对比，菊治被冬香深深
吸引。有些令人不解的是，冬香对菊治产生崇拜的诱因——
《恋之墓碑》是菊治 15 年前的作品，如果冬香是他忠实的"粉
丝"，就应该一直关注他才是。可是事实上，不论是冬香，还
是介绍他们认识的祥子，对目前菊治的处境——一直没有作品
发表，在创作方面，只是自由撰稿人——似乎很不了解。更让
人不解的是，第二次约会，就把自己奉献给了菊治的冬香，让
人无论如何也想象不出一个内敛谨慎、教养良好的家庭主妇的

---

　　①　渡边淳一：『愛の流刑地・下』、幻冬舍、2006 年 5 月第 1 刷、330—
333 頁。

影子。倒让人想起 1998 年夏，富士电视台热播的《神啊，请再给我一点时间》中，深田恭子扮演的那个女高中生对钢琴师的热情和不顾一切。但冬香毕竟是三十七八岁，有丈夫有孩子有家庭，一举一动都显示着良好修养的女性。若她是一个不甘寂寞、风骚的女人，则其对菊治的盲目与顺从也许更使人信服。如果日新月异的时代变迁，使人们的思想进一步开放，进一步向人性回归，使"人妻"也有勇气回味、体验高中生的热情与盲目的话，日本网页上那些对冬香角色的批评与不解，便是这种论调的反面证明。

也许渡边是为了向读者证明，性爱的力量可以战胜一切，可以改变一切，何况是人的品性。身为三个孩子的母亲，冬香每次与菊治见面，都是来去匆匆，两个人很少真正的精神交流。每次一到宾馆或菊治的住处，两人便急不可待地宽衣解带，甚至连水都来不及喝一口。与前三部作品相比，没有任何看起来很必要的矜持与含蓄，也少了以往的插花、和服、四季风物、旅途美景之类风花雪月的烘托，一切都是赤裸裸——由赤裸裸的对白和赤裸裸的身体混合起来的赤裸裸的欲望。每次完事之后，冬香马上离开，仿佛是上班下班一样尽职尽责。"菊治最满意的地方，就是冬香总是老实地接受菊治的要求，当告诉她想尝试这种姿势、体验那种喜悦时，她便能马上接受，而且自己也能随之感到兴奋，更可贵的是不论哪种体位，都能马上兴奋起来，达到高潮。"[①] 如果不读完小说，单看这一段叙述内容，很容易让人误解为，这可能是对一个风尘女子的描写。冬香的完美，也就在于这种"风尘性"：她能够没有任何条件、没有任何代价地接受男人，以男人对自己的调教、开

---

① 　渡辺淳一：『愛の流刑地・上』、幻冬舎、2006 年 5 月第 1 刷、250 頁。

发为乐，换句话说，她是渡边为菊治，进而也可以说是为已婚男人设计出来的彻彻底底心甘情愿的性奴。

这部作品，在性描写上更直白、更赤裸，也更具体。而且有很多让人难以想象的情节。在与冬香不能见面的日子，菊治曾经给冬香的手机发送十分暧昧的短信，完全可以说是猥亵信息："为了惩罚你让我苦等，我要一直一直吻你那里，即使你告饶，也不撒口"，"你也要把那锁紧点，不能让任何人碰"。①很显然，这是对女性的不尊重，很容易让人怀疑其对冬香是否是真情——他关注的与其说是女性本身，不如说是她身体的某个部位。对此，冬香不但不抗议，还与他一唱一和，没有任何不适之感。再有，菊治曾经与冬香通过电话做爱。这些都超出了正常的范围。我们在怀疑菊治对冬香的感情的同时，对冬香的教养也不能不咂舌。《爱的流放地》与劳伦斯的《查泰莱夫人的情人》有异曲同工之妙：都不约而同地把女人物化为男人的性工具。对男人来说，女人只不过是他们用性征服的对象，除了这个，什么也不是。他们要的不是与女人的情感而仅仅是她的身体，还有那种征服之时的痛快淋漓，征服之后的王者姿态。但是女人却乐在其中，而且绝对不觉醒不反抗，甚至在情事之中多次要求情人掐死自己。被情人杀死之后也要化作鬼魂，到拘留所、监狱去看望他，再次与他体验鱼水之欢——男人通过性，确实达到了征服女人的目的。作为性奴的女人，已经不需要头脑，更不需要什么判断能力，她越是沉迷就越顺从，越显得心甘情愿。

为了进一步解释、证实自己的"性爱至上"理论，渡边在

---

① 渡辺淳一：『愛の流刑地・上』，幻冬舎、2006 年 5 月第 1 刷、332—333 頁。

结尾处特意设定了酒吧女老板的那封信。信中反反复复强调的，"女人为了性爱的愉悦可以去死"、"爱的极致就是死亡"、"你是冬香选定的杀人犯"，等等，无疑是在为菊治（男人）开脱：冬香为了让菊治永远记住她，永远保持这种爱的激情，故意让菊治在特殊时候杀了自己——言外之意，真正的受害者不是冬香及其一家人，而是菊治，菊治是被预谋设定的杀人犯，而设定这个阴谋的就是被杀者冬香。

　　虽然女老板以自己的切身经历增加了叙述的可靠性和真实性，但是无论如何让人觉得这种解释有些牵强，难以理解。如果说"这不过是男人为了开脱罪名的无理狡辩"也不为过。男人错手杀了女人，还要说自己中了女人的预谋，这既是不平等也是不负责任的表现。根据小说的叙述，男人的监狱生活是宁愿为女人作出的牺牲，似乎男人的一切都是以女人为中心。虽然男人引诱了女人，但他们却不得不在女人不露声色地诱导下一步步走向深渊——虽然与《失乐园》的双双情死不同，《爱的流放地》仍然在重复着陷入爱情的女人之魔力的童话。让人不可理解的是，同样身为女人的酒吧老板，一点也没有想到冬香留下的三个孩子将怎样成长，作为母亲的冬香这样死去会在孩子们心中留下怎样的印记。

　　说来说去，女老板替菊治做的辩解也好，冬香的"你杀了我吧"的哀求也好，都是作家渡边创作出来的。他通过作品，反反复复重点说明的是，在男人的开发下懂得了性的愉悦的女人，可以为"性"舍弃一切：丈夫、孩子、家庭，直至生命，至于名誉、自尊等抽象的东西更不在话下。与霞、抄子、凛子相比，冬香沉迷得更彻底，因为她义无反顾地甘心做爱（性）的殉葬品。

小　结

　　本章通过《花葬》、《冬日焰火》，《化妆》、《樱花树下》，《一片雪》、《泡沫》、《失乐园》、《爱的流放地》等八部作品，探讨了渡边淳一文学中情爱与女性的关系。具体来说，本章论述了渡边淳一女性观的萌芽、发展、变化和形成的过程。其中后四部作品是本章论述的重点，因为它们代表了渡边女性观的形成，其中的四位女主人公代表了渡边文学中的理想女性。

　　这四部作品中的女性，由霞到抄子、到凛子、再到冬香，她们同为人妻，也同为情人。其结局从与自己的情人被迫分离；到商定好再也不回家，从此厮守；再到双双情死；最后到被情人杀死。女性对婚外情的投入是直线上升的无穷大，而越来越偏离原来的家庭轨道，越来越偏离社会道德的束缚，在到达感情顶峰的同时，也渐渐步入茫茫的虚无；或者前途未卜的迷茫与虚幻；或共赴人生的不归路；或者被错杀在情人的怀抱里……而男人的情感似乎没有什么太大的变化，对于女性的逐步变化，他们观望、窃喜的同时，又往往带着一层"生命不能承受之轻"的忧虑。相对于女性的逐步迷失，他们一直很清醒，甚至一直用一双冷静的眼睛，观望着被自己培植出来的因为逐步了解性爱的愉悦而渐渐成为自己俘虏的女性。就像渡边解释性事后男女的不同表现时所说的一样：女人往往要回味良久，才能慢慢地、极不情愿地返回到现实中来；而男人几乎在释放的同时，便感到它的空洞，甚至是类似死亡的虚无。

　　同时，由《一片雪》到《爱的流放地》，也是渡边探索两性关系的"实验作"。处于不伦关系中的男女，无论其过程多么绚烂辉煌、流光溢彩，性爱到达顶峰、精力不再、激情消退的时候，他们的结局是什么？像雪花一般虚无，如泡沫一般脆弱，随着快乐而来的罪恶感又使他们如乐园丧失般惶惑，沉迷于情欲的他们甚至做出触犯法律的乖张之举，令真爱被世俗的清规戒律所流放。虽然他们的激情一浪高过一浪，但是他们脚下之路，却越走越狭窄，直至穷途末路。那么问题只有一个，真爱是否存在？明明知道性的最高极致一定伴随分离、死亡，却还要飞蛾扑火，宁为玉碎、不为瓦全。这种价值取向似乎回答了这一问题——结果似乎并不重要，他们看重的是过程。它虽然决绝又崇高，但似乎不是现实中人们的选择。也正因为实际生活中的鲜有，才越发显得弥足珍贵，可望而不可即。

另外，以上四位女性的共同点在于对性的彻底沉迷，对于开发了自己身体的男人的无条件的崇拜和顺从。她们在性格上都属于温文尔雅、内敛矜持一类，在与男人结合之后，又毫无例外的变得淫荡狂野，为了性抛弃任何社会伦理道德，成为实实在在的被男人"物化"的性工具。她们常说："我除了你以外不能接受任何人"，言外之意，我只是你一个人的工具，我仅供你一个人使用，所以她们又都是"忠诚"的。男人通过对她们——精英妻子的征服，彻底地打败了精英们，这恐怕是渡边淳一通过作品要达到的另一个境界。

男人与女人之间，几乎没有什么精神交流，而且都是男人在第一次见面之后，目光就锁定了这个女性，在心理上，已经对她产生性企图。也就是说，女人吸引男人的不是内在的、精神层面上的东西，而仅仅是外表的、肉体层面上的美丽。这一点与中国的婚外恋小说不同，中国人喜欢说"给我一个爱你的理由"，或者"给你一个爱我的理由"，渡边仿佛在说"只要我们的性相合，其余什么理由都不称其为理由"。而且更神奇的是，通过性的高度融洽、融合，双方达到但愿共生死的境界。

从没有功利性这一点看，渡边的婚外恋小说似乎更纯洁一些，但是毫无功利、目的的纯粹肉欲结合，一切源于动物的本能，这应该说是人类的进步，还是后退？

尼采曾经说过：男性为自己创造了女性形象，而女性则模仿这个形象创造了自己。这个论断用在渡边的女性观以及他作品中的女性形象身上是再恰当不过的了：长期浸染在男权文化传统中的渡边淳一笔下的女性形象，总是带着男权社会背景下男性对女性的一种共同期待：她们大都外表举止优雅、肤色白皙，娇小可人；性格上温婉恭顺，内敛矜持，对婚外情彻底投入，富于牺牲精神。不论是《化妆》、《樱花树下》，还是《一片雪》、《泡沫》、《失乐园》、《爱的流放地》等作品，渡边在他的作品中反复强化着这些品质，其实也就是通过他掌握的话语权在反复诉说着他对女性的期待，并试图使他所有作品中的女性都具有这些品质——尤其是为男人无条件的彻底的牺牲精神，还有就是对性爱绝对的沉迷，于是他笔下的女性就有了这种固定的模式。如果说在《一片雪》中渡边还把女人的言谈举止是否高贵优雅作为理想女性的标准的话，到了《泡沫》之后，尤其是《失乐园》和《爱的流放地》，那则变得不是特别重要了。至于女人们内心需要什么，则不在他考虑的范围。

渡边通过作品反复地表达他内心深处对女性的期待。对异性抱有心理期待是"一种人类所共有的特性，本来并无对错之分"[①]，但渡边却使其作品中的女性把这种男人对女人的期待转化为女人自己约束自己的准则，她们把温柔顺从、甘心牺牲作为自己必备的素养，把被动的服从变为主动的奉献，完全丧失

---

① 梁巧娜：《性别意识与女性形象》，中央民族大学出版社2004年版，第100页。

自我，成为被男人物化的欲望工具。所以渡边笔下的女性都是男人眼中折射出来的女人，她们一般都不具备清晰的容貌，甚至没有脸部轮廓的明显特征，更没有眉眼唇齿等器官的具体描写。与其说她们是一个真实的人，不如说她们更是一个符号——男人的审美意识下创造的审美客体。

第五章

渡边淳一情爱文学与
日本文学

渡边淳一的情爱文学以艺术的表现手法表现了人类社会中人与人之间最重要的和最基本的关系——男女情感关系在现代社会中的新发展，也可以说，渡边淳一的情爱文学是文学永恒主题——爱情主题在现代文学中的一种新表现。渡边淳一的情爱文学以鲜明的特点诠释了日本现代文学对男女情爱及现代社会人与人之间关系主题的新理解，展现了日本现代文学爱情主题的新趋向。

第一节　渡边淳一情爱文学的
"大众文学"特征

渡边淳一的情爱文学具有比较鲜明的大众文学特征。日本文坛上对于文学作品的属性，有纯文学和大众文学之分。总体来说，渡边文学不属于纯文学，这已经是不争的事实。渡边淳一和一些作家一样，初涉文坛之时是以创作纯文学作品为目标的。1965年《死化妆》① 获得了新潮同人杂志奖，作为外科医生的渡边淳一开始在文坛崭露头角；1966年该作品被选为纯文学奖芥川奖候补作品；其后随着《雨雪交加》、《访问》被选为直木奖候补作品，他受到了诸如《小说新潮》、《大众读物》②等所谓"中间小说杂志"的关注。是坚持纯文学创作还是写中间小说？犹豫不定之时，伊藤整为他指明了道路："在你拘泥于纯文学还是大众文学的时候，你自己就会被大家遗忘的……作为作家，首先一定要出名。如果你有很多想写的东西，等你出了名、有了资本之后再写也不迟。现在最主要的是在有人找你写的时候就应该写下去，作为作家存活下去。"③ 1970年，《光和影》的获奖（直木奖）和传记小说《花葬》的出版、热销，进一步坚定了渡边淳一文学创作的信心，"心脏移植事件"④ 促使他下定决心弃医从文，作为专业作家从札幌来到东京，一直写到了今天。

　　伊藤整的话，道出了当时的文坛状况，渡边淳一对坚持纯文学写作还是顺水推舟倾向于大众文学的犹豫，也代表了当时一些新锐作家的心态。历史跨越到了2006年，渡边淳一在接受中国记者采访，被问到日本的所谓"中间文学"的评价对他

---

① 1965年11月，该作品获得第12届新潮同人杂志奖，是一部医学小说。

② 日语名"オール読物"。

③ 川西政明：『リラ冷え伝説　渡辺淳一の世界』、集英社、1994年3月第3刷、75—76頁。

④ 1968年，渡边淳一所在的札幌医科大学做了日本首例心脏移植手术，引起了社会的普遍关注。叫好声和质疑声同时响起。起初，对一些反对意见，渡边进行了驳斥，博得了主刀教授和田寿郎的好感。但是随着对心脏移植持有疑义的呼声不断传来，渡边也渐渐了解到移植中存在的种种问题。于是，发表文章阐明了自己的疑虑和反对性意见。这样与教授的关系迅速恶化，并遭到周围同事的白眼，已经不能继续在医科大学工作。在这个外力的推动下，1969年3月，渡边辞去了北海道立札幌医科大学讲师的职务，4月来到东京，开始了专业作家的生涯。

来说是一种妥协还是一种创新时，渡边回答："我完全不在乎
这样的评价，我也不承认这样的评价……实际上现在日本也不
再把纯文学和大众娱乐文学分得那么清楚。如果你还在纠缠这
种划分，那么你就好像是博物馆里的老古董。我从来没有考虑
过我的文学地位和作用，我只是写我自己的东西。"① 渡边淳一
回答中的自信，来源于他在当今文坛已经取得的地位，也表明
了岁月流转社会变迁之中纯文学与大众文学界限的模糊化。研
究渡边淳一文学的个性特点，有必要梳理一下当今日本文坛纯
文学与大众文学此消彼长的发展变化过程。

一　大众文学、中间小说以及纯文学的流变

日本近现代文学出现了所谓大众文学、中间小说和纯文学
的发展倾向。一般认为，1885 年坪内逍遥《小说神髓》的发
表标志着日本近代文学的开端。在这篇文章里，坪内逍遥提出
文学要写"人情"："小说主要应该描写人情，世态风俗次之。
所谓人情就是人的情欲，也就是所说的一百零八种烦恼。"同
一年，以尾崎红叶为中心的日本第一个文学结社砚友社诞生，
它强调文学的娱乐性，并创作了一些以戏作文学作为基本观念
的人情小说、风俗小说，这些小说是后来大众小说的原型。
"大众文学"这一用语第一次出现，是在博文馆发行的《讲谈
杂志》1924 年春季号上，在杂志的目录上方醒目地写着"看
啊，大众文学多么壮观！"② "大众文学"这一术语的出现，使
以前被划为"人情小说"、"风俗小说"一类的文学与历史小

---

①　康慨：《渡边淳一谈伦理观念与时代之变》，《中华读书报》第 8 版，2006
年 5 月 17 日。
②　日语原文为"見よ！大衆文学のこの偉観"。

说、时代小说一起，统称为大众文学。可见，与纯文学重视艺术性相对，大众文学是对那些重视娱乐性、商业性的文学的总称。它与"娱乐小说"、"大众小说"是同义词，也被称作"通俗文学"或"通俗小说"。关于日本的大众文学，加藤周一说："大众文学一般连载在日报或者杂志上。第一次世界大战后，报纸和大众杂志的发行量大增。从报纸的发行量来看，1904年是163万份，1924年达到了650万份。所以两次大战期间，是大众文学的全盛时期。因为当时还没有电视，小说因物美价廉而成为娱乐消费的首选。"①

"两次世界大战期间，是大众文学的全盛时期"——两次世界大战期间，也即20世纪二三十年代。日本的大众文学孕育在明治后期，之后稍有停滞，在20世纪20年代随着大众传媒的发达而逐步兴起。1923年发生的关东大地震，不但引起了日本政治、经济的混乱，也给日本社会带来了很多问题。苏联十月革命的胜利、马列主义在日本的传播，引起了政府的恐慌。大地震之后，他们以维护治安为借口，对工农运动进行残酷镇压，20年代初期兴起的早期无产阶级文学即工人文学也相应地遭到残酷镇压，一些左翼杂志，如《解放》、《播种人》等先后被迫停刊。整个日本处在白色恐怖笼罩之下。天灾加上人祸，使人们充满了消极绝望的情绪，他们对自己的生存状态感到不安，急需精神上的抚慰。而一直以来执文坛之牛耳、强调艺术性、以私小说写作为主的纯文学，因为脱离时代和社会生活，孤立地描写个人身边琐事和心理活动而与普通大众的精神需求相去甚远。这一切说明，无论从社会条件，还是从文学

---

① 加藤周一：『日本文学史序説・下』、ちくま学芸文庫、1999 年 4 月、474—475 頁。

条件来看，都要求当时的日本现代文学发生裂变，一种新文学的出现成为历史必然。

　　另外，大正时期宣传媒介的进步为大众文学的发展提供了有利的条件。从狭义上说，日本的大众文学诞生于 1924 年前后。由于出版业日新月异的发展，不但报纸的发行量大大增加，一些面向普通大众的杂志也应运而生，以讲谈社（1911年野间清治创办）为例，在当时就创办了《少年俱乐部》、《少女俱乐部》、《国王》、《现代》、《妇女俱乐部》、《幼年俱乐部》等多种杂志，以满足不同层次读者的需求。尤其是《国王》杂志的创刊和大众文学作家团体"21 日会"① 的成立，标志着大众文学真正走上历史舞台。《国王》杂志的创刊号卖出 77 万册，一年后发行量超过了 100 万册，被称为文化大众化和商品化的象征。这个超大型杂志以小说为中心，刊登了大量工薪阶层和妇女喜闻乐见的美谈、传奇、故事、实用知识和笑话等。1926 年菊池宽创办的《文艺春秋》变成综合性杂志，同年 12月改造社出版《现代日本文学全集》，1927 年《岩波文库》出版。这些廉价文学杂志和文学名著的发行，迎合了社会中间阶层的审美趣味和价值取向，又考虑到了他们的经济状况，因而获得了成功。

　　在这种情况下，一些纯文学作家也纷纷创作了不少通俗小说，如久米正雄的《萤草》（1918），菊池宽的《珍珠夫人》（1920）等。1920 年 1 月，介绍翻译海外侦探小说的杂志《新青年》创刊，江户川乱步发表了《二枚铜钱》、《心理测试》等作品，开拓了日本推理小说的先河，一些怪诞、幻想小说开始

---

　　①　1925 年作家白井乔二创建的大众文学作家团体。第二年出版了机关刊物《大众文艺》，并任主编，代表作《影立富士》，日语名『富士に立つ影』。

出现，《新青年》成为推理、怪诞、科幻小说的摇篮。

昭和年代以后，大众文学得到进一步发展。有代表性的大众文学作家，除了大佛次郎之外，还有菊池宽、吉川英治等。大佛次郎的小说是以文化程度较高的读者阶层为对象的。从1923年起，他为博文馆"袖珍文库"创作了系列作品《鞍马天狗》，1927年在《东京日日新闻》上连载《赤穗浪士》，获得了极大成功，坚定了他在大众文坛上不可动摇的地位。吉川英治是随着日本大众文学一起诞生、成长起来的作家。他把欧洲现代文学的技巧，运用于传奇小说的创作，产生了结构庞大、情节曲折的长篇小说。1926年在《大阪每日新闻》连载的《鸣门秘帖》，描绘剑术传奇故事，为自己赢得了广泛的读者。另外，直木三十五于1929年创作了时代小说《由比根元大杀记》，奠定了大众小说作家的地位，其代表作被认为是《南国太平记》。1934年直木三十五去世。1935年菊池宽为纪念他设立了"直木文学奖"，以奖励优秀的大众文学作品，进一步促进了大众文学的发展；同年还设立了纯文学奖项"芥川文学奖"——"这一年正是用这两个文学奖的形式划分了纯文学和大众文学的界限"。[①]

由于把迎合读者当作出发点，所以在日本法西斯日益猖獗之时，大众文学也出现了与军国主义遥相呼应的倾向。直木三十五曾在1932年发表《法西斯宣言》，并在报上连载长篇小说《日本的战栗》，公然支持法西斯。1937年侵华战争和1941年太平洋战争爆发后，大众文学的军国主义色彩日趋浓重，一部分作家充当军队报道员。这一时期，不利于军国主义国策的作

---

① 辻井乔：《日本文学的现状》，李锦琦译，原载《作家》2003年第1—2期。

品受到排斥，连推理小说也受到限制，大众文学的某些作家改写历史小说。

　　1935年，横光利一提出了"纯粹小说论"的观点，指出要想振兴文坛，达到"文艺复兴"的目的，只有创作那种"既属于纯文学又属于通俗小说的文学"，即应该同时具有纯文学的文艺性和通俗小说的大众性的文学，这就是最初的关于"中间小说"的思想。在战后的文学复兴期，继承了横光利一的理论并将它付诸实践的，是织田作之助、田村泰次郎、舟桥圣一等作家创作的风俗小说，这些风俗小说开辟了小说中间化、平均化乃至大众化的道路。[①] 大众传媒的普及和发展为小说带来了新的读者层。于是，1945年战败后复刊的文艺杂志，如《大众读物》，还有1947年创刊的《日本小说》和《小说新潮》等，向那些一直固守纯文学田园的作家们征集作品，并开始刊登他们创作的"半通俗的"风俗小说，这样，所谓的"中间小说杂志"产生了。这种倾向也影响到了报刊连载小说，石坂洋次、狮子文六创作的取材于战后风俗的幽默作品博得了大众的好评。纯文学作家参与大众文学创作的这种现象，一直持续到60年代中期，形成了第一批中间小说，大众传媒文学成为主流，给战后文坛带来了质的变化。

　　至于"中间小说"这个词语初次亮相，是在1947年大地书房创刊了文艺杂志《日本小说》，林房雄根据这一杂志的编辑方针，对它所登载的一批作品首先使用了"中间小说"一语。所谓"中间小说"，即处于纯文学与大众文学之间，同时具备纯文学的艺术性和通俗文学的大众性的文学。它应该一方

---

　　①　中村光夫：『文学の回帰』、筑摩書房1959年、尾崎秀樹：『大衆文学論』、勁草書房1965年。

面具有大众文学作品广泛的群众性、通俗性和良好的销路，另一方面又具有纯文学的艺术特征。《日本小说》创刊号的后记上登载了武田麟太郎的一段话，他认为小说艺术的通俗化道路是正确的，并应该付诸实践，他还认为，要把高高在上的"小说"从狭隘的实验室中解放出来，使它归大多数需要它的人所有。这就指出纯文学必然要走向"大众化"的道路，而大众文学必然走向"艺术化"的道路。①

随着大众文学的称呼被中间小说所取代，风俗小说以外的小说也加入进来。50 年代后半期，松本清张的社会推理小说出现，尾山季之、黑岩重吾、水上勉等人也都开拓了各自的创作体裁，开始创作中间小说。到了 60 年代后半期，社会状况较战前有很大不同，文学概念进一步扩大，产生了质的变化。第一次出现了以中间小说为阵地而活跃的作家们，如五木宽之、井上靖、野坂昭如等。中间小说的种类呈现出多样化的态势，迎来了第二批中间小说时代。到了 70 年代后半期，科幻小说、推理小说等成为娱乐消遣小说的主流，中间小说与纯文学的界限进一步模糊，文学大众化、中间化的问题更加复杂。

高速增长之后，日本经济从 70 年代中期开始转入稳定增长时期。日本文坛呈现以下特点：一方面，以私小说为主题的纯文学从 70 年代中期起陷入困境，作为纯文学最高奖项的芥川文学奖从 1976 年到 1986 年出现了 10 次空缺，这一方面反映了纯文学作品质量问题，另一方面也说明纯文学作品的不景气。另一方面，如上所述，"中间小说"这一创作形式的出现，使纯文学与大众文学的界限趋于模糊，各种文学形式异彩纷呈，令人目不暇接。除了原有的推理小说、风俗小说、历史小

---

① 转引自张玲《日本大众文学的发展与变迁》，《日本研究》1989 年第 1 期。

说、SF 小说继续存在之外，还产生了以工薪阶层为对象的"职员小说"，以社会经济为背景的经济小说、情报小说，以及模拟小说，等等，与纯文学的不景气形成了鲜明的对比。

　　高度工业化、商品化带来物质生活的空前丰富，同时也出现诸多社会问题。新中间层的形成、社会结构的变化、社会文化生活多元倾向等变化的因素，给文学从创作阶层到欣赏、阅读阶层，从创作题材到艺术形式等诸多方面带来了影响。一向难登大雅之堂的通俗文学纷纷登堂入室，文坛上出现了众多的流派。大众化的推理小说、犯罪小说、政治小说、科幻小说等通俗文学也花样翻新，长盛不衰，创造出惊人的发行量、销售量，成为极富渗透力的文化产品，在后工业文学的基点上，雅俗文学的交融成为特点。

　　进入七八十年代，随着人们知识水平的提高，文学市场化进程的加快，大众文学愈加注重思想性、艺术性的提高，而"纯文学"也努力适应更多读者的需求，大众文学与纯文学之间的界限越来越模糊，双方相互靠拢，中间化成为一种必然。至今，日本文坛甚至分不出两者之间的界限。以 119 届（1998）芥川奖为例，私小说作家车谷长吉获得了直木奖，而被看作是大众文学作家的花村万月（《锗之夜》）、以冷酷文学著称的藤泽周（《布宜诺斯艾利斯午夜零时》）获得了芥川奖，引起了文坛对大众文学与纯文学界限之模糊的再次深思。

　　正是在这种纯文学与大众文学界限日渐模糊趋势下，被称为"中间小说"的渡边淳一文学从 60 年代后半期在文坛亮相，70 年代得到认可，80 年代地位得到巩固和确立，90 年代末随着其代表作《失乐园》引起文坛轰动而空前畅销，日本社会出现"失乐园"现象，渡边赢得"情爱大师"的美名，他的作品也同时被译成多国文字，在中国更是读者甚众。21 世纪已经过去十年，70 多岁的渡边仍然笔耕不辍，接连创作了随笔《男人这东西》，小说《那又怎么样》、《爱的流放地》、《紫阳花日记》，随笔《钝感力》等，而且中文版译本几乎与日语原版同步被介绍到中国。下面就让我们看一看现代文坛背景下渡边淳一文学的历程。

二　渡边淳一的文学历程

渡边淳一的小说分为医学小说、传记小说和情爱小说——包括描写青年男女恋爱的恋爱小说和中年男女不伦之恋的"男女小说"。从创作变化上看，渡边淳一经历了由纯文学到中间小说再到大众文学的转变过程。

刚刚踏上文坛的渡边淳一，是以纯文题材为自己的创作方向，以芥川奖为奋斗目标的。他充分发挥了外科医生的经验和经历，写了很多医学小说，例如曾经获得新潮文学奖和芥川奖候补的《死化妆》（1965）、《脑死人》（1968）、《小说心脏移植》（1969）、《无影灯》（1972）等。之后开始写传记文学，以医学为背景的传记小说《光和影》（1970）、《花葬》（1970）和后来的《遥远的落日》（1979）都是这一时期的作品。其中，《光和影》获得了直木奖，《遥远的落日》获得了吉川英治文学奖（1980），而《花葬》也好评如潮并一度畅销。连续获奖和热卖使渡边淳一在文坛的地位渐渐稳固下来。20 世纪 60 年代后期开始，《小说新潮》、《大众读物》等中间小说杂志向他约稿。这让一直坚持纯文学写作的渡边感到犹豫，伊藤整的劝说为他走上中间小说创作的道路推波助澜。他开始创作了一些以青年男女恋爱为题材的小说。

这一时期的恋爱小说主要以短篇为主。2006 年 4 月，朝日新闻社出版了《渡边淳一自选短篇集》，共五卷，第三卷、第四卷为恋爱小说。其中的某些作品成为以后长篇小说的缩影。比如通过《恋寝》（1976.2）可以看出《雁来红》（1975.9－1976.9）的痕迹；而《香袋》（1979.2）则可以让人想起《一片雪》（1981.3－1982.5）；《春怨》（1987.5）可以联想到《樱花树下》（1987.5－1988.4）。另外，有些作品还可以看出一些作家对渡边淳一的影响，比如《拇指反翘女佛》与谷崎润一郎的长篇小说《钥匙》有相似之处。

这些短篇小说，还可以看出渡边情爱文学关注的焦点和其对情爱的独特理解。渡边是一个很善于自我剖析的作家，为了写出真情实感，他以一个外科医生冷静而严厉的目光，不惜对自己的灵魂开刀：短篇小说《玻璃的结晶》（1970.10）、《开往巴黎的最后航班》（1972.3）、《恋离》（1976.7）、《传闻如风》（1983.11）可以称为一个系列，是取材于渡边自身的恋爱故事——任外科医生期间与美丽开朗的女护士热烈相爱，虽然女护士很希望和他结婚，但由于母亲的压力和自己的自私心理，渡边淳一终于抛弃了女护士，与相亲的女人结了婚。《传闻如风》叙述了男主人公高村回到阔别十五年的家乡札幌，听到了原来恋人祥子的一些情况。当年高村被祥子吸引是因为其姣好的外表、开朗的性格和对自己一心一意的态度。两人之所以没有结婚，是因为高村最后选择了相亲对象而放弃了祥子。这给祥子打击很大，为了挽回局面，祥子曾经找到高村的主任教授、相亲对象及高村的父亲诉苦，使高村面子丧失殆尽，这也成了高村离开大学医院的原因之一。当知道一切都归于徒劳之后，祥子离开了大学医院到了仙台，结婚后到了东京，但是一直没有与高村联系。而现实中，渡边在结婚之前曾经与同医院的护士"和子"交往甚密。上述短篇小说中女主人公的故事——无论是律子堕胎，还是靖子到国外生活，还有祥子为挽救两人感情的大胆决绝的努力，都可以在与"和子"交往的历史中找到痕迹。

渡边淳一在《自选短篇集》第四卷《恋爱小说2》后附的《自注随笔》中写道：

> 描述自己的体验，无异于把自己丑陋的一面抖落出来让大家看。这关系到自己能否泰然处之，换句话说，即是否有勇气毫不介意地展现自己的阴暗面。
>
> 当然，如果下决心这么做的话，势必会伤害家里以及身边的人，也会伤害到自己。"尽管如此也要写下去"，如果没有这种死乞白赖的表现欲望和利己心理，则难以坚持不断地写恋爱小说。
>
> 不知道是幸还是不幸，我就是一直这样任性地坚持写下来的。①

这是渡边的心声。可以说，在暴露男人的自私心理和个人隐私方面，渡边一直是冷静而无情的。这时，他不但是一个探索人性弱点的作家，同时也是一个向自己灵魂开刀的外科医生。

渡边淳一描写单身青年男女恋爱的长篇小说很少，比较有名的是《无影灯》和《魂断阿寒》。《无影灯》1971年1月至12月在《每日新闻周刊》上连载；《魂断阿寒》1971年7月至1972年12月发表在《妇人公论》上。可以看出，两部作品的连载时间有交叉。它们的共同特点除了都是描写单身男女恋爱

---

① 『恋愛小説Ⅱ』、『渡辺淳一自選コレクション』第4卷、朝日新聞社、2006年、347页。

以外，还描写了对爱情的不忠——不同的是，《无影灯》是虚构的，描写的是男人的不忠实，而《魂断阿寒》是现实生活的提炼，是女人对男人的背叛。

《无影灯》中相对于男主人公直江来说，渡边淳一对女主人公伦子这个人物着墨不是很多，作为女主人公显得并不是那么饱满。在工作上，她尽职尽责，事事都听从于医师直江，维护直江立场。在爱情上，她完全迷失自己，直江的喜怒哀乐就是她的喜怒哀乐，直江的七情六欲就是她的七情六欲。她知道的只是爱直江，无私地把自己的感情奉献给直江，甚至不去想直江是否真的爱自己、是否值得自己去爱。尽管从来没有从直江处得到过任何爱的暗示、任何承诺，每当主动接近直江时，总是被他冷冰冰地推开，但是伦子对直江的爱却从来没有动摇过。她从来没有奢望直江爱她、珍视她。她明明知道直江只把她当作一个随便玩玩的对象，却能够无怨无悔、义无反顾地为他倾其所有。

这种女人对男人毫无条件的爱恋，或许正是任性的男人所希望和渴求的，也在某种程度上代表了20世纪六七十年代男人的择偶标准。伦子是一个无可挑剔的恋人：每次到直江住处，伦子总是主动打扫房间、清洗餐具；在发现其他女人的发夹、耳环，接到女人打给直江的电话之后，虽然掌握直江与其他女人交往的证据，但她从来都是默默忍受，对于直江的懒于解释保持缄默；从未奢望与直江结婚，却决心生下自己与直江的孩子——这一切在一般的恋人之间是难以想象的——她从开始就默认了这种一边倒的关系。

不但如此，伦子还是一位具有母性光辉的女人：当得知石藏老人将不久于人世时，曾经拒绝过他的强行猥亵的伦子，主动为他带去最后的幸福——用手帮助他自慰，这种做法简直令人难以想象，因而使读者难以接受。它很容易使人联想起伊恩·布鲁玛的一段论述：

　　一套由著名漫画家上村一雄创作的连环画十分流行。这套书最初发表于 1977 年，但画中的故事发生在 50 年代初期东京的一家妓院里……主人公幸子，是一个可爱的充满母性的妓女……她在美军占领期间被一个高大粗野的美国士兵强奸过；这个陈规几乎成了主人公必备的勇敢精神的标志……女主人公一开始便赢得了读者的深切同情……幸子是一个好女人……她廉价接待留学生，甚至为他们洗脏衣服……一天，有位学生进屋来向幸子打听一位……妓院鸨母。幸子……告诉了他有关这女人的一切。他变得越来越激动……叫出："是她！是她！十五年了，我终于找到了她，母亲！母亲！"……但他的母亲拒绝承认他，要他立即离开……幸子救了那位学生。她将他带进自己的屋里，并以和蔼母亲的声音低低地说："我将做你的母亲，我活着就是为了这个。"……故事以一个特写画面结束，他那酣睡的脸埋在幸子的怀中，幸子深思着：今晚，那位老妇人的儿子进入了我的身体，现在他熟睡了，看上去这么安详。在那个时刻我也幸福；也许有一天我也将成为母亲……①

　　伦子在这里的角色不再是护士，而是母亲——帮助石藏老人幸福地走完人生最后旅程的石藏老人的母亲。

---

　　① 伊恩·布鲁玛：《日本文化中的性角色》，张晓凌等译，光明日报出版社 1989 年版，第 110—112 页。

所以，如果说霞、抄子、凛子和冬香是渡边淳一中年男女
情爱小说——即不伦之爱中的理想女性，那么完全可以说伦子
是青年男女恋爱小说中的理想女性——这个女性具有 60 年代
末 70 年代初女性的烙印，她们把向心爱的男人奉献自己当作
唯一的幸福目标。根据日本厚生劳动省情报部的人口动态统
计，20 世纪 60 年代至 70 年代中期日本女性初婚年龄平均为
24 岁左右。而总理府《关于妇女的意识调查》（1972）显示，
当时有约 40％的女人认为"女性的幸福就是结婚，所以还是结
婚的好"。那个年代的女性，虽然有一部分人开始走上社会，
参加工作，但是她们一般都在结婚之后辞去工作，做专职家庭
主妇，生儿育女，相夫教子。她们对家务的"职业精神"是大
家公认的："60 年代的日本妇女……丈夫上班以后，她们打扫
卫生、洗好熨平衣服，然后打开电视机，但不是看'肥皂剧'，
而是看如何照料孩子的专题节目。她们很喜欢读书，尤其爱看
烹调知识，丈夫晚上喝完酒回家，她们早已经放好了洗澡水，
洁癖一样爱干净的她们，对丈夫的一身烟酒味毫无怨言。"①

渡边淳一关于中年男女不伦情爱的创作始于 20 世纪 80 年
代初。文坛地位的巩固，进一步增强了他文学创作的信心。从
45 岁（1979）左右开始，渡边觉悟到应该脱离自己擅长的医
学小说和历史小说，而创作一些虚构的作品。他认为"想象力
枯竭的作家才会只写历史题材"，"谷崎润一郎和川端康成都只
写虚构的东西。川端在战争期间也只写男女题材的小说，我对
他这种执著的精神很有同感"。② 这样他创作了以京都为舞台的

---

① 李培林：《重新崛起的日本》，中信出版社 2005 年版，第 59 页。
② 渡辺淳一：「私のなかの歴史 愛と生を書き続けて⑲」、北海道新聞（夕刊）、2005 年 8 月 26 日。

恋爱小说《化妆》，在《朝日新闻周刊》上连载（1979—1981）。这部作品除了关西方言之外，还有很多京都风土人情的描写，因而被评价为"继承了日本传统美的现代作品"。① 这并不是渡边淳一的第一部"不伦"文学，早在 1971 年他创作的《丁香清冷之城》和后来的《秋残》（1974，以京都为舞台）、《深夜起航》（1976）等，都是渡边淳一"男女小说"创作的尝试。不过，《化妆》是以"女性的视角描写女性主人公"② 的作品。另外，这些作品虽然都是"婚外恋"题材，但是几乎没有什么性描写。

　　渡边淳一 46 岁（1980）的时候，文艺春秋出版了渡边淳一作品集 23 卷（1981 年完成），这对他的创作生涯来说，无疑是一件振奋人心的大事。他决定："下一个目标不仅是短篇，一定要写一部长篇，而且是能够引起大家谈论的、畅销的长篇。"③ 对他来说创作医学小说和传记小说驾轻就熟，但它们轰动性不强。曾经是外科医生的渡边想到了肉体、性爱。他认为"因肉体原因而引发精神变化的例子举不胜举，但是精神因素引发的肉体变化却少之又少，男女之间的差别无外乎是肉体的差别，肉体快乐的有无和程度的深浅可以改变爱的形式"。④ 于是，《一片雪》（连载在《每日新闻》朝刊上）诞生了。"我想起了京都的春雪，春天的雪结晶很大，它们映着阳光像银杏叶

　　① 参见后附《渡边淳一年谱》。
　　② 渡边淳一：「私のなかの歴史 愛と生を書き続けて⑲」、北海道新闻（夕刊）、2005 年 8 月 26 日。
　　③ 同上。
　　④ 渡边淳一：「私のなかの歴史愛と生を書き続けて⑳」、北海道新闻（夕刊）、2005 年 8 月 29 日。

一样片片飘落，淡淡地消失"①——渡边淳一在谈起《一片雪》
的创作时如是说。这也是他所理解的男女之爱：热烈的情爱往
往伴着激情的渐行渐远和虚无的不期而至，它的命运就像春雪
终将会慢慢融化消失。该作品果然引起了很大争议：有人甚至
给他寄去剃须刀，"你从一大早就散布淫荡气息，快去死吧！"②
相反也有很多人对它赞不绝口——这就是渡边所期待的轰动效
应。唯美的笔触、感伤的情怀、惬意的海外旅行、身着和服的
美丽女子，再加上前所未有的多处性爱场面描写，共同构成了
这场轰动效应的要素。不管赞美也好还是谩骂也好，渡边淳一
以这种写法赢得了文坛和传媒前所未有的关注，《一片雪》先
后被改编成了电影和电视剧。由此，"雪花族"这个新词出现，
引发了社会现象。可以说，《一片雪》这部被评价为开拓了新
的"情痴文学"领域的作品，标志着渡边淳一情爱文学创作达
到了一个新的阶段。

　　50多岁（1984）之后，时常光顾银座酒吧的他突然感到
一阵空虚，"男人究竟为什么这么玩乐呢？"③这缕虚无感的产
物，就是登上了年度畅销榜榜首的《化身》（1986）——它是
谷崎润一郎《痴人之爱》的现代社会版，描写了男人一厢情愿
地以自己的方式培养"理想女性"的梦想破灭的过程。与《一
片雪》相比，《化身》侧重的是男人对女人的培养过程和女人
的蜕变过程，不过两部作品阐释的主题都是爱的徒劳和虚无。
之后的作品，无论是《泡沫》（1990）、《失乐园》（1997）还是

---

　　①　渡辺淳一：「私のなかの歴史愛と生を書き続けて⑳」、北海道新聞（夕
刊）、2005 年 8 月 29 日。
　　②　同上。
　　③　渡辺淳一：「私のなかの歴史愛と生を書き続けて㉑」、北海道新聞（夕
刊）、2005 年 8 月 30 日。

《爱的流放地》（2006），渡边反反复复地通过作品浓墨重彩地描写情爱的愉悦和虚无。不过在后两部作品中，加入了死亡作为爱的"巅峰"和"极致"的佐证，阐述"性即是死"的情爱理念，反映了他对理想情爱的矛盾态度：现世不存在天长地久，所以要不断地追求，而不断追求的结果，就是走向空虚或寂灭。

从 20 世纪 80 年代后期以来，渡边的情爱文学，开始关注婚姻内部夫妻之间的关系，作品中的男女主人公不再是不伦之恋中的情侣，而是共同度过十几年婚姻生活的夫妻——双方都拥有婚外情人，彼此心知肚明却不分手，《为何不分手》（1987）和《紫阳花日记》（2007）都是这种题材。另外，《那又怎么样》（2003）是已经步入古稀之年的渡边淳一描写老年人情爱生活的作品。

就这样，外科医生出身的渡边淳一以纯文学写作为目标踏上文坛，初期作品主要是医学小说，然后是传记小说。在多次获得大众文学奖项和被中间文学杂志约稿、被文坛认可之后，他不再拘泥于纯文学，而开始情爱题材的创作并获得了空前的成功，从而巩固并确立了在文坛的地位。不能否认的是，渡边是一位颇有争议的作家，每当新作出现之时，谩骂之声和赞叹之声常常一起出现，体现了他的情爱文学的"独特魅力"。那么，我们不禁要问：渡边淳一情爱文学的个性特点是什么呢？

三　渡边淳一文学的个性特点

渡边淳一情爱文学的个性特点在于独特的视角，以对话推进故事情节、展现人物性格的巧妙叙事和日本传统美的风格。

首先，渡边淳一的情爱文学具有独特的视角，那就是从"已婚男女"的角度来表现现代社会中的人与人之间的关系。

渡边淳一的情爱作品最终锁定的是中年已婚男女的婚外恋情，这在日本近代文学，尤其是"纯文学"的历史上是为数不多的。之所以为数不多，是因为它受了"恋爱是神圣的"这一观念的影响。明治20年左右，文学知识阶层形成一种共识："恋爱是神圣的"。这是夏目漱石的名作《心》中的台词。在《心》中"先生"说："恋爱是罪恶的，同时又是神圣的。"虽然漱石先生并没有进一步阐释为什么恋爱是罪恶，又为什么是神圣的，不过从那时候开始，"恋爱是神圣的"思想一直占据着文坛，像《包法利夫人》、《安娜·卡列尼娜》中所描写的已婚男女的通奸等主题，一直是日本纯文学所缺乏的，直到大冈升平的《武藏野夫人》（1950）才开了禁。[①] 它的问世与美军占领之后1947年通奸罪的废止不无关系。这之后，描写婚外情的作家不断增多，例如丹羽文雄（1904—2005）、舟桥圣一（1904—1976）、濑户内晴美（1922—）、立原正秋（1926—1980），等等。

渡边作品中的"已婚男女"，男子大多50岁上下，有一定的社会地位和金钱，在回顾自己忙忙碌碌的大半生时觉得在感情方面有些遗憾——他们希望在余生中来一次轰轰烈烈的恋爱；女子一般35岁上下，做一些艺术方面的兼职工作或是家庭主妇，她们往往对一天老似一天的容颜感到留恋无比，渴望彻彻底底地投入一次感情。所以不论是男性还是女性，一旦陷入婚外恋都表现得很贪婪。

"已婚男女"这个独特视角的确定，使渡边淳一的作品不但描写了恋爱的神圣，而且描写了恋爱的罪恶。但这种罪恶意

---

① 秋山駿：「『現代性』の音調を叩く」、『渡辺淳一全集第12巻・ひとひらの雪』、角川書店、平成8年、501頁。

识的描写并不是通过义正词严的道德说教，也不是通过带倾向性的旁白或议论实现的，而是在绵密紧凑、绝不拖泥带水的叙事中有条不紊，一步一步地展开情节，言及主人公自责、反省的部分只是一带而过。他擅长用自然环境的变化来表现沉浸在背德之恋中的男女对诸如报应、天谴之类的恐惧，如欢爱之时的突然雷鸣、浪漫旅途中突遇大雪；或者用噩梦等暗示主人公复杂矛盾的内心世界，体现他们内心理性与情欲、灵与肉的恶战苦斗。已婚男女的恋爱，因为背离了传统道德伦理，背叛了家庭的信任而以罪恶的形式呈现出来，但渡边笔下的这种恋爱又是纯粹出于人类原始的情欲本能，没有丝毫的功利目的，是为了爱而爱，因而又呈现出一种纯粹的、神圣的审美状态。所以他在作品中，描写爱的欢愉的同时，也描写爱的痛苦、虚无和孤独，因而具有真实的、逼近人类灵魂的、实实在在的审美特征。

　　是渡边文学的又一特征。正是因为婚外情的独特视角，决定了渡边作品中的男女主人公并不是完美的形象——他们的不完美也正体现了人性的真实，从而也使作品更贴近现实生活。他作品中的男主人公，有的事业上遭受挫折（例如《失乐园》里的久木、《爱的流放地》中的菊治），有的性格上有缺陷（例如《一片雪》中的伊织、《泡沫》中的安艺、《化身》中的秋叶）——他们自私狡猾、不负责任、患得患失、优柔寡断，有时甚至用情不专。他们常有的心理动作是"我是爱你的，但是并不是因此就要和你结婚"。女主人公则往往是外表谦恭美丽、穿着得体大方、举止温文尔雅的传统美人，但她们的内心却是躁动不安、蕴藏着骇人的能量，偶尔作出大胆决绝的举动，即她们的外表与内心是相互矛盾、不协调不统一的，是有许多侧面的。

其次，常常以对话的形式来展开矛盾，借以推进故事情节，勾勒描摹鲜明、复杂的人物形象，长篇小说《樱花树下》很好地体现了这一特点。从这部作品中，我们可以看到沉浸在情爱世界里的男人的贪婪自私与女人的疯狂可怕。这是母女二人与同一个男人之间的恋爱故事——主人公是菊乃、凉子母女与出版社社长游佐。经营料理店的菊乃外表高贵、坚强，内心却极度软弱、执拗，渴望真爱；大学生凉子外表清纯天真，内心却因与母亲的情人偷情而变得狂野残酷，非常可怕。而周游于母女之间的游佐则将人性中的寡廉鲜耻、自私贪婪演绎得淋漓尽致。

其中"立春"、"花明"两章是小说高潮到结尾的过渡部分。它讲述了菊乃发觉凉子与游佐关系暧昧之后，想方设法百般试探，而凉子也毫不退让甚至怀了游佐的孩子。游佐在母女之间左右为难，虽然下不了决心与凉子分手，在菊乃面前却装出一副若无其事、清白无辜的样子。从创作手法上看，这两章是通过凉子、菊乃与游佐的对话来展开故事情节的。凉子与游佐的会面，目的是阻止游佐与马上就要到东京的菊乃见面，而游佐的目的则是让已经证实了怀孕的凉子堕胎。菊乃与游佐的会面，表面上是还钱，实则为了进一步证实他与女儿的关系。母女二人与游佐的谈话各有特点，体现了她们一老一少性格上一阴一阳的明显区别。① 菊乃与游佐见面后，接连不断不露声色地旁敲侧击，游佐则是慌慌张张地闪烁其词，与游佐、凉子二人直截了当、干脆利落的对话形成鲜明的对比，这些对话使人物形象跃然纸上，性格也非常饱满。虽然母亲与女儿没有同

---

① 渡边淳一：『桜の樹の下で・下』、新潮文庫、平成 16 年 5 月第 10 刷、239—264 頁。

时出现，但她们之间的暗中较量，通过对话表现得淋漓尽致。
凉子与菊乃不再是母女关系而变成情敌关系。她知道母亲与
游佐的旧情——与菊乃相比是在明处，又自信已经俘虏了游
佐的心，对游佐的三心二意心怀不满的同时又执著于这份感
情，所以说话果敢率直，完全是情人的口吻。菊乃虽然已经
察觉到游佐和凉子有了私情，但毕竟没有真凭实据，所以不
便挑明，但是此次到东京的目的就是为了确认这件事，所以
利用一切话头反复试探，表面上深沉含蓄隐而不露，实则内
心凄苦无比。

　　作家没有对母女二人心理活动进行分析，也没有对她们其
中任何一方进行评价，只是通过紧凑而逻辑清晰的对话，把女
儿的步步紧逼、誓死捍卫、寸步不让与母亲的外强中干、费尽
心机却有苦难言表现得活灵活现，让读者有身临其境的感觉。
而游佐的自私与尴尬也通过对凉子的催促（让凉子趁菊乃到达
东京之前去医院堕胎）和对菊乃多次询问的沉默而表现得恰到
好处。

　　这种靠对话推进故事情节、刻画人物形象的手法看似简
单，实则体现了作家非凡的驾驭文章的能力。渡边的其他作
品，如第一章第三节中我们提到的长篇小说《秋残》，也有几
段非常精彩的对话。尤其是阿久津在情人迪子的恳求下，带着
妻子、女儿，妻弟圭次，以给圭次介绍对象（迪子）的名义开
车到琵琶湖旅行那一段。迪子为了试探阿久津对自己的感情，
与阿久津妻子展开了一场意味深长的对话。她伶牙俐齿，步步
紧逼；阿久津妻子对二人的关系似有觉察，但却以守为攻，应
答得体并伺机反击。阿久津则左右为难局促不安。还有在第四
章第一节提到的《冬日焰火》中，富美子与医院护士长之间的
对话，等等。可以说，靠环环相扣的对话展开矛盾、推进故事

情节，深化人物形象是渡边淳一文学常用的手法，也构成了渡边文学的个性特点。

再次，渡边淳一情爱文学总是喜欢营造一种具有典型日本传统美的环境氛围，他不厌其烦地描述着日本传统审美意识里的各种审美要素，并把它们巧妙地糅合在一起，作品中往往渗透着日本的传统气息，这使得渡边淳一的作品在日本现代文学当中显得独树一帜。这也是外国读者，特别是中国读者喜欢渡边作品的主要原因。

京都被认为是日本传统美的原点，川端康成、谷崎润一郎都创作了一些以京都为舞台的作品。渡边情爱文学被称为继承了川端康成与谷崎润一郎的审美传统和理念，这一方面是因为他的作品常常飘荡着川端康成式的虚无感伤气氛和谷崎润一郎式的官能颓废之美，另一方面是因为他也模仿二位大家——尤其是谷崎润一郎，创作了很多以京都为舞台的小说（日语称为"京都物"），如《秋残》、《化妆》、《樱花树下》等。据说渡边为了写好以京都为舞台的小说，增加作品的真实性，曾经专门请人教导和服的专门知识，学习京都方言。至于到京都的高级饭店体验艺妓、京都美食等更是必修的功课。[①] 他的作品关于京都风土人情的描写很多，比如在《化妆》的"初虹之章"中，作者通过女主人公里子的视角，把京都祇园町和东京新桥的游乐场所，从对艺妓的称呼到寒暄顺序的先后；从服装的花色到高级饭店（日语称"料亭"）舞伎、艺妓的有无等都作了详尽的比较。[②] 而且他对京都料理和艺妓习俗（比如，舞伎在

---

① 三木章：『作品を彩る日本の四季』。横山征宏編集：『渡辺淳一の世界』収録、集英社，1998 年、90 頁。

② 参見『渡辺淳一全集第 10 卷・化粧』、角川書店、平成 7 年 10 月初版、108—109 頁。

正月的不同日子穿不同的和服，发型也要不同，就连发簪上没有点眼睛的鸽子都有特定的含义）的了解还常常贯穿于作品当中。

　　不仅仅是游乐场所，他还关注京都人的生活习俗。《化妆》中，渡边特意设计了里子家——连续几代一直居住在京都，里子母亲还经营着高级饭店——过新年时的食谱，"盘中装蛤蜊汤的木碗上是**梅花**（黑体为引用者加，以下同），盛着干青鱼子和沙丁鱼的碟子上是**松枝**，装醋鱼丝的小钵上是竹子图案，合起来刚好是一幅松竹梅图，多层方套盒四周则是金色和朱红色的泥金画"。① 这么细致的描绘，一方面体现出了新年喜庆的气氛，更主要的是介绍京都富裕家庭迎接新年的奢华。分别带着松、竹、梅图案的餐具既高档考究又与季节相称，暗示了里子家不同一般的富裕家境。而"干青鱼子"等象征多子多福的新年特定食品，又暗示了母亲希望里子夫妇早生贵子的心情，与后来里子"出轨"后生了外人的孩子形成强烈的讽刺。

　　除了"京都物"之外，《泡沫》中渡边借着安艺和抄子的京都之旅，把京都的名胜古迹、历史、文化、美食、和歌写得面面俱到，在某种程度上完全可以称为"京都导游手册"。

　　另外，渡边淳一文学中还常常出现和歌、俳句、樱花、和服等构成日本传统美的要素，借以渲染或感伤虚无或庄重华美的情爱气氛。

　　渡边常常用和歌中的句子或季语作为作品章节的标题，或者直接在章节中引用和歌来渲染气氛。我们再以《樱花树下》为例，在菊乃要来东京之时，渡边用了季语"春疾風（はるは

① 『渡辺淳一全集第 10 巻・化粧』、角川書店、平成 7 年 10 月初版、252 頁。

やて)"、"春一番"(指立春后第一次刮的大风)① 等。并且在与菊乃饭后一起观赏夜樱时,渡边用了"胧月夜(おぼろづきよ)"和"花明(はなあかり)"等俳句的季节用语。不但在文章当中,在作品章节命名的时候,渡边也常常使用和歌或俳句里的用语,比如《樱花树下》最后一章的"静心无(しずごころなく)"就是来自《古今和歌集》纪友则的和歌"ひさかたの 光のどけき 春の日に 静心なく 花の散るらむ(恋恋春光暖 我心惆悠然 花期未满匆匆落 再见是何年——笔者译)",为什么在春光和煦的日子里樱花还要落得那么急匆匆的呢?用这首和歌的枕词"静心无"作为小说最后章节的题名,烘托出对菊乃自杀的无奈、遗憾和惋惜的心情。渡边用"春疾风"、"春一番"等词汇描述菊乃来之前东京天气的变化,借以衬托游佐和凉子对菊乃到来的极度不安;再用"静心无"来体现菊乃自杀后二人惆怅的心情,笔到之处,处处感伤,毫不拖泥带水,却使怅惘无奈悲伤痛苦之情弥漫开来,有一字千金的效果。

在渡边的作品中,樱花、和服常常作为日本传统美的象征被反复运用。《樱花树下》中,渡边不但借盛开的樱花隐喻了欲望的可怕,而且还把樱花与和服意象以"印有樱花图案的和服"糅合在了一起。

淡淡的珍珠粉色质地散落着樱花,花从左肩经过胸部一直延伸到整个下摆,斜斜地盛开着。五年前,凉子看过母亲穿这件和服,单看颜色并不觉得怎么艳丽,不过穿在身上却仿佛樱花的精灵悄然渗透全身,美艳无比。凉子还

---

① 渡辺淳一:『桜の樹の下で・下』、新潮文庫、平成 16 年 5 月第 10 刷、232 頁。

记得看到母亲穿这件和服时，自己想到了垂枝樱。每年一
到樱花季节，母亲都会穿这件和服，不过这几年好像没看
她穿过。①

　　这是菊乃在来东京之前寄给凉子的和服（凉子也正是在试
穿这件和服的时候觉察到自己怀孕了），见游佐之前，菊乃到
凉子管理的店面去看了，并要求凉子穿这件樱花和服。菊乃自
己也穿了一件更素雅的樱花和服。菊乃见到游佐之后，作为借
钱的谢礼，送给游佐一个樱花图案的金质领带夹。在樱花季
节，三个人都身着樱花图案的衣服或饰物，菊乃又于当晚死于
樱花树下。凉子说菊乃的灵魂被"樱花精"带走了，又说打掉
的孩子被菊乃带走了。在这里"樱花"意象被反反复复地强
化，既隐喻人的欲望如盛开的樱花一样一发不可收拾，又强化
了小说的题眼——"樱花树下"。
　　另外，渡边淳一的小说还常常同时出现日本传统美与现代
美的代表人物，比如上面提到的《樱花树下》中的菊乃与凉子
母女；还有《一片雪》中的主妇高村霞与秘书笙子；《化妆》
中的里子与赖子姐妹，等等。就这样，渡边通过他的情爱文
学，不但写现代社会虚无感伤的男女之情，还为这些情爱加进
现代都市东京的繁华喧嚣与传统古都京都的高贵典雅，再配以
四季风物、华美和服、传统美食、抒情和歌、缠绵情话、完美
性爱等自然和人为因素的烘托，古典与现代、庄严与淫亵、欢
愉与痛苦、罪恶与崇高等矛盾的要素集中在一起，共同构成了
渡边文学的特色。

---

　　①　渡辺淳一：『桜の樹の下で・下』、新潮文庫、平成 16 年 5 月第 10 刷、
221 頁。

第二节　渡边淳一文学的价值

"价值"这个普遍的概念是从人们对满足他们需要的外界物的关系中产生的。在这里我们讨论渡边淳一文学的价值，就是要讨论它与接受主体世界的关系，即它被人们接受之际所形成的社会审美、文化价值。简而言之，就是讨论它是否满足了人们的需要。笔者准备将它"一方面列入历史序列的版图中进行观照，一方面从现实维度上对它予以审视"。① 就是说，一方面要把它放在日本情爱文学的历史长河中去考察，另一方面又要把它置于当今日本文坛、日本现代社会的大背景下去研究它的文学价值。

一　日本情爱文学长河中的渡边淳一文学

从历史角度来看，日本"好色文学"的起源来自于中国古代的"风流"价值观。《源氏物语》是日本古典文学的辉煌代表，是世界上最早的长篇小说，它对日本文学的影响是深远而长久的。《源氏物语》写于公元 10 世纪前后，比薄迦丘（Giovannin Boccaccio，1313—1375）的《十日谈》早三百年，比《红楼梦》早七百年。主人公光源氏为平安时代的贵族，风流倜傥，好色多情，不断亲近女色。这部长篇巨著中，恋母情结、近亲相奸、见异思迁、性变态及无穷无尽的色欲，都被揭露出来。而作者紫氏部虽为女性，对光源氏的态度却一直是欣赏、赞许又有些理解、同情的。透过这部作品，可以看出当时

---

① 吴秀明：《当代文学价值与批评的双重视角》，《文艺研究》2004 年第 5 期。

贵族社会的风气和日本上层阶级的享乐生活以及腐化堕落。事实上，当时的贵族社会对于男女关系还没有一个固定的道德观念，而寻花问柳之术更是当时贵族男子的必修课，猎艳高手还被大家所羡慕、称道，而且互相交流渔色经验、信息，甚至把自己看中的女子介绍给对方。如果有地位的男子终生只守着妻子一人过日子，就会被人非议并看不起。光源氏一生风流，最后看破红尘而遁入空门，因为他看透了情的虚无——每每交往一个女人，就多一份愁苦，短暂的欢乐却带来永久的悲哀。自己的正妻三公主后来竟然与自己的朋友柏木私通并生下孩子，正如自己当年与藤壶妃子（他对藤壶的爱恋，不是追求风花雪月的逢场作戏，而是愁肠百结的真心钦慕，所以容易引起读者的共鸣）私通生下冷泉帝，这种因果报应的可怕让他对尘世不再留恋，深感人的世界经过性的欲望和荣华富贵之后，最后还是空虚和悲哀，即佛家所说的"寂灭"。

到了镰仓时代，描写男人苦于悲情而遁世的恋爱作品开始出现。西洋的恋爱小说受古希腊的影响，常常飘荡着蔑视女性的情绪，日本到了中世纪，由于佛教和儒教的影响越来越强，恋爱的世界里也渐渐显露出蔑视女性的阴影。那时候的物语、谣曲或传说往往有这样的主题：不回应男人恋情的女性死去之后会在地狱中受煎熬。而《徒然草》中的女性观则进一步表明了蔑视女性的思想：恋爱是自私的，也是自我陶醉式的。男人们容易沉溺甚至迷恋那种苦苦追求却得不到的爱情，认为那是"好色"的最高境界，而一旦到手，由朝思暮想的恋人变成朝夕相处的妻子，则一切美好的想象都化成泡沫而代之以厌倦之情。这种倾向的产生有两个原因，一是上述宗教的影响，二是当时武士阶级的兴起和家长制度的渗透。到了室町时代，"御

伽草子"① 渐渐出现了一些赞扬夫妻恩爱的作品，不过这只是
家庭"爱"的胜利，与平安时代女流作家们描写的已有妻室的
男性对婚姻之外的女性产生的"恋"慕之情有所不同。因为男
性之"恋"的传统是以双方互赠诗歌的形式达成，所以在贵族
文化渐渐衰退之后，这种形式的男性"恋"之物语最后以"假
名草子"② 的形式走向没落。③

　　到了近世，经过长期的战乱之后，作为维持社会秩序的一
环，开始出现了专供男人享乐的特殊场所"游廓"（青楼），从
此"恋"的世界被封存，带有情爱游戏性质的"色"的世界成
为文学主要描写的对象，追求享乐、讲究"风流"、"恋爱情
趣"的好色文学产生了。这时候日本社会存在两种对立的思想
潮流，一是以儒教文化为背景的武士阶级理想主义思潮，它讲
求儒教道德，绝对禁止男女接触异性，一些禁止通奸的刑罚由
此产生（如本书第一章提到的"妻敌讨"、"江户町中定"等）。
二是，以平民为代表的现世主义思想以人为本位，重视人的本
能，追求自我满足、享乐。江户时代性风俗到了放纵糜烂的程
度，反映这种现象的好色文学多限定在青楼内男女的情爱，如
井原西鹤（1642—1693）的《好色一代男》、《好色一代女》、
《好色五人女》等"好色物"④。它们作为男人涉足欢乐场的指

----

　　①　以室町时代为中心的短篇小说的总称。作者多数不详，作品一般反映时代
思想和社会风俗，包括幻想、道德说教、童话等。
　　②　它继室町时代物语、草子之后，在浮世草子的之前，是江户时代初期短篇
小说的一种形式。以拟古文体的假名写成，内容包括启蒙、娱乐、教训等。
　　③　小谷野敦：『〈男の恋〉の文学史』、朝日新闻社、1997 年 12 月 25 日第 1
刷、69 页。
　　④　在日语中又被称为"好色本"，是指以色欲生活为题材的小说。属于元禄
时代（1688—1704）为中心的"浮世草子"（市民文学）的一种，主要代表人物为
井原西鹤。

导书拥有众多读者。作品中，西鹤对性直言无忌，写尽当时"享乐世界"的各种风俗、人物、景象，堪称"色道"的百科全书。到了江户中期，男女情爱不只限于青楼女子，普通百姓的恋情也成为文学作品描写的对象，并开始出现了一些为情赴死的"心中物"（情死作品），如近松门左卫门（1653－1724）的《曾根崎情死》、《情死天网岛》等。它们展现的则是以死亡来对抗现实社会，达成爱情的故事。这时候的情爱作品还有这样一种倾向：热衷于爱情的往往是多情的女子，而男人则以能够得到众多女子的爱恋为炫耀，所以被美化或成为焦点的往往是女子的情爱。

　　明治时代，尤其是维新之后，日本逐渐走上了带有浓厚封建色彩的资本主义道路，相继制定了一系列的法律、法规，限定一些出版物的出版。1893 年（明治 26）4 月颁布的《出版法》① 第三条明确规定，出版物在正式发行前三天，必须向内务部上交两部样书，以供审查。内务部及有关部门如果认为出版物不宜发行，内务大臣须禁止它的散布和贩卖，并予以没收。这里所查禁的书，一方面包括"破坏宪法"、"妨碍社会治安"的"政治"类，另一方面就是有伤风化的性文学。另外随着明治维新运动的展开，西洋的恋爱理念和恋爱结婚制度被传到日本，对于"爱情"，日本的知识层产生了这样一种认识：西方人的恋爱是缘于精神的因而是崇高的，日本的"好色"是缘于肉体的因而是卑俗的，他们把恋爱文学置于与青楼文学对立的位置，并没有追溯到平安时代的女流恋爱文学。

---

　　① 　该法令制定于 1893 年 4 月 14 日，改订于 1934 年 5 月 2 日，1949 年 5 月 24 日被废除。参见 http://www.cc.matsuyama－u.ac.jp/～tamura/syuppann-hou.htm。

　　1885 年坪内逍遥《小说神髓》的发表，标志着日本近代文学的开端，二叶亭四迷的《浮云》（1887）则是逍遥倡导的"写实"小说的实践作，被称为批判现实主义作品。如果从恋爱小说的角度看，它描写了男人失恋的苦闷。北村透谷的《厌世诗人与女性》（1892），对青楼文学的男子之恋进行了强烈的批判，表明了恋爱至上的观点。后来的森欧外的《舞姬》（1890）、《雁》（1911）则是男人抛弃女人的小说。至于田山花袋的《棉被》，男人对爱情的感伤被误读为性欲的流露；尾崎红叶受江户文学（德川文艺）、《源氏物语》和西洋恋爱文学的影响，写出了《金色夜叉》、《多情多恨》等作品，把男人的恋爱写到了极致。不过在那个年代，较之于男人的恋爱，还是描写女人恋爱的作品更易于流通。能够正视男女之间的情爱并把它表现出来的是夏目漱石，他的《虞美人草》以后的作品都是如此。①

　　昭和年代，中日战争爆发，一些文人弃笔从戎，组成"笔部队"来粉饰或鼓舞战争。而另一些作家，则用一些风花雪月的小说来消极抵抗战争。最具代表的是谷崎润一郎（1886—1965），他的《细雪》（1942—1948）上中下三部，虽然写于战时，四季风物、应时服饰、三姐妹的日常生活、心理变化等被描写得"无微不至"，唯独没有战争的叙述。至于《痴人之爱》（1925）、《卍》（1928）等作品，作为"恶魔主义"文学，写尽各种形式的情爱，这些都对渡边淳一的文学创作有很大影响。而川端康成（1899—1972）的《雪国》（1935—1947）中虚无而又唯美的情爱叙述，也常常流露于渡边淳一情爱文学的

---

　　①　小谷野敦：『〈男の恋の〉文学史』、朝日新聞社、1997 年 12 月、223—236 頁。

笔端。

经过战后贫困期，20 世纪 50 年代日本经济开始复苏，到了 60 年代末 70 年代初，日本成为仅次于美国的世界第二经济大国。经济增长带来了个人收入的提高，在国民中掀起了消费革命，人们开始追求娱乐和享受，这对社会、文化、生活、风俗以及文学带来了巨大影响。随着日常生活渐渐被关注，作为其组成部分之一的"性"问题自然被提到更加显要的地位，成为不同年龄层次、不同流派作家关注的对象。战后比较有影响的情爱文学作家当推吉行淳之介（1924—1994），他的《骤雨》于 1954 年获得第 31 届芥川奖，描写了一个青年在与妓女交往的过程中，告诫自己不要动真情却随着交往的加深不自觉地被打动这一心理上的起伏过程。1963 年发表的《砂岩上的植物群》，则包括性虐待、多人性交、近亲相奸等描写。由此，吉行淳之介被上野千鹤子、小仓千加子等人评价为"虽为性的求道者，但却丝毫没有被解放出来，只不过是性开放而已"。① 还有大江健三郎（1935—）的《性的人》（1963），川端康成的《睡美人》（1961），谷崎润一郎的《钥匙》（1956）、《疯癫老人日记》（1961）等，分别从各自的立场、用不同的表现方式对性问题进行了审视。70 年代初期以后，日本经济由高速增长进入稳定增长期，这又对人们的意识形态产生了一定影响，而且这种影响又通过文学艺术等手段表达出来。资本主义社会的高度发达，物质生活的满足，带来的却是人们精神上的空虚和心灵上的孤独，置身于繁华大都市的熙熙攘攘之中，内心体验的却是失落和荒芜。作家们开始结合自己的亲身经历，来捕捉

---

① 上野千鶴子、小倉千加子、富岡多恵子：『男流文学論』、筑摩文庫、2002 年 2 月第 2 刷、43 頁。

和描述这种感受，并以此疗治内心的伤痛。比如村上春树
（1949—）的《且听风吟》（1979）、《挪威的森林》（1987），吉
本芭娜娜（1964—）的《厨房》、《满月》（1986）等。与这些
重于精神治疗的情爱小说相比，曾经身为外科医生，认为"肉
体远大于精神"的渡边淳一，以他冷澈的观察力、激情四溢的
笔触，通过另一种更切实、更直观，包括精神与肉体的全方
位视角，描写了经济高度发达的社会背景之下男女间的情爱。

从平安时代到现代社会，不论是描写女人的痴情、失恋还
是男人的薄情与风流，男女情爱故事一直是文学永恒的主题，
没有情爱叙事的文学几乎是不存在的。同时，每个时代的情爱
文学都不可避免地打上了那个时代的烙印，它们或者是政治上
的，或者是经济上的，或者是文化上的，或者是各个方面综合
的。自身的审美特点与时代变化交相辉映的文学才会拥有更多
的读者和更长的寿命，也才会有更高的文学价值。渡边淳一的
文学作品既有鲜明的个性特征，又紧跟时代步伐，拥有众多的
读者，每每引起轰动，甚至引发社会现象，它在当今日本文坛
乃至世界文坛的价值是显而易见的。

二　现代社会背景下的渡边淳一文学

渡边淳一的情爱文学既体现了日本"好色文学"的传统，
又是现代社会男女关系在文学中的新体现。渡边淳一情爱文学
是现代社会的产物，关于这一点，秋山骏曾有过评价，说他的
小说"是合着时代的召唤而应声出现的"，[①]并用"现代性"一
词来评价渡边淳一的作品。渡边文学多为报刊连载小说，"人

---

　　① 秋山骏：「『現代性』の音調を叩く」、『渡辺淳一全集第 12 巻・ひとひら
の雪」、角川書店、平成 8 年、497 頁。

们普遍认为近二十年来报刊连载小说地位每况愈下，但渡边淳一的小说不但内容充实而且非常形象生动，完全否定了人们对连载小说的一般印象"①。又因为连载小说每天都要和读者见面，所以调动读者的兴趣也是撰写过程中不可回避又必须深思熟虑的问题，如果是写惯了身边琐事的纯文学作家，一定会感到这是创作上的不利条件，但是渡边淳一却充分利用了这一条件，不用说各个阶层读者的各种各样反馈的声音也代表了时代的真实呼声，给了他不断创作下去的强大动力和诸多启发。

因为大多以报刊连载小说的形式问世，所以渡边淳一文学的特点是即写（作家）即读（读者）即改（作家），构成"作家→读者→作家"的良性循环。作为审美主体的读者阅读作品后及时发出反馈信息，作为创作主体的作家及时地回收反馈信息并把对这些信息的反应体现在持续创作的作品中，创作主体与审美主体之间形成有效的良性互动——渡边把深思熟虑之后创造出来的作品呈现给读者，读者通过阅读作品产生各种疑问和联想，再把这些疑问和联想通过各种渠道和方式反馈给作者渡边，渡边因读者的反馈而被激发，产生更高的创作热情，再把读者的意见体现在下一章节或下一部作品的创作之中。所以说，以报刊连载小说这种方便快捷而富有时代特色的大众传媒为媒介，实现了创作主体与审美主体之间的交流，完成了文学审美的过程，满足了审美主体的文学审美需求，同时促进了创作主体对审美客体的再挖掘和再创造。这里作为审美客体——作品的视角的独特性对这种交流的促进作用是不容忽视的，只有能够引起审美主体兴趣的审美客体才能诱发他们的阅读欲

① 秋山駿：「『現代性』の音調を叩く」、『渡辺淳一全集第 12 巻・ひとひらの雪』、角川書店、平成 8 年、498 頁。

望，刺激他们的思维和想象力，进而产生与创作主体沟通的愿望。举个例子来说，在《日本经济新闻》上连载《失乐园》的时候，每个读者都关注着久木和凛子的最后结局，这促使渡边在为两个人设计"至福"①的时候慎之又慎，终于给了读者一个既意外又在料想之中、令百万读者唏嘘又陶醉的结局。还有传闻说《日本经济新闻》所报道的内容可以影响到股票的价格或企业的业绩，《失乐园》的连载就曾经使日本股票大涨。②

渡边淳一正式开始他的"不伦"文学创作是从《一片雪》开始的。它先是以报刊连载小说的形式与读者见面，引起了广泛的争议，叫好声和谩骂声不期而至。后来，1983年2月，文艺春秋出版了《一片雪》的单行本上下册，立刻成为畅销书，被评价为开拓了新的"情痴文学"领域。由此，"雪花族"这个新词出现，引发了社会现象：男女都是不伦之爱；为了增加看点，还加了21处之多的性爱场面描写。1986年3月，集英社出版《化身》，继《一片雪》之后再次销售过百万册，被评价为继承了谷崎润一郎血脉的"新唯美派文学"。虽然在这之前，渡边写过《秋残》（1974）、《深夜起航》（1976），但这都是未婚女子与已婚男子的恋爱，而且结局都是女子出于对背德之恋的反悔主动离开了男子。可以说，1980年之后，虽然渡边情爱文学反映的依然是伦理道德与人的欲望的冲突、灵与肉、情与理的恶战苦斗，但随着社会环境的不断变化，道德的影子在渐渐淡化，人的欲望、"情"的影子渐渐增强，到后来的《泡沫》、《失乐园》、《爱的流放地》，道德已经成了点缀。

---

① "至福"的意思是"无比幸福"，是小说《失乐园》最后一章的标题。在这一章，男女主人公双双服毒自杀。

② 井尻千男：「ベストセラー最前線——渡辺淳一『失楽園』」、Voice. 236，1997。

　　值得我们注意的是，同样作为情爱小说写手而知名的濑户内晴美，自出道以来，仅在 1961 年、1963 年获过两次文学奖①，之后直到 1992 年②期间没有得过纯文学或大众文学的奖项。同样是知名情爱作家，"待遇"却相差悬殊。这其中的原因，我认为与当时的社会环境有关：作为女流作家，作品多为"性爱小说"，虽然也曾发表过一些传记文学，但是"子宫作家"这一"雅号"，恐怕是众多文学奖项对她望而却步的重要原因。另外，"1992 年"这个获奖年代也不可忽视。进入 90 年代，日本文坛发生的一系列事件，反映了文坛上的"风波迭起"和女作家的"锐意进取"。③"纯文学即日本主流文学的代表"这一传统的文学价值观在文学精神空泛化和文学理论多元化的时代背景下，再次遭到拷问：

　　　　90 年代日本文坛的开张锣鼓，似乎并不那么美妙……一大批在第二次世界大战结束后，抑或日本经济高速增长时期出生的中青年作家，随着数度饱和的"文化消费的刺激"，开始对纯文学的传统持怀疑、抵触乃至对抗的态度与立场；更有甚者，为了满足一己的金钱欲，或主动、或被迫去迎合一种所谓的"追求人的本性"的文化需求，将表现人的精神与物质生活的某种原始状态，作为创作的兴致与寄托的存在。这种堪可反映"众愚时代"的求知趋向及文化不平衡现状的创作风潮，带给文坛直接的后果，便是文学精神的丧失，以及文学作品的社会影响力的每况愈

---

　　①　1961 年，其作品《田村俊子》获田村俊子奖；1963 年《夏末》获女流文学奖。

　　②　这一年，其作品《问花》获得谷崎润一郎文学奖。

　　③　参见尚侠《日本 90 年代文坛鸟瞰》，《外国问题研究》1991 年第 2 期。

下。自 70 年代起横行恣肆的这种低层次的文学创作，在 90 年代文坛上仍呈愈演愈烈之势，不但以较大的覆盖面占领着书市、淹没着纯文学作品，而且以其堕落的腐蚀力量，凶狠地咬噬着纯文学的圣洁，因之进一步加剧了长期以来困扰当代日本文坛的深重危机。①

　　上述评价显示了固守传统的文学批评者对 90 年代日本文坛 "转型期" 的敏感和担忧，日本学者也注意到了同样的问题。从 80 年代末 90 年代初开始，日本文坛呈现 "作家 '主动姿态的丧失'，'被动姿态' 作家渐成主流" 的现象②，一些学者慨叹文学重大社会主题的消亡："像革命的成功、民族的独立之类重大的社会主题已不存在，因而文学的素材和读者的关注点转向了身边琐事和男女之间微小的差异上。文学作品热衷于表现性，而没有对人性的本质及其矛盾等方面进行深刻的发掘。"③

　　习惯了反映 "重大社会问题"、期待作家一直保持 "主动姿态" 的学者，对于文学 "转型期" 的来临表示无比担忧，这是完全可以理解的。但是日本文坛并没有因为这些学者的期待或担忧而出现什么 "可喜的变化"，那些描写 "身边琐事" 和 "男女之间微小差异" 的作品层出不穷，而且每每畅销，读者甚众。这是因为它们反映了和平年代富裕社会人们的精神追求。社会的变化向作家们提出了 "应如何看待产业社会中社会结构的巨大变化和人们生活意识的变化" 的问题。虽然局限于

---

① 尚侠：《日本 90 年代文坛鸟瞰》，《外国问题研究》1991 年第 2 期。

② 黑古一夫：《日本现代文学 1987 年的 "转型"》，刘立善译，《日本研究》2007 年第 3 期。

③ 辻井乔：《日本文学的现状》，李锦琦译，《作家》2003 年第 1 期。

男女之爱的小说看起来并没有反映国家大事、社会重大主题的小说那么有意义，但是在和平年代，人们所关心的最主要的就是自己的生活、自己周边的琐事。

高度发达的资本主义社会，处处存在着失业与竞争，忙碌的人们需要一种归属感、需要被爱的感觉，需要通过阅读、倾听或学习验证、反省自己的生活，体会自己的存在。90年代末世纪之交，渡边淳一《失乐园》的空前畅销，在某种程度上可以说是在当今社会背景下文学转型期的必然结果。他作品中的"情爱"发生在存活于大千社会的"男女"之间，而"已婚男女"这一特殊群体又与作为社会稳定基础的家庭密切相关，所以在某种程度上我们可以说，渡边作品反映出来的富裕年代人与人、男人与女人的关系也体现了现代社会框架内的家庭关系。他的情爱小说，表面上看是对男女之情、人性情欲图画的反反复复的展现，在深层次上则体现了他对现代社会人被异化问题的思索与忧虑：在后工业化社会，作为个体的人变得越来越渺小，他们应该怎样生活才能更好地体现生命的价值与意义？他反对束缚在传统的社会伦理道德之下的循规蹈矩的活法，认为人的感性的存在才是真实的存在，主张人应该"回归到人类的原点"，人类生命本体的需要应该得到重视和关注。他在作品中执著于对人的本源、生命的真实的探索，并试图找到解决的出口。虽然浸染在男权话语之下的言语叙事时常流露出蔑视女性的思想，显示了一定的局限性，但不能否认的是，他所描述的是现代社会人们普遍关注的问题，反映了他们内心的挣扎、矛盾、苦闷、焦躁与不安。不管他的探索是成功还是失败，也不管他是否找到了解决的出口，他这种执著、大胆的探索精神本身就值得肯定和赞赏。

再者，文学是人学，人都具有七情六欲，所以描写人的文

学不能不涉及人的情欲。从日本的古典文学名著《源氏物语》
开始，平安朝时代，性是非常开放的。到了武士社会，女人被
看成是家族私有财产的一部分，通奸等被看成犯罪，甚至给以
严格的刑罚，所以当时文学对通奸（婚外恋）的描写很少。到
了江户时代，表面上受程朱理学、儒学的影响，对性是有禁忌
的，但实际上性风俗又开始开放。所以才有了反映这种社会现
状的"人情本"①、"洒落本"②。日本的近代文学（纯文学）虽
然没有赤裸裸的直接的性描写，但描写男女爱欲的作品还是很
多的。到了战后，通奸罪废止，美军占领下的日本开始接受美
国的思潮，性解放、自由性交等词语流行，电影开始出现接吻
镜头，现在在普通的便利店随便就可以买到女人裸体杂志，性
被当作羞耻的"秘事"的时代已经结束。所以尽管渡边淳一的
情爱文学中有很多性爱场面的描写，但人们还是能透过它，体
味和审视物质高度文明的富裕社会，人们内心世界的空虚与孤
独，观望构成社会的基本细胞、身着稳定外衣的家庭所经受的
严峻考验。虽然他的一些作品性爱描写较多，也较直接，但他
的小说中既有高雅的"阳春白雪"，又有通俗的"下里巴人"，
再配以周到细密的心理描写，唯美感伤的情爱气氛，加上富裕
社会种种高级奢侈的物质符号衬托，兼有川端康成的暧昧感伤
和谷崎润一郎的淫靡颓废，因而受到各个阶层读者的青睐也是
理所当然。另一方面，它如此畅销，受到各个阶层人士的关

---

①　18 世纪后期出现在江户文坛上的一种小说体裁，主要描写对象为风月场
所。因其创作理念为"洒落"和"通"（意即精通风月场所的诸般生活与深谙其趣
之意），所以叫做"洒落本"。

②　流行于文政至江户幕府末期（1818—1867）的一种小说体裁。主要创作特
色体现在细致入微的人物心理描写，内容大多以描写下层平民们的痴情恋爱与风俗
人情为主。

注，说明人们已经不把它当作羞耻或者官能小说来读，已经能够以很正常的、平和的心态接受它。由此可见，渡边文学在日本恋爱文学的历史中所占的重要地位。

三　渡边淳一情爱文学对当今文坛的启示

渡边淳一文学兴起于纯文学与大众文学界限渐渐模糊之际，在 20 世纪 90 年代文学转型期达到空前畅销的程度，而今创作活动仍然进行。自《失乐园》以来，每有新作出现，一定会备受争议，但同时也会每每畅销。这不能不引起学界的注意和思考：在当今日本文坛，怎么理解渡边文学的话题性与流行性？它对当今日本文坛有什么启示？

日本学者黑古一夫结合当下日本文坛纯文学与大众文学之间此消彼长的关系，以及驰骋于文坛的作家的文学使命和社会责任感等角度进行了如下论述：

　　"在严肃文学中，已找不到当今日本的知识阶层……也就是说，一般认为，日本现代文学的现状是，不可想象从日本知识分子读者中或多或少塑造出当代典型和未来经验的典型，以继续刺激他们期待的视野。"大江的这一慨叹直接源自"纯文学作品陷入长期销售不畅"，（上世纪）80 年代中期出现了"覆盖整个现代文学的主动姿态的丧失"现象……80 年代以后登场，目前正在走红文坛的作家中的多数，描写狭窄的"日常生活"、"恋爱"或者内心风景，面对社会和世界，以"被动姿态"从事创作，这是目前的现状……大江竭尽全力对抗由村上春树和吉本芭娜娜代表的"表层的、风俗的"文学，不断追求自己的文学……大江属于采取"主动姿态"的战后作家谱系。审视

80 年代至今的现代文学姿态，眼前会浮现出这样一幅构图：村上春树和吉本芭娜娜等面对社会与历史采取"被动姿态"的作家逐渐增多；而坚守"纯文学"孤垒的立松和平、津岛佑子、岛田雅彦、柳美里、金井美惠子等属于大江谱系的作家，也在健笔耕耘。今后，日本现代文学中相对的两个谱系会向何处发展？对此，只能回答：一无所知。但可以坚信，尽管是少数却属于大江健三郎与立松和平谱系的作家、文艺工作者肯定继续存在。①

上段引文从另一个角度阐述了本章第一节提到的纯文学与大众文学此消彼长的关系，说明了当下日本文坛存在的问题：（1）纯文学的市场已经逐步萎缩，有被大众文学取代的趋势。（2）坚持纯文学写作或以主动姿态创作，以文学来反映社会生活或历史问题的作家虽然为数不多，但仍在顽强地坚守纯文学的阵地。（3）纯文学与大众文学之间的界限越来越模糊，它们之间的界限最终有被忽视的可能，起码普通读者在阅读的时候，已经不再顾虑作品是否是纯文学，甚至一些学者也开始忽视这种分类。（4）属于题外话，黑古一夫显然认为村上的作品属于风俗（大众）文学，关于村上春树的作品到底属于纯文学还是大众（风俗）文学日本学界也有争议；另外，村上近些年来的作品明显显示出了对历史问题的关注。

下面笔者将论述当下社会、文坛背景下渡边淳一文学的流行对读者、作家、文学批评等方面的启示。

从读者的角度来看，后现代语境，网络、电视等大众传媒

---

① 黑古一夫：《日本现代文学 1987 年的"转型"》，《日本研究》2007 年第 3 期。

的发达，获得信息和知识的途径不再单纯地依赖于文字阅读。经济高度发展，社会竞争日趋激烈，生活节奏越来越快的"脱离活字"的众娱时代，静下心来、心平气和地以审美的眼光和情趣阅读文学作品已经成为一种奢侈，何况是苦苦探寻人的精神世界的纯文学作品？能够满足方便、轻松、消遣性阅读条件的文学作品才能有广泛的受众。

对于这种阅读需求，作家该如何作出反应？写作是用文字倾诉的手段，它不仅仅是对自己倾诉，更是对他人倾诉。所以听众越多，倾诉的欲望越强，动力也就越大，相应的，其影响力也就越大。能够被越来越多的读者阅读或关注，是所有作家的愿望。当下的情况是，不仅日本文坛处于转型期，日本社会也在经历着来自各方面的变革，而不受外在因素影响，采取主动姿态，坚持以文学为己任，担负起反映社会或历史问题的重任，或者延续私小说的传统表达方式和文体，深入探讨人类的精神世界，以艺术的笔法描写身边琐事的纯文学创作的作家，已经为数不多。一些作家开始跳出社会或历史问题等重任的束缚，注重文学的社会性、大众性，创作了一些普通人喜闻乐见的作品。还有的作家把文学的社会性与艺术性结合起来，既重视文学的艺术性，又重视它的社会性，使大众文学与纯文学不断靠拢。

从文学批评的角度来看，在本书"绪论"中已经提到，《失乐园》畅销之后，中外学者开始关注渡边淳一，对他作品的评价也开始增多；渡边淳一文学在中国的流行甚于日本，在中国的评价也高过日本。笔者认为，这种现象产生的原因很大程度上在于，中国出版界在引进日本文学的时候，更多的考虑的是它的可读性和经济效益，而不是学界定位。

学界对渡边文学的评价由误读到客观理解的变化，一方面，说明我们的文学批评仍然受主流意识形态的影响；另一方面，对同一客体，批评主体在不同时期有不同的认知和评价标准，这符合认识的一般规律，同时也说明随着社会的变化，人们的道德观、价值观的变化所引起的审美意识的变化。21世纪以来对渡边淳一文学的认识开始趋于客观、理性，这说明吸收不同类型文学的学术环境已经形成。

　　另外，在渡边文学研究领域，也存在着一般文学研究普遍存在的因作品出身"卑微"而难以获得客观评价的问题。渡边淳一文学不属于纯文学而属于大众文学，而且是大众文学中的"恋爱文学"，说得更直白一些，是"涉性"文学。因而一些传统学者在具体阅读、考察作品之前就对其采取了拒之门外的态度。在全球化、国际化的背景下，对于处于转型期的日本文学，这种态度很显然是不合时宜，而且有害无益的。纵观文学史上不同文学定性的流变，我们认为，对于渡边淳一文学，不能因为它不属于纯文学领域就否定它的文学价值。关于文学的"纯"与"大众"或"雅与俗"之分，在本章第一节已经详细讨论。中国学者也有相关论述："文学本体既然分为雅俗两支，那么两者的分界线何在？这个问题至今还没有明确的答案，也许标准答案永远也不会有。除了大雅大俗的作品一望而知之外，总会有些中间性的作品，'横看成岭侧成峰'，让人莫衷一是。所属与优劣无关，一定要分得毫厘不差、泾渭分明是没有必要的。再说，还有更多的相对不确定因素，使有的雅俗作品在不同的年代、不同的地域和不同的环境中发生定性的流变。"[1] 可见，"雅俗"划分以及它们的地位、价值问题，不但

---

[1]　范伯群、汤哲声、孔庆东等：《中国通俗文学史》，高等教育出版社2006年版，第13页。

在日本，在中国乃至在世界文坛都普遍存在。当今文坛的趋势是，在考虑雅俗之前，读者们更多地考虑的是作品的可读性。

传媒娱乐化、阅读浅层化势必带来文学的大众化，传统文学观赋予文学的社会使命，因为其周遭环境和局势的动荡、贯彻者思想的动摇或被动摇，其实现的路程举步维艰。文学是高居危楼，享受曲高和寡的寂寞，还是适应时代和社会的变化，使阳春白雪与下里巴人在现代社会背景下结合在一起？对一些涉性文学，应该横眉冷对、嗤之以鼻，还是以兼收并蓄的博大胸怀宽容地处理？渡边淳一文学在日本、中国乃至世界的流行已经说明了一些问题。

小　结

本章把渡边淳一文学置于日本文学的框架之内进行了梳理和审视。从渡边淳一的文学历程入手，论述了渡边淳一文学的大众文学特征及其个性特点，概括了渡边淳一作品的文学价值、社会价值及其对当下日本文坛的启示。文学批评是动态的、鲜活的，它的视角应该随着社会的进步和文化结构的变化而变化，无论在中国还是在日本都应如此。如果我们一直固守既定的价值观，对一些随时代变革应运而生的事物采取漠视、怀疑甚至否定的态度，文学创作就会受到极大束缚和阻滞，多元化的文化空间将很难实现。同样，对渡边淳一文学的评价，如果脱离战后日本社会和文坛变化的背景，而一味只强调它的"色情性"，无视它的社会性、时代性，则会陷入故步自封和狭隘的窘境，使文学变得单一而缺乏丰富的色彩。文学虽然高于生活，但来源于生活，它无法脱离社会生活独立存在和发展。

所以，文学批评应该把作品充分还原到产生它的时代背景中，在此基础上的解构、审视和评价才会客观公正，才会促进文学创作的健康发展。

结　论

通过以上五章的研究论述，可以得出如下结论：

首先，渡边淳一文学是应现代社会的召唤而产生的，也就是说，现代社会为渡边淳一情爱文学的诞生、发育、茁壮成长提供了宽松的环境和肥沃的土壤。渡边淳一文学既体现了日本"好色文学"的传统，又是现代社会男女关系在文学中的新体现。他以冷澈的观察力、激情四溢的笔触，敏锐地捕捉到了现代社会人们追求自我情爱价值实现与社会伦理道德的矛盾，描绘了爱欲在现实面前的困惑、挣扎、自私与贪婪，进而揭示了现代社会背景下人们婚恋观的变化以及"一夫一妻制"所面临的危机。他的后期情爱小说锁定中年已婚男女的不伦之爱，这种"特别"的爱因为背离了传统道德伦理，背叛了家庭的信任而以罪恶的形式呈现出来，但渡边笔下的这种爱又是纯粹出于人类原始的情欲本能，没有丝毫的功利目的，是为了爱而爱，因而又呈现出一种纯粹的、神圣的审美状态。渡边淳一的作品在描写爱的欢愉的同时，也描写爱的痛苦、虚无和孤独，因而具有真实的、逼近人类灵魂的、实实在在的审美特征。

其次，"已婚男女"这一特殊群体又与作为社会稳定基础的家庭密切相关，所以在某种程度上我们可以说，渡边作品反映出来的富裕年代人与人、男人与女人的关系也体现了现代社会框架内的家庭关系。他敏锐地捕捉到了现代社会背景下貌似稳定的夫妻关系（家庭）所面临的危机，反复讨论一夫一妻制是否符合现代社会，并试图以"向外扩张"的方式找到解决的出口。他的情爱小说，表面上看是对男女之情、人性情欲图画的反反复复的展现，在深层次上则体现了他对现代社会人被异化问题的思索与忧虑：在后工业化社会，作为个体的人变得越来越渺小，他们应该怎样生活才能更好地体现生命的价值与意义？他反对束缚在传统的社会伦理道德之下的循规蹈矩的活法，认为人的感性的存在才是真实的存在，主张人应该"回归到人类的原点"，人类生命本体的需要应该得到重视和关注。不管他的探索是成功还是失败，也不管他是否找到了解决的出口，他这种执著、大胆的探索精神本身就值得肯定和赞赏。

不能否认，渡边淳一文学聚焦于中年男女的不伦之爱，过分夸大情爱当中"性爱"的力量，反映出了男性中心、以性言爱、唯美虚无的思想。他的情爱理念用一句话来表示，就是性爱至上论。他的作品中自杀或情死等形形色色的死亡描写，是为了证明他的"只有死亡才能成就情爱"、"爱（性爱）即是死"的情爱理念，表明了他对情爱的执著与矛盾：现世不存在天长地久，所以要不懈地追求；而不懈追求的结果，是越来越空虚，越来越脱离现实社会，只有死亡才是终止和解决矛盾的唯一出路。

第三，在对待女性方面，渡边淳一情爱文学创作初期对"才女＋魔女"型女性的关注来源于初恋情人加清纯子的影响。中期作品获野吟子和中城富美子等女性形象的选择奠定了他的女性观的基础——"女性为了爱情要甘于牺牲和奉献"，因而产生了后期作品中为了达成情爱而不惜自杀或情死的女性。长期浸染在男权文化传统中的渡边淳一笔下的女性形象，总是带着男权社会背景下男性对女性的一种共同期待：外表举止优雅、肤色白皙，娇小可人；性格温婉恭顺，内敛矜持，对婚外情彻底投入，富于牺牲精神。渡边在他的作品中反复强化着这些品质，其实也就是通过他掌握的话语权在反复诉说着他对女性的要求，并使他所有作品中的女性都具有这些品质——尤其是对男人无条件的彻底的牺牲精神，还有就是对性爱绝对的沉迷，于是他笔下的女性就有了这种固定的模式。他作品中的女性把男人对女人的期待转化为女人约束自己的准则，她们把温柔顺从、甘心牺牲作为自己必备的素养，把对男人被动的服从变为女人主动的奉献，完全丧失自我，成为被物化的欲望工具。所以渡边笔下的女性都是男人眼中折射出来的女人，她们一般都不具备清晰的容貌，与其说她们是一个真实的人，不如说她们更是一个符号——男人的审美意识下创造的审美客体。

综上所述，渡边淳一文学之所以一方面饱受批评，另一方面却拥有众多的读者，是因为他的作品本身就是"本我与自我"、"个体与群体"、"人性与伦理"等一组矛盾的综合体，而这些矛盾是人类进入文明社会就一直存在的。特别是进入现代社会后，随着人们更强调个性的张扬与自我解放，尤其是在思想比较开放的日本社会，这种矛盾更加趋于激化而暴发。渡边淳一在作品中反反复复临摹刻画这种矛盾，甚至想方设法去解决矛盾。渡边的情爱文学是矛盾的，其情爱理念也是矛盾的，他并没有找到解决矛盾的出路，所以他以死亡终止了矛盾。虽然对性爱力量的夸大和男性话语权下女性形象的塑造显示了渡边淳一情爱文学的局限性，但不能否认，渡边淳一的情爱文学，不仅继承了谷崎润一郎、川端康成的审美理念，发扬了日本的传统美，而且还继承了日本好色文学的传统，并且紧跟时代脉搏，很好地反映了日本现代社会背景下一部分人伦理道德意识和婚恋观的变化，进而揭示了"一夫一妻制"所面临的危机。

当今日本文坛纯文学与大众文学的界限渐渐消失，被界定为"中间文学"的渡边淳一情爱文学的流行，印证了它存在的必要性和文学价值，同时也给日本文坛乃至世界文坛一定的启示。

在纯文学与大众文学界限模糊的情势下，把渡边淳一情爱文学置于现代社会背景之下进行研究是一个具有重要意义的课题。限于笔者的水平，本书只是进行了初步探究，与真正揭示渡边淳一情爱文学的本质尚有很大距离。对于这个问题，今后应该在此基础上进一步拓展的问题包括：

第一，应该在更广泛的范围内展开。日本情爱文学浩如烟海，作家众多，而且多为男性作家，要把握渡边淳一情爱文学的实质，就应该把握日本情爱文学的全貌。

第二，男性作家抒写的情爱文学中的女性形象，与女性作家笔下的情爱文学的女性形象的区别，即性别意识与女性形象刻画的关系，一直是笔者关注的问题。今后还应在纵览日本情爱文学的基础上，进一步研究这个问题。

第三，渡边淳一情爱文学与日本江户时代以来情爱文学的关系、昭和年代以来日本情爱文学的发展轨迹及其与日本社会变迁的关系、情爱文学中透视出来的日本文化，等等，也是应该进一步探讨的课题。

参考文献

著　作

日语原版

［1］川西政明：『リラ冷え伝説——渡辺淳一の世界』、集英
社、1993 年 11 月。

［2］横山征宏編：『渡辺淳一の世界』、集英社、1998 年 6
月 10 日第 1 刷。

［3］小谷野敦：『恋愛の昭和史』、文芸春秋、2005 年 3 月
第 1 刷。

［4］小谷野敦：『〈男の恋〉の文学史』、朝日新聞社、1997
年 12 月第 1 刷。

［5］加藤周一：『日本文学史序説・上下』、ちくま学芸文
庫、1999 年 4 月。

［6］立川昭二：『日本人の死生観』、筑摩書房、1998 年 6
月第 1 刷。

［7］北海道文学館編：『ロマンの旅人渡辺淳一』、北海道新
聞社、1997 年 3 月。

［8］教育出版センター：『現代小説の表現』、冬至書房、
1992 年 11 月。

［9］上野千鶴子、小倉千賀子、富岡多恵子：『男流文学論』、筑摩書房、1992 年 1 月。

［10］加茂章：『文学における愛―結婚と性―』、武蔵野書房、1995 年 7 月。

［11］暉俊康隆：『日本人の愛と性』、岩波新書、1989 年 10 月。

［12］藤井省三：『村上春樹の中の中国』、朝日新聞出版社、2007 年 7 月。

［13］藤井省三：『20 世紀の中国文学』、放送大学教育振興会、2005 年 3 月。

［14］野山嘉正、安藤宏：『近代の日本文学』改訂版、放送大学教育振興会、2005 年 3 月。

［15］佐々木毅等編：『戦後史大事典 1945―2004 増補新版』、三省堂、2005 年 7 月。

中文版

［1］［日］柄谷行人著：《日本现代文学的起源》，赵京华译，三联书店 2003 年版。

［2］［日］上野千鹤子著：《近代家庭的形成和终结》，吴咏梅译，商务印书馆 2004 年版。

［3］［日］东山魁夷著：《与风景对话》，郑民钦译，花山文艺出版社 2001 年版。

［4］［日］江原由美子著：《性别支配是一种装置》，丁莉译，商务印书馆 2005 年版。

［5］［日］南博著：《日本人的自我》，刘延州译，文汇出版社 1989 年版。

［6］［日］福武直著：《日本的社会结构》，陈曾文译，广

东人民出版社 1982 年版。

[7]〔日〕高坂健次著：《当代日本社会分层》，张弦译，中国人民大学出版社 2004 年版。

[8]〔日〕源了圆著：《日本文化与日本人性格的形成》，郭连友等译，北京出版社 1992 年版。

[9]〔日〕新渡户稻造著：《武士道》，周燕宏译，上海三联书店 2007 年版。

[10]〔美〕鲁思·本尼迪克特著：《菊花与刀》，孙志民等译，九州出版社 2005 年版。

[11]〔美〕凯特·米利特著：《性的政治》，钟良明译，社会科学文献出版社 1999 年版。

[12]〔美〕埃德温·奥·赖肖尔著：《当代日本人——传统与变革》，陈文寿译，商务印书馆 1992 年版。

[13]〔美〕埃德温·赖肖尔著：《近代日本新观》，卞崇道译，三联书店 1992 年版。

[14]〔美〕佩吉·沃恩著：《一夫一妻制神话》，于卉芹等译，中央编译出版社 2001 年版。

[15]〔美〕罗伯特·C.克里斯托弗著：《日本精神》，马泉译，光明日报出版社 1988 年版。

[16]〔荷〕伊恩·布鲁玛著：《日本文化中的性角色》，张晓凌等译，光明日报出版社 1989 年版。

[17]〔法〕乔治·巴塔耶著：《色情史》，刘晖译，商务印书馆 2003 年版。

[18]〔法〕西蒙娜·德·波伏娃著：《第二性（全译本）》，陶铁柱译，中国书籍出版社 2004 年版。

[19]〔法〕埃米尔·迪尔凯姆著：《自杀论》，冯韵文译，商务印书馆 1996 年版。

［20］［德］爱德华·福珂斯著：《西方情爱史——情爱的放纵》，孙小宁译，中国盲文出版社 2003 年版。

［21］［德］爱德华·福珂斯著：《西方情爱史——情爱的崇拜》，孙小宁译，中国盲文出版社 2003 年版。

［22］［德］米夏埃尔·马利著：《爱情与婚姻的 5 大谎言》，孙常敏等译，上海社会科学院出版社 2004 年版。

［23］何乃英：《日本当代文学研究》，北京师范大学出版社 1997 年版。

［24］何乃英：《探索与开拓 东方文学论文选》，江西教育出版社 2004 年版。

［25］王向远：《东方文学史通论》，上海文艺出版社 2005 年版。

［26］王向远：《中日现代文学比较论》，湖南教育出版社 1998 年版。

［27］谢志宇：《20 世纪日本文学史》，浙江大学出版社 2005 年版。

［28］高增杰：《日本发展报告 NO.1 2000—2001》，社会科学文献出版社 2002 年版。

［29］李培林：《重新崛起的日本》，中信出版社 2004 年版。

［30］孟庆枢：《日本近代文艺思潮与中国现代文学》，时代文艺出版社 1992 年版。

［31］叶渭渠：《日本文学思潮史》，经济日报出版社 1997 年版。

［32］叶渭渠：《物哀与幽玄——日本人的美意识》，广西师范大学出版社 2002 年版。

［33］梁巧娜：《性别意识与女性形象》，中央民族大学出

版社 2004 年版。

[34] 邱紫华：《东方美学史》（上下卷），商务印书馆
2003 年版。

[35] 蔡春华：《现世与现象——民间故事中的日本人》，
宁夏人民出版社 2004 年版。

[36] 盛邦和：《透视日本人》，文汇出版社 1998 年版。

[37] 潘晓梅、严育新：《情爱简史》，中国社会科学出版
社 2004 年版。

[38] 刘达临：《浮世与春梦》，中国友谊出版公司 2005
年版。

[39] 范伯群、汤哲生、孔庆东：《20 世纪中国通俗文学
史》，高等教育出版社 2006 年版。

[40] 刘立善：《日本文学的伦理意识 论近代作家爱的觉
醒》，春风文艺出版社 2003 年版。

[41] 刘振瀛：《日本文学论文集》，北京大学出版社 1991
年版。

[42] 周阅：《人与自然的交融——〈雪国〉》，云南人民出
版社 2002 年版。

[43] 周阅：《吉本芭娜娜的文学世界》，宁夏人民出版社
2005 年版。

[44] 尚会鹏：《中国人与日本人》，北京大学出版社 1998
年版。

[45] 郭大东：《东方死亡论》，辽宁教育出版社 1990
年版。

[46] 陈松如编：《世界名人论情爱》，当代世界出版社
2002 年版。

论文及报刊报道

日语原版

［1］渡辺淳一：「私の中の歴史　愛と生を書き続けて①－22」、北海道新聞（夕刊）、2005 年 8 月 2—29 日。

［2］渡辺淳一文学館：「渡辺淳一年譜 1－4」、2003 年 7 月 8 日—2006 年 6 月。

［3］藤井省三：「再登場の渡辺淳一文学不倫戒める『道徳』書に」、北海道新聞（夕刊）、2007 年 5 月 15 日。

［4］渡辺淳一；尾崎真理子：「BOOK　STREETこの著者に会いたい『愛の流刑地（上・下）』渡辺淳一（作家）」，Voice. 345、2006 年。

［5］「著者に訊け！渡辺淳一『愛の流刑地』上・下」、週刊ポスト、38（25）、2006。

［6］小池真理子；渡辺淳一：「対談　作家なら知性は書かない」、婦人公論、91（12）、2006。

［7］林真理子；渡辺淳一：「マリコのここまで聞いていいのかな」（305）ゲスト、週刊朝日、111（11）、2006。

［8］渡辺淳一　小畑祐三郎：「人間存在の不条理に向かって」、一冊の本、11（2）、2006。

［9］特集「渡辺淳一　短編小説の世界」、一冊の本、11（2）、2006。

［10］渡辺淳一：「新春ビックインタービュー『死ぬまで愛を書き続けたい』」、週刊現代、48（2）、2006。

［11］「渡辺淳一『愛の流刑地』は色ボケ小説だ——〈冬ソナ〉に対抗するも」、Themis. 14（5）、2005。

［12］渡辺淳一：「男たちよ、大人の〈性愛〉を楽しめ」、週刊現代、47（8）、2005。

［13］康東元：「中国現代社会と村上春樹・渡辺淳一の翻訳小説——日本文芸の中国における受け入れ方（2）」、図書館情報メディア研究、3（1）、2005。

［14］渡辺淳一インタービュー，「妻はなぜ分かってくれないか」、週刊現代、46（16）、2004。

［15］「渡辺淳一巻頭 W インタービュー『夫というもの』刊行にあたり夫というもの、男というもの」、青春と読書、39（4）、2004。

［16］POSTブックワンダーランド：「渡辺淳一氏『エ・アロール—それがどうしたの』」、週刊ポスト、35（34）、2003。

［17］渡辺淳一；藤原理加インタービュー：「もう一つ薔薇色の人生—渡辺淳一—」、本の旅人、9（7）、2003。

［18］渡辺淳一：「『男たちのラブレター』——ベストセラー研究」、週刊ポスト、34（40）2002。

［19］話題レポート：「渡辺淳『シャトウ・ルージュ』は愚作だ—たんなるエロ小説か」、Themis. 11（1）、2002。

［20］POSTブックワンダーランド：「著者に訊け！渡辺淳一氏『シャトウ・ルージュ』」、週刊ポスト、33（51）2001。

［21］渡辺淳一；許素香：「渡辺淳一『近くて遠い男と女』」，婦人公論、88（23）、2001。

［22］渡辺淳一；林真理子：「マリコのここまで聞いていいのかな（94）」、週刊朝日、106（55）、2001。

［23］渡辺淳一インタービュー：「『シャトウ・ルージュ』は新たな挑戦——渡辺淳一」、本の話、7（11）、2001。

［24］「渡辺淳一氏が告白『わが女性遍歴』」、週刊現代、42

（38）、2000。

　［25］藤本宜永：「本を読む渡辺淳一著『マイセンチメンタルジャーニイ』を読む――多情仏心」、青春と読書、35（10）、2000。

　［26］川西政明：「日本文学館紀行（9）渡辺淳一文学館――男と女のふじぎを探索する旅人」、潮、499、2000。

　［27］渡辺淳一；林真理子：「特別黄金対談渡辺淳一・林真理子『今エロスは満たされているか』」、週刊新潮、45（18）、2000。

　［28］桃井かおり；渡辺淳一：「対談21世紀はバラケ婚」、婦人公論、84（25）、1999。

　［29］渡辺淳一特別インタビュー：「男と女は違うから素敵」、サンデー毎日、78（43）、1999。

　［30］渡辺淳一インタビュー：「月の恋愛、太陽の恋愛」、波、33（12）、1999。

　［31］優子と謙二のキャスター対談（37）：「『マイクなんていらない!』渡辺淳一 VS. 安藤優子」、週刊朝日、104（44），1999。

　［32］井尻千男：「ベストセラー最前線『源氏に愛された女たち』渡辺淳一」、Voice. 206、1999。

　［33］「阿川佐和子のこの人に会いたい渡辺淳一」、週刊文春、41（18）、1999。

　［34］滝田純一：「渡辺淳一『失楽園』の描く愛と性」、民主文学、442、1998。

　［35］特集「渡辺淳一の世界」、青春と読書、33（6）、1998。

　［36］渡辺淳一特別インタビュー：「人間の本質を描き続け

て——小説 この非論理的なもの」、青春と読書、33
(6)、1998。

　[37]〈対談〉小池真理子×渡辺淳一：「男の手のうち、女
の胸のうち」、婦人公論、83（4）、1998。

　[38] 井尻千男：「ベストセラー最前線——渡辺淳一『失楽
園』、Voice、236，1997。

　[39] 筒井ともみ：「〈監督・森田芳光　原作・渡辺淳一〉
『失楽園』」、シナリオ、53（6）、1997。

　[40] 水上勉：「『ただ一日だけ』という生き方IV」、PRES-
IDENT、1997.6。

　[41] 特別対談：「渡辺淳一×野坂昭如——性の悦楽性の残
酷」、週刊文春、39（17）、1997。

　[42] 小宮悦子；渡辺淳一：対談：「『失楽園』の著者渡辺
淳一——『恋の仕掛け方』教えます」、サンデー毎日、76
(19)、1997。

　[43] 林真理子対談：「マリコの言わせてゴメン！（67）渡
辺淳一『燃えたぎる愛を書くと不倫小説になる』」、週刊朝
日、102（1）、1997。

　[44] 野末友岐子：「男女の小説は実感として覚えていない
と書けない墜落感という快楽もある」、サンデー毎日、
1997.4.27、51—55。

　[45]「新聞連載『失楽園』作者・渡辺淳一語る『圧倒的に
幸せな状況で終わる』不倫の行く末」、サンデー毎日、75
(45)、1996。

　[46]「キャリア女性を『朝からH気分』にさせる渡辺淳一
『失楽園』の官能度」、週刊朝日、1996.7.26、36—37。

　[47] 吉原敦子：「訪問『時代の本』13 渡辺淳一『花埋

み』」、諸君、27（6）、1995。

　［48］三田佳子：「『別れぬ理由』渡辺淳一（文春ブック・クラブ）」、文芸春秋、65（10）、1987。

　［49］荒井晴彦：「『ひとひらの雪』渡辺淳一著、根岸吉太郎監督『ひとひらの雪』〈特集〉」、シナリオ、41（10）、1985。

　［50］城戸ユリ子：「作家訪問 16 渡辺淳一氏に聞く——小説は論理を超える」、知識、34、1984。

　［51］青木雨彦：「男と女の集積回路 17 愛を交わすことについて　渡辺淳一『ひとひらの雪』」、潮、289、1983。

　［52］菊池仁：「恋愛小説の時代がやってきた——渡辺淳一『ひとひらの雪』」、文芸春秋、61（5）、1983。

　　中文版

　［1］陈漱渝：《日本近代文化对中国现代文学的影响》，《人大复印资料文史类》1995 年 7 月。

　［2］沈淼：《谁的幻觉》，《文汇读书周报》2005 年 9 月30 日。

　［3］戴铮：《被日本文坛孤立的人》，《中华读书报》2004年 12 月 1 日。

　［4］丁燕：《重寻生命的价值——读渡边淳一的〈失乐园〉》，《文教资料》2005 年第 20 期。

　［5］林蓓蓓：《道德与人性的冲突——论〈失乐园〉叙事的二重性》，《新疆职业大学学报》2005 年第 1 期。

　［6］杜兆勇：《渡边淳一：家庭与爱情的温柔杀手》，《三月风》2004 年第 1 期。

　［7］崔春鹏：《人性的残缺和完满——试论渡边淳一〈失

乐园〉》,《淮北职业技术学院学报》2004 年第 2 期。

[8] 林晓青:《从〈化身〉中的异域场景看日本与西方不同的自然观》,《宿州教育学院学报》2004 年第 1 期。

[9] 王秋华:《渡边淳一小说〈失乐园〉略说》,《武汉大学学报》2004 年第 3 期。

[10] 粲然:《渡边淳一:创作源于不停地体验爱》,《新闻周刊》2003 年第 37 期。

[11] 杨仲:《白雪覆盖下的幽暗和壮丽——渡边淳一小说的死亡美学初探》,《思茅师范高等专科学校学报》2003 年第 1 期。

[12] 冯羽:《作为异文化现象的渡边文学——兼论日本文学中的"女"与"自然"》,《南京晓庄学院学报》2003 年第 3 期。

[13] 史军:《渡边淳一的"男女小说"中的隐喻》,《日语知识》2003 年第 11 期。

[14] 陈蓓琴:《评渡边淳一的小说〈失乐园〉》,《当代外国文学》2002 年第 2 期。

[15] 黄芳:《一段婚外情的悲剧——评渡边淳一的〈失乐园〉》,《西安外国语学院学报》2000 年第 1 期。

[16] 陈艳丽:《一曲人类追寻的悲歌——日本当代作品〈失乐园〉深层底蕴探析》,《廊坊师范学院学报》2000 年第 4 期。

[17] 王卓慈:《绝对的爱:奇亮若星凛冽如冰》,《小说评论》1999 年第 5 期。

[18] 林少华:《谷崎笔下的女性》,《暨南学报》1989 年第 4 期。

[19] 丁丽洁:《渡边淳一:我的爱恋,我的文学》,《文学

报》2004 年 6 月 3 日。

　　[20] 刘美朵:《无声厮杀的现代爱情》,《中国图书商报》2004 年 4 月 2 日。

　　[21] 戴铮:《渡边淳一完成"永不凋零的老人小说"》,《中华读书报》2004 年 1 月 7 日。

　　[22] 于彤:《和渡边淳一探讨〈失乐园〉》,《科学时报》2003 年 10 月 16 日。

　　[23] 邢宇皓:《渡边淳一文学世界的三组关键词》,《光明日报》2003 年 10 月 16 日。

　　[24] 章红雨:《文化艺术社推出"渡边淳一长篇经典全集"》,《中国新闻出版报》2003 年 9 月 22 日。

　　[25] 徐虹:《中年情感危机引起普遍关注》,《中国青年报》2003 年 9 月 16 日。

　　[26] 修晓林:《渡边淳一的情感世界》,《深圳商报》2002 年 1 月 26 日。

　　[27] 沈悦苓:《解读渡边淳一的〈化妆〉》,《科学时报》2002 年 3 月 8 日。

　　[28] 渡边淳一:《伤感的人生旅程》,《中华读书报》2001 年 4 月 11 日。

　　[29] 仲江:《渡边淳一最新授权〈魂断阿寒〉》,《中国青年报》2004 年 6 月 6 日。

　　[30] 丁帆:《秋叶的视角——从〈化身〉看男性视阈的压迫》,《中华读书报》2002 年 3 月 27 日。

　　[31] 赵爱华:《生存·死亡·性爱——从三位代表作家看当代日本文学走向》,《世界文化》2006 年第 4 期。

　　[32] 尚侠:《日本 90 年代文坛鸟瞰》,《外国问题研究》1991 年第 2 期。

[33] 于长敏：《荒山之恋失乐园情感与传统道德的冲突》，《文艺争鸣》2006 年 5 月。

[34] 秦弓：《日本近代文学中的女权主义色彩》，《日本研究》1997 年第 2 期。

[35] 张国祥：《漫谈日本大众文学》，《国际关系学院学报》1994 年第 3 期。

[36] 孟庆枢：《〈千只鹤〉的主题与日本传统美》，《孟庆枢自选集比较文学与世界文学》，时代文艺出版社 2003 年版。

学位论文

[1] 宿久高：《中日新感觉派文学研究》，东北师范大学博士学位论文，2006 年 5 月。

[2] 林晓青：《"和与不同"——劳伦斯与渡边淳一叙事艺术的比较研究》，南京师范大学文学院硕士学位论文，2005 年。

[3] 符新华：《渡边淳一小说思想特质论》，湘潭大学文学院硕士学位论文，2005 年。

[4] 闵致康：《回到人类的原点——论渡边淳一小说的性爱观》，南京师范大学文学院硕士学位论文，2006 年。

[5] 李琴：《生命本体与伦理道德的尴尬——文学伦理学批评视域下的渡边淳一》，陕西师范大学硕士学位论文，2006 年。

[6] 曲朝霞：《日本大众小说谈》，东北师范大学硕士学位论文，2002 年 5 月。

[7] 梁青林：《当代日本大众文化管窥——关于"村上春树现象"的考察》，中国社会科学院研究生院硕士论文，2000 年 4 月。

附　录

渡边淳一年谱

1. 幼年时期

昭和 8 年（1933）10 月 24 日生于北海道空知郡上砂川町（当时为北海道煤矿中心地带，非常繁荣），长子。父亲铁次郎（明治 40 年，即 1907 年出生），母亲美登莉（明治 40 年，即 1907 年出生）。有姐姐（淑子）和弟弟（纪元）各一人。母亲为歌志内（北海道地名）渡边商店的继承人，该商店规模很大，经营不动产和杂货。父亲为临近小城的小学教师，后入赘渡边母亲家做养子，改姓渡边。

昭和 19 年（1944）10 周岁。

父亲铁次郎成为札幌工业高中教师，举家迁至札幌，渡边被编入札幌幌西小学。

昭和 21 年（1946），12 周岁。

升入札幌一中。后来因为学区改制，校名改为札幌一高、札幌南高。

昭和 22 年（1947），13 周岁。

国语教师换成短歌诗人中山周三，在创作短歌、阅读文艺杂志等训练的过程中，开始对文学感兴趣。

2. 学生时代

昭和 25 年（1950），16 周岁。

在北海道立札幌南高读高二时，与加清纯子（《魂断阿寒》原型）同班。

这年秋天，与纯子产生了恋情。并担任该校图书部部长。

昭和 27 年（1952），18 周岁。

1 月，高中时代恋人加清纯子在雪中的阿寒湖畔自杀。

进入北海道大学理科部。

大量阅读加缪、雷蒙·哈迪格（又被译作拉迪盖——笔者注）、萨德侯爵的作品。

昭和 29 年（1954），20 周岁。

进入北海道立札幌医科大学医学部学习。

对医学兴趣逐渐浓厚。同时被该大学教授兼诗人河邨文一郎吸引进入医大文艺部。

与诗人金子光晴相识。在《北大季刊》上发表小说《一二三》。

昭和 30 年（1955），21 岁。

任札幌医大校友会杂志《动脉》编辑，并在同人杂志《库里玛》发表作品。

昭和 33 年（1958），24 岁。

札幌医科大学医学部毕业。4 月，在东京三井纪念医院做实习医生。

9 月，因不适应寄宿生活而感染结核病菌，回到札幌，在母校继续担任实习医生。

昭和 34 年（1959），25 岁。

5 月，通过国家医师考试，决定专攻整形外科。

在《库里玛》第六号上发表《境界》，被北海道新闻社评选为"道内文艺杂志优秀作品"，受到荒正人的好评。

参加杂志《电视剧》剧本评选，以《人工心肺》当选。

昭和38年（1963），29岁。

3月，修完大学院博士课程，获得博士学位。

3. 札幌时代

昭和39年（1964），30岁。

4月，成为札幌医科大学整形外科学教室助手。在《库里玛》第7号发表《植物人》、第8号发表《华丽的葬礼》，被选为该年度北海道新闻社"道内同人杂志优秀作品"，受到小松伸六的好评。11月，与北日本造纸厂附属医院院长长女结婚。

昭和40年（1965），31岁。

12月，获第12届新潮同人杂志奖，由此去东京拜访了同乡前辈伊藤整和船山馨，以后受到两人的知遇之恩。

在《新潮》12月号上发表《死后整容》（由《华丽的葬礼》修改而成）。

昭和41年（1966），32岁。

1月，《死后整容》被评为第54届芥川奖候补作品。

4月，成为札幌医科大学整形外科研究室讲师。通过《北海道医报》得知荻野吟子（小说《花葬》女主人公）。

11月，父亲铁次郎去世。当晚渡边淳一在外喝酒没有回家，留下很大遗憾。

昭和43年（1968），34岁。

1月，《访问》被评为第58次直木奖候补作品。

8月，札幌医科大学实行心脏移植手术（主刀为胸部外科教授和田寿郎）。了解手术详情之后，渡边对手术怀有疑问，在报纸和杂志上发表批判文章，因此在大学处境尴尬。

10 月，在中央的小说杂志上发表《脑死人》、《被遗失的椅子》等。

4. 到东京之后

昭和 44 年（1969），35 岁。

1 月，在《文艺春秋》上发表《两颗心》。

2 月，辞去札幌医科大学讲师职务，为了成为专业作家，只身前往东京。在墨田区的山田医院每周工作三次。

3 月，小说《心脏移植》在《文艺春秋》发表。7 月被评为第 61 届直木奖候补作品。

加入日本文艺家协会。

8 月，在学习研究社发表小说《北方领海》。

11 月，在讲谈社发表《显微镜标本的阴影》。

12 月，加入日本医史学会。

昭和 45 年（1970），36 岁。

3 月，在广济堂出版发表《二个性》。4 月，家属也来到东京，住在目黑区八云。

6 月，《光和影》获得第 63 届直木奖。辞去在山田医院的工作，专心从事创作。

8 月，《花葬》由河出书房新社出版。首度畅销，受到文坛内外关注。

10 月，文艺春秋出版《光和影》。

12 月，讲谈社出版《玻璃结晶》。

昭和 46 年（1971），37 岁。

4 月，角川书店出版《母胎流转》。

5 月，河出书房新社出版《丁香清冷之城》，之后“丁香清冷"成为北海道的季节语。

7月，角川书店出版《恐怖缓缓而来》。

5. 东京前期

昭和47年（1972），38岁。

3月，由讲谈社出版《十五岁失踪》。

5月，每日新闻社出版《无影灯》，因长期畅销而确立作家地位。

6月，文艺春秋出版《射向富士》。每日新闻社出版《白手的报复》。

7月，青娥书房出版《空白的实验室》。

10月，讲谈社出版《从解剖学的角度看女人》。

11月，河出书房新社出版《开往巴黎的最后航班》。

昭和48年（1973），39岁。

频繁赴京都，开始构思以京都为舞台的小说。

9月，河出书房新社出版新作《雪舞》。

11月，中央公论社出版《魂断阿寒》。

《无影灯》被拍成电视剧（改名为《白影》），引起轰动。

昭和49年（1974），40岁。

6月，讲谈社出版《冰纹》。

7月，文艺春秋出版《渡边淳一诊所》。

10月，集英社出版《秋残》。祥传社出版《白色猎人》。

12月，河出书房新社出版《北都物语》。

昭和50年（1975），41岁。

4月，为创作《雅典卫城彼岸》到希腊采访。

6月，新潮社出版《白色启程》。

9月，为创作《遥远的落日》到美国、中南美洲采访。

11月，角川书店出版《冬日焰火》。

昭和 51 年（1976），42 岁。

4月，文艺春秋出版《深夜起航》。

7月，中央公论社出版《来自雪乡北国》。

9月，角川书店出版《我的女神们》。

11月，文艺春秋出版《四月的风标鸡》。

昭和 52 年（1977），43 岁。

4月，为从旁观者的角度重新审视作家生活，赴母校札幌医科大学开始为期一年的研修。

4月，新潮社出版《正午的原野》上下册。

5月，应日本航空、讲谈社共同举办的海外讲演之邀，到伦敦、巴黎巡回讲演。

昭和 53 年（1978），44 岁。

2月，为创作《遥远的落日》，赴英国、西非、加纳采访。

4月，担任《文艺读物》（オール読物）新人奖评审委员。

5月，新作《众神的晚霞》由讲谈社出版。

6月，每日新闻社出版《公园大街午后》。

7月，中央公论社出版《两个人的空白》。

9月，文艺春秋出版《峰的记忆》。

11月，集英社出版《温柔与哀伤》（文库原装版）。

昭和 54 年（1979），45 岁。

3月，到东南亚、新加坡、雅加达、曼谷等公演。集英社出版《雁来红》。

9月，角川书店出版《遥远的落日》上下册。

11月，讲谈社出版《长崎俄罗斯妓女馆》。新潮社出版《午后的凉台》。

6. 东京中期

昭和 55 年（1980），46 岁。

1 月，文艺春秋开始出版《渡边淳一作品集》共 23 卷（到昭和 56 年即 1981 年完成）。

3 月，《遥远的落日》及《长崎俄罗斯妓女馆》获得第 14 届吉川英治文学奖。

7 月，中央公论社出版《白夜——彷徨之章》。

11 月，集英社出版《流冰之旅》。新潮社《新潮当代文学 77 渡边淳一》收录《花葬·雪舞》。

昭和 56 年（1981），47 岁。

3 月，每日新闻社出版《美丽的白骨》。

5 月，中央公论社出版《白夜——朝雾之章》。

8 月，为创作《一片雪》到奥地利、荷兰采访。

9 月，新潮社出版《七个恋爱物语》。

10 月，集英社出版《北国通信》。

12 月，集英社出版《梧桐树上红花开》（文库原装版）。

昭和 57 年（1982），48 岁。

3 月，文艺春秋出版《渡边淳一作品集》附刊《午后独白》（非卖品）。

4 月，朝日新闻社出版《化妆》上下册。它以京都为舞台，描写了三姐妹的故事。被评价为继承了日本传统美的现代作品。

6 月，光文社出版《华丽的年轮》。

9 月，每日新闻社出版《无聊的午后》。

10 月，被聘请为北海道新闻文学奖评委。

11 月，讲谈社出版《云之阶梯》。为庆祝文艺春秋完成出版《渡边淳一作品集》23 卷，在筑地的高级饭店"河庄"召开"迟来会"。

昭和 58 年（1983），49 岁。

2 月，为创作《浮岛》，到印度尼西亚巴厘岛采访。

被聘请为角川小说奖评委（一直到昭和 60 年即 1985 年）。

2 月，文艺春秋出版《一片雪》上下册，成为畅销书，被评价为开拓了新的"情痴文学"领域。由此，"雪花族"这个新词出现，在社会上引起轰动。

6 月，集英社出版《女演员》上下册。

昭和 59 年（1984），50 岁。

1 月，中央公论社出版《白夜——青草之章》。

5 月，讲谈社出版《渡边淳一未来学对谈》。

5 月，朝日新闻社出版《12 张素面——渡边淳一问诊女演员》。

6 月，应日本航空举办的讲演会的邀请，赴纽约、芝加哥、西雅图演讲。

6 月，新潮社出版《最后的爱恋》上下册。

7 月，担任直木奖评委。

8 月，担任朝日新闻丁香文学奖评委。

9 月，为创作《化身》，赴西班牙采访。

昭和 60 年（1985），51 岁。

3 月，每日新闻出版《风中的海角》。

7 月，讲谈社出版《漫长而炎热的夏日》。

10 月，为旧金山讲演以及采访美国西部赴美。

10 月，光文社出版《湖畔纪行》。

昭和 61 年（1986），52 岁。

2 月，为作讲演和采访，赴泰国、印度尼西亚、新加坡等地。

3月，集英社出版《化身》，继《一片雪》之后再次销售过百万册，被评价为继承了谷崎润一郎血脉的"新唯美派文学"。

10月，中央公论社出版《白夜——绿荫之章》。

12月，《寂静之声——乃木西典夫人的一生》获文艺春秋读者奖。

昭和62年（1987），53岁。

3月，因在洛杉矶、旧金山讲演赴美。

5月，新潮社出版《为何不分手》。

6月，为创作《我的食物史》到北京、杭州、上海等地采访。

10月，担任《小说昴星》新人奖评委。

昭和63年（1988），54岁。

2月，应日本航空、讲谈社共同举办的讲演会的邀请，赴悉尼、墨尔本。

4月，文艺春秋出版《寂静之声——乃木西典夫人的一生》上下册。

6月，赴伦敦、巴黎作第二次讲演。

7月，中央公论社出版《白夜——秋风之章》。

9月，赴葡萄牙、西班牙、摩洛哥采访。

12月，角川书店出版《浮岛》。

7. 90 年代以来

昭和64·平成元年（1989），55岁。

4月，朝日新闻社出版《樱花树下》。

6月，为创作《电影恋爱论》到东欧、埃及、肯尼亚等地。

7月，讲谈社出版《我的京都》。

9月，为讲演到美国，又到南美各地。

10月，集英社出版《新释·身体事典》。

平成2年（1990），56岁。

1月，新潮社出版《风言风语》。

3月，担任浦安文学奖评委。为创作《恋爱学校》赴纽约采访。

关心器官移植、脑死问题，积极发表言论。出席NHK特别节目《脑死》，与梅原猛等讨论。

7月，讲谈社出版《泡沫》上下卷。

10月，朝日新闻社出版《当代职业女性》。

10月，赴德国杜塞尔多夫、巴黎等作海外公演。

12月，中央公论社出版《剪影画——一个少年爱与性的物语》。

12月，为创作《脑死锁国日本的悲剧》，到洛杉矶加州大学洛杉矶分校采访。

平成3年（1991），57岁。

3月，担任吉川英治文学奖评委。

9月，讲谈社出版《如今怎么看待脑死》。

10月，就任日本冰岛友好协会会长。

12月，文艺春秋出版《曼特莱斯情人》。

平成4年（1992），58岁。

2月，在日本邮船"飞鸟号"上作演讲，并乘船从澳大利亚到新西兰。

4月，被委任为经济企划厅咨询机关、经济审议会地球课题部审议委员。

就任日俄医疗交流财团评议员。

4月，集英社出版《恋爱学校》。

6月，访问冰岛，并与维格迪丝总统会见交谈。

7月，讲谈社出版《涩谷原宿公园大街》。

12月，新潮社出版《赴何处》。

平成5年（1993），59岁。

7月，朝日新闻社出版《麻醉》。

9月，札幌举办"渡边淳一的世界"展。

10月，讲谈社出版《像风一样·母亲来信》。

10月24日，迎来花甲之年。在三岛的别墅召开"庆祝花甲寿诞会"，由"薮会"（亲密的编辑们的集会）举办。

平成6年（1994），60岁。

2月，集英社出版《来自创作现场》。

5月，母亲美登莉去世，享年87岁。

7月，讲谈社出版《像风一样·总是遗忘》。

10月，担任柴田铼三郎奖评委。担任岛清恋爱文学奖评委。

10月，集英社出版《夜潜梦》。

平成7年（1995），61岁。

2月，角川书店出版《远的过去近的过去》。

6月，讲谈社出版《观察事物　感受事物》。

8月，讲谈社出版《像风一样·没有回音的电话》。

10月，集英社出版《就得吃它——我的食物史》。

11月，为纪念从事文学创作30周年和《渡边淳一全集》共24卷的出版（角川书店，平成9年即1997年10月完成），在东京的饭店召开"渡边淳一恳亲会"。

平成8年（1996），62岁。

平成7年即1995年9月开始，连续13个月在日本经济新闻上连载的《失乐园》引起轰动。

1 月，文艺春秋出版《你是虞美人，我也是虞美人》。

1 月至 2 月，在名古屋和福冈等地举办《渡边淳一文学展》。

9 月，讲谈社出版《像风一样·谎言种种》。

12 月，"失乐园"一词荣获 1997 年度流行语大奖、"制造流行"奖、黄金飞翔特别奖等各种奖项。

平成 10 年（1998），64 岁。

1 月，中央公论社出版《男人这东西》。

5 月，讲谈社出版《像风一样·分手的理由》。

6 月，集英社出版《渡边淳一的世界》。

6 月 20 日，渡边淳一文学馆在札幌落成，召开祝贺酒会。

10 月，在台湾台北举办演讲、签名售书活动。

11 月，光文社出版《反常识讲座》。

平成 11 年（1999），65 岁。

4 月，集英社出版《光源氏钟爱的女人们》。

7 月，赴韩国召开出版磋商会。

7 月，为周刊现代创作《像风一样》赴土耳其采访。

9 月，讲谈社出版《男人和女人》。

为文艺春秋创作《红色城堡》到巴黎、卢瓦尔地区采访。

11 月，新潮社出版《瞬间》。

平成 12 年（2000），66 岁。

4 月，讲谈社出版《像风一样·极尽奢侈》。

6 月，为 BS 朝日电视节目"描写爱与性的渡边淳一的世界"取材，赴冰岛及英国。

9 月，集英社出版《我伤感的人生旅程》。

9 月，为纪念英语版《失乐园》出版，到纽约及波士顿哈佛大学讲演并签名售书。

12 月，为《红色城堡》补充取材，赴法国。

平成 13 年（2001），67 岁。

1 月，《无影灯》再次被改编成电视剧，由 TBS 放映并获得好评。

4 月，讲谈社出版《泪壶》。

7 月，太阳印出版社出版《秘则为花》。

10 月，文艺春秋出版《红色城堡》。

12 月，NHK 电视人类讲座以"凝视人类"为题，做了 8 次讲座。

平成 14 年（2002），68 岁。

2 月，赴越南为周刊现代取材。

3 月，为创作《那又怎么样》赴夏威夷取材。

4 月，东京、中日、北海道、西日本等各报纸早报开始连载《那又怎么样》。

4 月，文春ネスコ出版《高级超好高尔夫私塾》。

10 月，赴中国上海采访围棋、象棋冠军锦标赛并出席中国财政界人士的象棋友谊赛。

10 月，小学馆出版《吻 吻 吻——情书研究》。

平成 15 年（2003），69 岁。

1 月，光文社出版《男人的手里女人的心里》。

4 月，讲谈社出版《像风一样·男时女时》。

5 月，被授予紫绶带勋章。

6 月 23 日开始，在读卖新闻上连载《幻觉》。

6 月末，角川书店出版《那又怎么样》。

10 月，TBS 电视台将《那又怎么样》搬上荧屏。

11 月，连续 14 年在周刊现代连载的《像风一样》系列结束。

12月，因小说创作涉及医学小说、历史小说、恋爱小说等，被授予菊池宽奖。

平成16年（2004），70岁。

3月，集英社出版《丈夫这东西》。

4月，周刊新潮开始连载《秘而不宣才是真》。

5月，NHK出版《温柔地刚烈地》。

5月末6月初，到中国进行讲演并签名售书。

9月，中央公论社出版《幻觉》。

11月，日本经济新闻开始连载《爱的流放地》。

平成17年（2005），71岁。

3月，讲谈社出版《像风一样·不懂女人》。

4月，中央公论社出版《没记性的男人和不知反省的女人》。

5月，开始在月刊花花公子上连载《顿感力》。

6月，到中国广州演讲并调查饮食文化。

7月，新潮社出版《马后客恋爱的毛泽东》。

平成18年（2006），72岁。

1月，为纪念创作生涯40周年，由朝日新闻社出版《自选短篇集》（共5卷），5月完成。

3月，讲谈社出版《都不容易》。

4月，在杂志《周刊现代》上开始连载《现代医学今昔》。

5月，幻冬舍出版《爱的流放地》。

7月，新潮社出版《马后客恋爱即革命》。

8月，开始在产经新闻上连载《紫阳花日记》。

平成19年（2007），73岁。

2月，集英社出版《钝感力》。

4月，产经新闻连载《紫阳花日记》结束。

5月，为纪念《钝感力》中文版的出版，到上海签名售书并作讲演。

7月，新潮社出版《马后客情比智好》。

10月，讲谈社出版《紫阳花日记》。

（注：本年谱资料来源于北海道渡边淳一文学馆，在此表示感谢!）

后　记

　　经过四年多的含辛茹苦，在被告知论文答辩顺利通过的时候，在答辩现场笔者落泪了。回想起这么多年的点点滴滴，要感谢的人实在不少。

　　首先要感谢吉林大学文学院比较文学专业的全体教师。在开题过程中，宿久高教授、于长敏教授、傅景川教授、杨冬教授、王树海教授等各位老师都为本论文提出了大量宝贵的指导性意见，在此表示衷心的感谢！在论文撰写过程中，指导教师靳丛林教授对本论文提出了一些修改意见，在此一并表示感谢！

　　笔者之所以要选择这个题目来做博士论文，并不是因为对这个题目有足够的信心，而恰恰是因为"初生牛犊不怕虎"的勇气或者说"傻气"——渡边淳一情爱文学的系统研究不论在中国还是在日本都属于空白，以女性的视角研读渡边淳一情爱文学的例子尚未出现。但是因为笔者所学专业的限制，再加上对作为研究基础的文学理论知识知之甚少，对文学批评、研究方法和评论方法掌握不够，在论文撰写的过程中常常感觉力不从心。每当此时，靳丛林教授非同一般的严厉督促是我继续下去的动力。在2004年笔者以客座研究员的身份到东京大学留学期间，靳教授把东京大学中文系教授藤井省三先生介绍给我，藤井先生对笔者的研究课题也很感兴趣，建议笔者把渡边淳一情爱文学与当今日本社会、经济、文化等结合起来谈，并把笔者介绍到东京大学文学部安藤宏教授的日本近代文学研讨班和上野千鹤子教授的社会学研讨班听课，他们建议笔者以女性主义的角度研究渡边淳一文学。笔者把对渡边文学的理解撰写成论文，分别在藤井先生主持的现代中国文学研究会、安藤先生的近代日本文学研讨班（硕士博士为对象）、上野先生的社会学研讨班作了发表，获得了大量的宝贵意见，根据这些意见，笔者进一步对论文进行了修改。

回国后，笔者还有幸得到了东北师范大学日本文学研究所所长尚侠教授的指导。尚先生提醒笔者"写活人难，写大众小说家中的活人更难"，所以"如果无力对其情爱文学盖棺定论"的话，应该考虑这一选题的"风险性"，并指导笔者考虑"渡边的创作与后现代潮流中的纯文学与大众文学的界限消却之间，是怎样的关系"，考虑这位作家是否具备"标志日本当代文学乃至世界文学走向的分量"。笔者根据尚先生的指导，对论文作了一些相应的修改。一些尚未解决的问题将作为笔者今后的研究课题。

还有，宿久高教授为我们比较文学专业的学生讲授的《比较文学的方法》，于长敏教授的《荒山之恋失乐园》一文和其他有关渡边淳一文学的资料，都对本论文的完成提供了难得的参考。在论文答辩的过程中，宿老师、于老师，东北师范大学文学院中日比较文学专业的孟庆枢教授，吉林大学文学院傅景川教授、杨冬教授都在仔细阅读本论文的基础上，提出了大量非常敏锐又中肯的修改意见，我在综合分析了这些意见的基础上对论文作了一些修改。

杨冬教授曾经为我们开了一个学期的西方文论课程。在学习过程中，我不仅为杨老师严谨的治学态度和渊博的学识，更为他的人格魅力所折服。觉得愧对杨老师的是我并没有将这些理论自如运用到论文当中，这将作为我今后的一个努力方向。

本论文在前期构思的过程中，得到了吉林省教育学院教授杨玉宝博士的诸多宝贵意见，默默的、无私的鼓励与鞭策；在后期修改过程中得到了黑龙江日报经济新闻中心来玉良的宝贵意见。谢谢你们！

还要感谢内蒙古民族大学中文系教授李明军博士、哈尔滨学院历史系教授田野博士、吉林大学文学院陈武军老师。还有吉林大学文学院2004级比较文学专业刘炳范师兄、房颖、齐珮、王欣、李晓辉等同学，室友李春享、李楠、全小莲同学。不会忘记我们在一起度过的那些美丽、艰辛而又难忘的日子，谢谢你们的鼓励与帮助！

另外，由于一边工作一边攻读学位，我当时的工作单位，哈尔滨工业大学外语学院的领导和老师们，除了为我提供了诸多便利条件之外，还给了我很多精神上的支持与鼓励，感谢你们！

还要感谢我的亲人，每次打电话的时候，父母、哥哥、弟弟都问我什么时候毕业，我知道他们期待的不是我的一纸文凭，而是希望我能够静下心来好好享受生活。

在此，我对这些给予我帮助和教诲、关心的老师、同学、朋友、同事、亲人表示深深的感谢，没有你们的督促和鼓励，也就没有这篇论文的诞生。我将把写作这篇论文所积累的经验和教训运用到以后的工作和研究活动中，不辜负你们的期待和厚望！